中　　国　　历　　史　　物　　语

杨家将

[日] 北方谦三 著

赵峻 译

生活·讀書·新知 三联书店

图书在版编目（CIP）数据

杨家将 / （日）北方谦三著；赵峻译 . —北京：
生活·读书·新知三联书店，2024.1
（中国历史物语）
ISBN 978-7-108-07658-8

Ⅰ.①杨…　Ⅱ.①北…②赵…　Ⅲ.①长篇历史小说-
日本-现代　Ⅳ.① I313.45

中国国家版本馆 CIP 数据核字 (2023) 第 079823 号

责任编辑　李静韬
装帧设计　康　健
责任印制　卢　岳
出版发行　生活·讀書·新知 三联书店
　　　　　（北京市东城区美术馆东街 22 号 100010）
网　　址　www.sdxjpc.com
经　　销　新华书店
印　　刷　河北品睿印刷有限公司
版　　次　2024 年 1 月北京第 1 版
　　　　　2024 年 1 月北京第 1 次印刷
开　　本　889 毫米 ×1194 毫米　1/32　印张 13.375
字　　数　288 千字
印　　数　0,001 - 5,000 册
定　　价　68.00 元
（印装查询：01064002715；邮购查询：01084010542）

目 录

上 册

下 册

杨家将 · 上册

出场人物一览

杨家

杨业——杨家家长，又称杨令公

长子延平——杨业长子，母亲吕氏

二郎延定——杨业次子

三郎延辉——杨业三子，母亲吕氏

四郎延朗——杨业四子

五郎延德——杨业五子

六郎延昭——杨业六子，母亲佘赛花

七郎延嗣——杨业七子

八姐——杨业长女，母亲佘赛花

九妹——杨业次女，母亲佘赛花

吕氏——杨业原配

佘赛花——杨业第二任妻子

李丽——照顾杨业起居的女子，住在代州府邸

杨家部将

王贵——杨业亲信，文官

张文——杨家部将

柴敢——六郎身边的将校

北汉

刘钧——皇帝

郭有仪——朝臣

宋齐丘——朝臣

丁贵——朝臣

宋

赵光义——皇帝，太宗

赵匡胤——先帝，太祖

八王——先帝赵匡胤之子

七王——皇帝之子

潘仁美——宋军元老将军

高怀德——次于潘仁美的将军

高怀亮——高怀德之弟

曹彬——禁军统领

呼延赞——将军，原独立于太行山，后归顺宋

刘君其——将军

贺怀浦——将军

田重——将军

刘廷翰——遂城守将

赵普——老臣，丞相

张齐贤——丞相

刘保——礼部郎中，文官

寇准——年轻文官

牛思进——年轻文官

黑山——间谍头领

辽

萧太后——皇太后，皇帝祖母

琼娥公主——萧太后之女

穆宗——先先帝，萧太后丈夫，年轻时驾崩

景宗——先帝，名贤，年轻时驾崩

圣宗——皇帝，名隆绪，两岁继位

耶律奚低——大将

耶律沙——将军，耶律奚低副官

耶律斜轸——仅次于耶律沙的将军

耶律学古——将军

耶律休哥——将军，人称"白狼"

麻哩阿吉——耶律休哥副官

郭兴——统领禁军最年长的将军

华胜——年轻将领

金秀——年轻将领

刘宇——易州指挥官

刘厚德——涿州指挥官

韩匡嗣——燕王

王钦招吉——萧太后亲信，监军

萧天佑——左相

萧陀赖——右相

第一章　当　下

一

声音刚落，骑兵队便出现在山坡棱线上，队列整齐。眼看就要坠落，队伍却纹丝不乱。坡下穿行的骑兵队正迅速移动、集结。

杨延平不禁拉紧缰绳。

队列中眼看要以纵列俯冲的中间部分往前突进，两端后退。看似楔形的队列，下面的百骑明显一分为二，突进，反转时集结成一团，冲向被分成两半的对手，势如破竹，但遭到另一半对手从后面的包抄。冲击未果，一半的骑兵再次冲上山坡，折返，再次冲向被对手包围的队伍，奋力和纵队激战的伙伴一起逃脱。

山坡下，两军对峙，一度冲撞，胜负难分。

"停。"杨延平命令随从。鸣金收兵。

三郎延辉、七郎延嗣奔回杨延平立马的山冈。

"分开敌人了，一场持久战。"延平说。如果拿的不是训练棒而是真武器，直冲而下的楔形队列或许已经解决问题。

判断准确，兵士严格听令。

6

"两军都打得漂亮。七郎的逆冲利落，三郎的集结机敏。"

"真分开了，三哥果真实战经验丰富。"七郎高声说。

三郎表情僵硬。横行队列变为楔形的刹那，他大概起了一身鸡皮疙瘩。他或许是在想：若是实战，已败。

"七郎，高兴了？"

听延平问，七郎咧嘴笑了，使劲点头。

去年与宋一战，七郎未能参加，虽然他极力向父亲请战，但未得首肯。

那一战并不酣畅。杨家军受帝命南下泽州，与宋军对峙。三次冲阵，得胜，却未使宋军溃逃。

战事胶着，屡屡请求增援，太原府却迟迟不发援兵。宋军六万，杨家军两万，愈是胶着，兵力之差愈显。

父亲独断，与宋军讲和，退回代州。

途中经过太原府，报告讲和一事，有朝臣谓之独断。怒目而视的父亲的眼神，使这次宫廷谒见僵住。

杨家是北汉之臣，代代兵家，至今握有北汉首屈一指的兵力。即便如此，士兵不满三万，无法单独与宋军抗衡。

彼时国事纷乱，小国乱立，纷争四起，此消彼长。这一年，吴越亦降了宋，剩下的只有北汉和宋。

占据中原的宋自然想吞并北汉。

父亲似是在想，北汉虽是小国，领土仅有河东路，却仍有生路。北有强国，其名为辽，与辽联手，足以与宋抗衡。然，辽或许也在觊觎北汉；若得北汉，将形成蚕食宋土之势。

"你俩都回营地。"延平吩咐弟弟。

杨家兄弟七人，延平为长子。另有妹妹二人。

最小的七弟延嗣，年十七，体格魁梧，甚得父亲血脉。

代州适合练兵之处甚多，山陵绵延，地形多变，可作各种演练。二郎延定、六郎延昭各率步兵两千训练。众人皆以为杨家的看家本领为马背之战，实则步兵亦训练有素，兵精将强。父亲认为，骑兵步兵皆强方能战。

野营地在泉边，搭了营帐。

回营的兵士们第一件事是伺候马匹，延平亦不例外，这可以说是杨家骑兵的传统。

伺候完马匹，士兵们生火做晚饭。

"大哥，七郎厉害，真不像还没打过仗的。"

"是啊，看到反转冲阵的楔形，我也吃了一惊。"

"特别有指挥骑兵队的天分。如果给七郎数百骑任他指挥，定会是一支精锐的队伍。大哥跟父亲请示吧。"

"先不急，三郎。七郎才十七岁，还有很多要学的东西。"

在一个月之前，七郎一直苦练步兵指挥，成果虽没有指挥骑兵出色，也超出了预想。知晓步兵的强悍及弱点也很重要，就算迟早率领的是骑兵，和步兵的协作也必不可缺。

"七郎呢？"

"还和马一起，这怪家伙和马说话呢。"

并不奇怪。和马心心相通，可以说是骑兵素质里最重要的一条。

"是吗，七郎和马说话呀。"

延平有点想笑。马大概也喜欢让七郎骑吧。跟父亲说，想必也会高兴。

膳食钟敲响。

杨家的野战食物有时是烤全猪，但这比较费时，经常是烤肉串。

七郎终于来到延平的营帐。他性格开朗，士兵们也喜欢他，常和他开玩笑。

战斗，意味着要眼看士兵们死去，这也是七郎的历练之一。

"七郎，跟马说什么了？"

"三哥，我跟它说，今天没能全力奔跑。把三哥的队伍分开后，如果能跑得更快，没准儿就赢了。"

"好大的口气，你狂，马也狂。"

"好了，吃肉。"延平话音刚落，二人便伸手抓猪肉。练兵时绝不饮酒，战时可饮一碗。酒能缓解士兵的紧张。

"七郎，喝酒还是不行？"

"好歹能喝一点了。"

在代州酒馆试着让七郎喝酒，已是三年前的事，两碗下去他便抱头动弹不得了。兄弟中只有七郎不胜酒力。

"大哥，那个叫呼延赞的将军如何？"

"你有兴趣？"

"对。听说去年和宋一战，他是最强的对手。"

以太行山为据点，呼延赞不追随任何人，独据一方。北汉没有任何行动劝说呼延赞归顺，最终呼延赞归顺于宋，延平至今觉得可惜。

"他不光勇猛，还善用策略。现在你还不知他，日后战场上必有一遇。倘若知道对手是呼延赞，定要加强防守。"

"他和哪个哥哥相像？"

"二郎吧，这就是说作战风格。作战能看出每个人性格。"

七郎嚼得满嘴油光。肉串撒了盐和山椒粉，这也是杨家味道。

"二哥啊，以骑兵迎敌，步兵埋伏，是这样的打法吧？"

七郎自幼喜欢看哥哥们练兵。第一次获准带兵是十四岁，他把士兵紧密集结，直冲对手最强悍的部分，看似简单，实则困难，连父亲看了都咋舌。七郎天赋异禀。

"大哥，秋天还打是吧？"七郎舔着手指尖上的油。

刚刚吞并吴越，宋首先考虑的大概是攻打北汉。宋目前没有动摇军心的内讧，宋帝或许会御驾亲征。

"可能，而且会是一场大战。"

"会派杨家出战吗？"

"就算是一开始被留在代州，但若没有杨家军，怎么与宋抗衡？"

"朝廷究竟作何打算？我们血战时不出援兵，全军出动时不叫我们。"

延平想，皇上惧怕杨家。坐拥三万精兵，如果任由这个兵武世家发展壮大，会危及皇家的地位。

父亲的想法是，武将只管作战，不想其他。然而延平认为，皇上不会理解父亲的这种想法。

况且周围朝臣中，反对杨家者甚众。越是自己不能作战的，越是忌惮杨家，愚蠢至极。

"大哥，我有一种不祥的预感。"

"三郎，就止于预感吧。不要一时想不通，祸从口出。"

杨家世代被放在代州，名义上是防御北方的威胁，然而，谁都明白，防备宋入侵才是燃眉之急。

皇上身边的朝臣犯了和未能让呼延赞归顺时一样的错误，

在把杨家推向辽或宋。

关于呼延赞一事，朝臣中无一人觉得是错误，这也让延平吃惊。有人甚至公然大放厥词：果然早就有反骨。

仅从占据一方的太行山山脉这一位置来说，呼延赞归顺北汉更为自然。

如果无法参加与宋的争战，戎马一生的父亲会如何想呢？这基本等同于身为武人的自己被否定。

"大哥，就没有办法让愚蠢的朝臣闭嘴吗？"

"武将不问政事。父亲平素总这么说。"

"我觉得自己行动就行。与宋争斗，谁敢多言？"

"七郎，闭嘴！我就当没听见你的幼稚想法。"

"可是……"

"你俩都住嘴。父亲会比我们更伤脑筋，更难受。我们现在专心养兵练兵就行了，不要多嘴，那样只能让父亲徒增烦恼。"

两人都低下头去。

到处火光点点，笑声四起。士兵想得简单。有的兵什么都来不及想就死了，有的兵因恐惧而哭，这就是战场。此刻，就享受严苛训练后的轻松吧。

二

夏末，宋军进攻泽州的消息传来。

据说有四万大军，后方还有宋帝亲率的七万人的部队。

接连有消息传到杨业府邸。北汉对宋军入侵的防备实在是简陋，只是在通往太原府的路上设置了几个关卡，安置了两万兵士，其余六万禁军布控在太原府周边。这与其说是守卫河东路，不如说是守卫太原府。朽木不可雕的朝臣们想把兵力布置在看得见的地方。皇帝想的也一样。

生为北汉之兵，一声令下，君命必从。但是，每每在战事正酣时，冷箭自背后飞来。

杨家对北汉的必要，无须多言。然而，有朝臣不想看到杨家势力逐渐强大，向皇帝进各种谗言。

不再扩大兵力也行，让他们作战就好。如果从一开始就能领命出战，损兵折将应不至于太惨。但皇帝和朝臣让杨家出战，都是在战局绝对不利之时。

此前和宋的数次交锋都是如此。皇帝和朝臣不会吃一堑长一智。

政务交给朝臣，随他们怎么办。杨家为了养兵，拥有通往北方的盐道，盐道是商人们在用，他们一直聚集到五台山。掌管盐道的权限，也就是杨家的军事力量。仅这一条，就算皇帝也没能染指，这是杨家长期保留的权限。

不能在自己这一代毁了杨家，也不能背上不忠的骂名。但是这样下去，北汉早晚会被宋压制、击溃，这也意味着杨家的消亡。

杨业很烦恼。如果皇帝英明，至少还会有几个能劝谏皇帝的朝臣。如今，北汉的存亡取决于如何用杨家。

脚步声交错。

延平和使者一同飞奔进来。

"听说宋军破了天井关攻陷泽州，正要攻接天关。这虽是传闻，但皇帝已向辽国萧太后派特使求援。父亲，为什么不是杨家而是辽？"

"延平，不要发火。北汉出战，必用杨家，我们只需耐心等待。"

"辽可是他国呀，父亲。"

"要好好借用辽国之力，这样能与宋抗衡。"

"一不留神，会被辽吞并。让别国军队进入自己领土，朝廷是不是想得过于简单了？"

延平说得没错，但此时杨业不能点头。

"总之要盯紧战况，准备好随时出征。"

"自从得到宋军逼近国境的情报，就准备好了。"

延平有着长子的温厚，但此时也抑制不住激动。

"诏书总会下的。"

"什么时候？宋军已经在践踏北汉领土了。"

"总会下的。我在等着，你等不了吗？"

"这……"

杨业抱着双臂，闭上眼睛。如果向辽求援不是谣言，对杨家来说就一点也不合理了。就连长久以来为北汉而战，屡屡化险为夷的自负也变得毫无意义。

等延平离开，杨业才一拳砸在桌上。他真想立刻奔到太原府，割下朝臣的头颅。

次日，向辽求援的传言得到证实。儿子们一片哗然，杨业怒而制止。

如此一来，就坐看宋和辽如何争斗了。

接天关地处高处要冲，守将严防死守。

宋军久攻不下，到了第四日，呼延赞出战，猛攻一整日，拿下接天关。宋帝不费吹灰之力入绛州城门，连败之后，北汉守兵不战而退。

"北汉南端两州被宋拿下，宋帝入绛州城，这反而是好事。六万禁军南下，行进的辽军和我们杨家军从侧面同时攻击的话，能一举歼灭宋军。"随行巡逻兵营的七郎延嗣在马背上边整理辔头边说。

"你十七岁，是吧？"

"是。"

接下来该采取的策略理应如此。引宋帝入境内，完全有可能趁势扭转局面，禁军却全无动静。辽在国境内的两万军队由耶律沙率领，朝廷上下忌惮，这点显而易见。

十七岁、毫无战斗经验的人都能看清形势，朝臣们却都是睁眼瞎，被圈养惯了的禁军亦然。

应对辽军进攻的宋军将领是呼延赞。

儿子们、幕僚们依然强烈表示不满，但无人正面反对稳如泰山的杨业。

杨业想，这下要好好看看呼延赞怎么打。

呼延赞领兵一万五千，辽军两万，两军接近。

杨业不太看好耶律沙。耶律沙的直线进攻确实厉害，骑兵打头阵，步兵压上包抄，这种打法在优势时可行，劣势时则容易瓦解。呼延赞会怎么应对呢？

在北部边境小战时，杨业和耶律沙交过两次手。杨业不愿损兵过多，见好就收，大概会被耶律沙视为怯懦。耶律沙的正面强攻确实势不可当。杨业并不在意给对手留下怯懦的印象。在取下对手首级之前，示弱为好。

杨业府邸在城郭中间，占地甚大，建筑很朴素。城中驻兵两千，其余分散在城外兵营和哨所，总共两万九千。

虽然还在日常巡视，但杨业近日不去视察练兵情况，多数时间待在府邸居室里，战况自有眼线时时汇报。杨业对自己说，审时度势，把握战事全局才是眼下大事，心怀愤怒和懊丧无济于事。

宋军和辽军正面激战。

接着传来的是辽军败走的消息。

呼延赞表面和耶律沙正面迎战，暗中侧面突袭。耶律沙并非不知自己队伍的弱点，调主力去应对来自侧面的进攻。此时，呼延赞集中主力，进攻耶律沙的薄弱之处，轻易破了耶律沙最擅长的正面强攻。

"这人真是能用计谋。"听闻战况的杨业在居室自言自语。

次日，辽军战败引起的太原府的混乱慌张也传到了代州。希望杨家军立刻出兵的请求也到了，却不是诏书。

有传言说，不想让杨家军出动的实际上是皇帝刘钧，但杨业不信。杨家军也是皇帝的军队。

宋军拿下泽州和绛州，呈北上态势。

到了这步，诏书终于来了。

内容是：朕令太原府守备晋阳，故汝等杨家一族，当率军抵挡宋军。

这诏书在宋军开始发兵时就该下达，国土已被入侵，而诏书并未下令收复失地，即天井关、接天关战败和向辽军求援都被太原府视为没有发生过。诏书只说，宋即将来袭，朕令汝等击退之。

"把人当傻子也得有个度，要我说，就得复命说，先把招致如此事态的朝臣脑袋摆四五个上来，谁让他视杨家军为无物。"看完诏书，二郎延定高声叫道。看他剑拔弩张的架势，众将一言不发。

延平瞟了二郎一眼。杨业知道，延平是让二郎代言了众将的所有不满。

"再说了，这诏书算什么？！把我们撂到一边，只字不提向辽求援之事。"

"你闭嘴！这是诏书。"

"可是……"

"杨家军要井然而进。只有打胜仗，才能向太原府堂堂正正表明，只要杨家军在，北汉就安泰。"

二郎低头沉默不语。众将也是"除此之外别无他路"的表情。

发兵已经准备就绪。

指示了两处集合地之后，杨业回到营帐做准备。帐内一片热闹。

此战，七个儿子全员出征。七郎延嗣也年满十七，延平已向父亲报告，此前给了他百骑，练兵能力超过预料。

两千骑亲兵集合在城内广场，打着"令"字旗。除了"业"这一名号，杨业被称"令公"已久，故帅旗也是"令"字。

"出发。"杨业静静下令。

五百骑前锋策马开拔，行动敏捷，丝毫不乱。此刻，杨业胸中开始热血沸腾。

"大部队出发！"七郎延嗣高声下令。初次出阵，七郎跟在杨业身边。他力争要打前阵，似乎被兄长们喝令而退让了。

把七郎放在自己身边，能看见战斗全貌。如果打前阵，只能看见直接对阵的敌人。

骑兵开动。杨业身后的"令"字旗一字排开。

出城门约十里，迎接杨业的是无数飘扬的旗帜。

三郎延辉、五郎延德、六郎延昭领兵约一万，队列以令旗为中心，齐刷刷地开拔。杨业未停马一步，一万兵士开始出发。

"七郎，如何？"

"加上大哥的三千，就是一万三千兵了。我这是第一次跟全军前进，心里很激动。"

"行军就别激动了，等开战再激动吧。"

"开战就不激动了。"

"别忘了害怕，但不能被害怕控制，有勇无谋会让士兵送死。"

行至晋阳附近，杨业向朝廷派出使者，询问在何处接受皇帝阅兵。

皇帝回复，不必阅兵，速速前进迎敌。闻此回答，杨业心中愤怒：这是不想见杨家军吗？

他压住了怒气。大战在即。

延平代表众将来问，为何不接受阅兵。

"北汉南边领土已被侵略，先收复失地要紧。"

"可这是在行军路上，阅兵不影响行军速度。"

"凯旋之时再阅兵，你就这样传令吧。朝廷说的不必阅兵，这话就传到你这里为止了。"

杨业的心思是，只传给延平，不让他再传给弟弟们。

"就这样吗？"

"只能让皇上和朝廷承认我们的存在，我现在开始这么想了。"

"父亲，真是悲哀啊。之前的呼延赞也是如此。"

"大战在前，不说兵士，部将们不能被愤怒所支配，你要守住这一点。"

"我知道了。"

眼下，行军没什么阻碍，但杨家军行进的消息大概已由密探报告宋军。杨家军也派出了探子，敌方先锋离开绛州、泽州，正向岳阳南边行进，后方有宋帝的大部队。

在西河补足给养，兵站支撑辎重车百辆、兵士两万五千人已是捉襟见肘。杨业让七郎记下了储备军粮的处所。关键时候，太原府有可能切断兵站供给。

此前他们向驻扎太原府南边的禁军请求过后方支援，未见有动兵迹象。无后援不得战，杨家军退回代州，向太原府派使恫吓，才得报说禁军两万人已出发。

这一战，不仅要侦察前方敌人，还要侦探后方动静。

岳阳的敌军先锋有一万人，紧跟在其后的有三万。阵形与其说像鱼鳞，更像是楔形。敌军未举旗，不知是谁的军队。

"父亲，没有旗，这是怎么回事？"

"大概是把大军交给了一个大将。看起来像是怪招，我觉得这个大将在隐而不发。七郎，暂且当他们有四万精锐吧，前进。"

骑兵队集结打前阵。

　　然而，敌人并没有变换阵形的动静，是楔形先锋十分强悍，还是先头是死士？如果敌人是兵力占绝对优势的大军，可能会使用一点死士，把俘虏兵、有问题的兵当挡箭牌使，趁弃子被攻之时，形成夹击或侧面攻击的阵形。但是，此前宋军并未使用过死士。

　　临近岳阳，离宋军先锋仅有十里。

　　"步兵分四段，骑兵队两翼纵列，再过两里，骑兵在前。"

　　全军开动，烟尘四起。尘埃稍落时，已行两里，杨业摆好了预想的阵形。

　　前方八里的丘陵，敌军先锋已经摆开阵形。杨业能觉察到敌军气势高涨。果然不是死士。

　　"侦察队出发，查实中途有无伏兵、陷阱。大军继续前进两里。"

　　两军相隔六里之处，杨业令骑兵散成鹤翼形。

　　这阵形前进，可能会被楔形切断，算不上好阵法。但杨业始终认为，战事在于变幻之中。如果敌军阵形不变，杨家军当然能变换阵形。

　　途中没有伏兵，也没有陷阱。已经前进至此，之后就看敌人动静了。

　　两军对峙，相互观望。

　　"七郎，你怎么看？"

　　"眼下我军的阵形不利，但如果敌人直冲过来，我们两翼的骑兵能成纵队强攻，冲垮他们的楔形先锋，然后步兵突击，与敌人角斗，用好骑兵的话，能击垮敌军。"

　　"怎么用骑兵？"

"那得随机应变吧。为了能应变，我平时反复练兵。"

"要是你指挥，最初对峙时用什么阵形？"

"大概还是类似的阵形吧，但会把骑兵在两翼缩紧。扩成鹤翼的话，会过于给敌人威压感，毕竟眼下最要紧的是诱敌。"

"给敌人威压的阵形本身就是撑场面，为了施压，会有空隙，要看敌方将领能否识破了。"

七郎的见解还不错，假以时日能看懂内里的话，会能征善战。开头就想冲锋，还是年轻。

继续对峙。两军剑拔弩张。杨家军气势如虹，对手仍不为所动。

"七郎，要先测测敌军将领的力量，不能一上来就贸然互攻。"

七郎微微点头。

冷风吹过，艳阳高照。杨业忘了一切，心里只有眼前一战。

三

不愧是杨家军，呼延赞心想。

阵形没有大的间隙，兵士动作之快令人瞠目，给对手以极大的威压感。兵力是杨家军两倍，宋军部将们已经开始感觉到压力。

握紧的拳头开始出汗。该推开威压感，继续前进吗？有时候，声势只是声势，真冲过去，对方却是纸老虎。然而，对手是杨业，大名鼎鼎的将领。

呼延赞继续觊觎杨家军，见他们定下阵形之后，并无进一步的动作。

甚至让对手觉得，这看似准备进攻的阵形，一不留神就会被反攻。

该退下重新布阵吗？但声势浩大的鹤翼有一点缝隙。此时是序曲，如果退兵，势必士气大落。

呼延赞感觉，眼前的杨家军跟此前击溃的北汉军不可同日而语，和宋军精锐相比也是劲敌。

部将们沉不住气了，压力过大，坐不住了。

"好，前进。"

杨业究竟葫芦里卖的什么药？眼下是单独对峙。探子来报，后方的两万大军还相隔甚远；等那两万大军赶到，威压将难以抵挡。

前进，阵形仍是楔形。若是正面决战，兵力起决定作用。

迅速前进。呼延赞顾忌着敌军两翼骑兵的动静，然而他们并无动作。两军相隔仅两里了，骑兵还是没动。呼延赞下令冲锋。两军冲撞在即。

"什么？！"呼延赞不禁喊出声来。

杨家军中央的步兵在迅速后退，两翼骑兵迅速集结，往前冲。

呼延赞感到一身的鸡皮疙瘩。

"后退！保持阵形！骑兵往两翼去！"

没有鸣金，恐兵士成鸟兽散。传令兵奔走传令。

开始后退。

如若正面冲撞，对方骑兵会从两翼冲过来，和宋军撞个正着。差点成灭顶之势。

宋军退回原来位置。杨家军也恢复鹤翼阵形。呼延赞咬紧嘴唇。不过是被戏弄了，且宋军的一举一动被尽收眼底。

就这样胶着？坐拥两倍兵力，也太寒碜了吧。北汉军不日将有两万后援到位，如此一来将势均力敌。

有人高声说话。一骑往宋军阵地策马而来，在楔形前端立马。

"报呼延赞将军！"声如洪钟。呼延赞没有竖旗，对方仍明白了是他在指挥大军。

"杨令公传话：相互堂堂正正立旗而战如何。"说完策马而去。

"后退五里，占据山坡，布鱼鳞阵。"呼延赞下令鸣金收兵。

对于不战而退，呼延赞不是没有顾虑，然而，这远胜于败走。

宋军组成的鱼鳞阵盖住了斜坡。

"挂呼延赞旗。"

在山坡对面搭起营帐。这一战不会草草收兵。呼延赞犹豫是否该向后方请求数万增援。以四万兵力抗衡杨家军，这是皇帝刚下的敕令。

杨家军后退三里，靠河搭起营帐。杨业的不慌不忙反而给了呼延赞压力。

次日，使者到来。

报：御驾亲征，三千骑亲兵护驾，已行至十里远的后方。

呼延赞带上十骑随从，慌忙策马。

皇帝已经抵达，在营帐休息。亲兵戒备森严，被带到营帐里的只有呼延赞一人。

呼延赞下跪叩首。

"呼延赞，你后退重新排阵了？杨家军有那么难对付吗？"

"是。"

皇帝身边只有统帅潘仁美一人。

"呼延赞，没有迎战，就能判断对手的实力？"潘仁美说。他是宋军土生土长的将领，呼延赞是降将。两人作为将领的实力不相上下。

"光看兵士行动也能预测兵力。我避开了贸然互攻，选择稳扎稳打。"

"杨业居然能让强悍如你者这么想。"

"论战术巧妙，恐无人能及他。"

"也该打一次吧。"潘仁美说。

两人在军内关系并不友好，因为一有恶战，潘仁美就不愿出战，呼延赞觉得自己总被推到前线。

"陛下，杨家军和此前战过的北汉军完全不同，可能的话，我想请求援兵。"

"呼延赞。"潘仁美开口。

"潘仁美，你不用说。呼延赞可是曾经以一半兵力一举击溃过辽军两万精锐。"

皇帝沉思良久，他应该意识到进攻北汉到了关键时候。沉默的时间，长得让人心焦。

"增援三万吧，全军由潘仁美指挥，呼延赞还是指挥原先率领的一万兵，听潘仁美调遣。在北汉增援到达之前，击溃他们。"

看着面露笑容的潘仁美，呼延赞只能点头。他不认为在

对战之前提出增援是个错误。对付杨家军，以大军压上才是
上策。

"我即刻进发。"

"八王替朕督战。将是七万大军，切不可令八王涉险。"

呼延赞微微松了口气。八王是先帝之子，皇帝侄子，眼光
公正，在他归顺时也曾鼎力相助。

增援大军呈随时可进发之势，部将被叫到皇帝面前集合。

"朕承先帝之志，统一此国，现离志愿达成仅差一步。朕
希望，此战必击倒北汉，实现统一大业。"

听完皇帝壮语，增援大军开拔。呼延赞与五骑随从先行。
原有的四万大军分成一万、三万，已整装待发，与援军会合。

杨家军想必得知对方增援将至，却没有行动。阵形中央的
"令"字旗依然令人望而生畏。

潘仁美到阵，把全军分为四段。在四段的前端，呼延赞的
一万兵士被置于先锋的位置。

"死守此地，让杨家军进攻集中于此。此时，我们的大队
人马进攻侧面。"

潘仁美的战略，一开始就以牺牲呼延赞军队为前提。这等
于说，去冲敌人的正面，当挡箭牌，呼延赞也只能沉默点头。
对这种情况，从归顺之日起他就有心理准备。

八王并未就战术开口。

呼延赞立刻率领一万人马，到指定地点排兵布阵。如果杨
家军冲至通常的战斗位置，将在正面两里处和他们撞个正着。

呼延赞把一万人马收紧。步兵在前，战戟排开，后方是骑
兵。刀刃相见时，被对手吞噬前就一股脑往前冲，攻敌人的大

本营，其他就顾不上了。呼延赞在想，可能自己会死在这里了吧，一转念，又满心扭转乾坤的霸气：这么死，爷不甘心。

没等多久，杨家军静静开始行动。潘仁美所在的大本营周边，战鼓擂响。

"都别尿！"呼延赞高喊。

杨家军的行动意外变快。呼延赞目不转睛，看"令"字旗如何移动。骑兵兵分两路，其中一路举"令"字旗，令旗如同加了什么魔力，急速动起来，在呼延赞所在的外围，迂回而行。呼延赞想，这是要攻我步兵吗？但见烟尘四起，并无进攻。步兵也在呼延赞军前分成两路。这是要搞什么？呼延赞屏息观察，想把握情况。后方大部队意外骚乱起来。杨家军似乎突破了骑兵壁垒，正进攻大本营！

呼延赞迅即撤回骑兵。在主力部队后方，有一处八王观战的山坡。呼延赞全力策马狂奔。遭突袭的潘仁美主力军已乱了阵脚，鸣金收兵。

呼延赞集结骑兵，守住八王所在的山坡。此时，"令"字旗已开始远去。这是在主力军中搅了一通，当头一击就跑，动作之快，令人咋舌。脱逃的潘仁美奔回，号令鱼鳞阵重组。

一时间的形势：七万大军，拼死严守。呼延赞亦召回鸟兽散的步兵，在山坡下布阵。

后方两里开外的御驾大军也赶到，计十万阵容。加上后卫，兵力十数万。虽如此，却未能主动出击。

皇帝召集将军至营帐。

"对方避开收紧的呼延赞军，直驱突破我方骑兵，痛击我主力军。我大军一时溃逃，呼延赞骑兵赶回，防守我观战的山坡。"八王报告得详细。

杨家军长驱直入，目标只是冲击主力，双方并无多少折损。

"看这次布阵，朕认为是拿呼延赞当死士用。杨家军想必是躲开死士，进攻了主力。"

对皇帝的话，潘仁美只有点头。七万对阵两万，主力却被袭击，潘仁美无可辩解。

"朕丑话在前，宋军不可用死士。尔等可把他们的命当成朕的命。今日，难说呼延赞是冲锋过头的前卫，还是死士。在此，朕明令，禁用死士。切勿忘记，宋正在实现国家统一大业，北汉终有一日会成同胞。今日之战，受了奇袭，却非战败。开战之时，兵力处于下风的敌人下赌注奇袭，得一时成功，如此而已。"

潘仁美的表情明显轻松下来。

此后，众人讨论战术，散会。呼延赞被单独留在营帐中。

"你在死守八王，对此朕要谢你。朕想亲见杨家军的行动，确实令人眼前一亮。"

营帐中只有三人。

"任多少大军压阵，杨业确是不惧。仅听八王之言，就能明白这点。呼延赞，你别恨潘仁美。世袭的武将，有世代尽忠的执念，他们无论如何都会认为，归顺者当从流血开始。"

"我有准备。"

皇帝似乎在想别的事情，不时闭上眼睛。自语一般，皇帝的嘴唇动了一下。呼延赞往前探出身体，想听清楚。

"想让他归顺。"

呼延赞觉得自己能懂其中的意思，从皇帝的角度看，大概考虑的不仅仅是击溃杨家军。

"眼下，你觉得有这手段吗？"

"想来晋阳的刘钧未必会厚待杨家。"

先击溃，再劝其归顺——行伍出身的呼延赞不禁这么想。他自己曾拥兵一万，在太行山里占山为王，但知道维持不了多久。最终，他差点落草为寇，自己提出了归顺。

"呼延赞，能不与杨家军打，保持胶着吗？"

"我们兵力强，只要加强防守，不应战，就算杨业也无法动兵吧。可能他会考虑夜袭之类的奇袭，只要我们有防备，杨家军的折损无疑会更大，想必杨业也会预料到这一点。"

"同去年之战一样，只要严防死守即可。"

"若陛下意在进攻，不光是我，全体将士都会一呼百应。"

"跟他们胶着。"

呼延赞点点头，虽然他不明白皇帝在想什么。

四

十数万敌军严阵以待，不管如何诱敌野战，他们都不回应。杨业想用夜袭，探子回报，对手防备森严。

杨业陷入沉思。已经胶着对峙了十天。

"让我去夜袭吧，一千兵也可。"终于，七郎也忍不住开口。

"敌人兵力是我们六倍。虽然太原府来了三万增援，却只在十里开外的后方布阵。七郎，我们一个干掉他们六个，才算战平。就算平日再有训练，这也太过勉强。"

潘仁美这个统帅很平庸，过于依赖兵力。可是有呼延赞，不管用哪种奇袭，想必都能随机应变，夜间尤其会加强警戒。

"这样下去，就会重演去年一战的情形，胶着不下，最后不得不讲和。"

事实上，可以说陷入了最糟糕的境地。敌人大军压境。兵站能保持多久？杨业派人出去打探。

于宋而言，宋帝亲自出阵，所谓亲征，而且东西南都无敌人，物资齐备，无偷袭空隙。

与彼相比，自家军队的兵站堪忧。太原府的补给经常滞后，杨家军的百辆辎重在全力备战，而军粮只能经由太原府入手。此外，朝廷官员还可能百般刁难。

分布在太原府周边的禁军残余约有四万人，杨业再三请求发兵南下。

回复必定是：太原府晋阳的守备怎么办？太原府守备是什么，击退侵犯北汉的宋军，不就是守卫太原府吗？

这个道理在朝臣那边却行不通。皇帝自己似乎也是身边非有数万禁军才放心。

太原府四万军如果南下，兵力将超八万，战术得当，或可抵挡十余万宋军，所有牵制将成为可能，敌人也无法持续布阵胶着。

咬牙切齿也无济于事，去年之战亦是如此。但这次，领土被犯，绛州、泽州被夺，即使双方讲和撤兵，也已失去二州。

如此慢慢蚕食领土，正是宋军所图。

磨人的胶着战日日持续，二郎三郎甚至开始练兵。

"父亲，敌方已是宋帝亲自出马，且是大军压上。持续胶着，一定是另有所图。"延平来到营帐说。

太原府可能会回复：作为先锋的杨家军不战而与敌人胶着。朝廷或许看不见大战。

此时若贸然出击，不过是以卵击石。胜算不在静止中，而在激战中。

"这是宋帝设的离间计吗？"

"除此之外，看不出按兵不动有其他意义。当然，他们会往晋阳放奸细，宋帝想必在掌握我们朝廷的气氛。"

"延平，你住口，此时不该怀疑皇上。"

"但是……"

"行伍之人，就该如此。"杨业想说，却心头一凉。

假设是敌人的离间计，自己能舍弃北汉这个国家吗？不能的话，只有为了朝臣让兵士送命，为皇帝捐躯。

"殉国"这个念头，杨业无论如何也冒不出来。他有过犹豫、彷徨的时候。自己是北汉之臣，为皇帝尽忠殉国也是理所当然。

但这是在奋力战斗之后的事。现在大敌当前，却受阻于皇帝。布好铁阵冲击敌人大军，选择自我毁灭之路——杨业觉得，没有其他方式比这样更纯粹、更能表达对这个国家和皇帝的敬爱了。

他首先想的是：守护杨家军和他们的家人，绝不打牺牲兵士之战。自己首先是一族之长，然后才是将领。为了一族之名，什么战都能打。

宋帝正是抓住这点，用了离间计。想到这儿，杨业一身鸡皮疙瘩。这在战场上从未有过。被攻心了，杨业想道。

兵士们会士气大落，一蹶不振。眼下最忌讳的就是这一点。二郎三郎大概也是担心这点，才会在对峙中使劲练兵。

又过了数日。

"谣言开始流传了：杨家军通宋，所以光是对阵而不战。"派到后方打探消息的探子回来报告。

既是离间计，想必会流言四起，这也是预料之中。杨业想，皇帝和朝臣不至于会全信；但乌云笼罩般的阴影，挥之不去。

巡视途中，他爬上山坡，从那儿，十里开外的宋军一览无余。

已经搭建了五个建筑，其中一个想必是宋帝行宫。敌阵组成了鱼鳞阵，鱼鳞处设了拦马的栅栏。没有空隙，可以说是铜墙铁壁。这似乎表示宋帝在说：我可以一直等。

不管如何挑衅，宋军都按兵不动。

毫无作为，数日流逝。

延平脸色铁青，冲进营帐。二郎也一起进来。

"运军粮的辎重半数未到。迟到是不是有原委？"

"打探过了，我们没能顺利从太原府领取军粮。后方的两万禁军却屯粮丰足。"

这就是说，一半辎重车没载军粮。军粮由禁军辎重队从太原府运送。原本该运至阵中，禁军声称辎重车不足，让杨家军辎重队去后方五十里接应。

"就是说，前线军粮没有优先。"杨业压住怒火说。

军粮滞后的情况此前也有过，但只是少量短缺，如此大规模还是第一次。

"二郎，你带兵五百，去军粮所。军粮队若再有托词，提管事的两三个人头回来。"

二郎欣然飞奔而去。

"延平，你觉得军粮滞后和太原府的流言有什么关联？"

"大概那班朝臣的脑袋，就那样了。我觉得不光是朝臣那么想。"

延平的言外之意，是皇帝在授意。朝臣的愚蠢可以放在一边，杨业不愿相信，是皇帝不想给前线的兵士们送军粮。

"父亲总说，行伍之人只管作战，但果真如此就行？"

杨业想说，如此就行，却没能说出口。他唯有握紧拳头，觉得快捏出血来。

无论如何，杨业无法舍弃皇帝。朝臣中的多数会这么想吗，他们考虑到军粮不抵前线的后果了吗？

"延平，注意军纪。"

"我已经留意。此时若内部松懈，是杨家军的耻辱。我不会向将士们抱怨军粮不足。"

不光如此。军纪松懈之时，敌人突袭而来会怎样？宋军用离间计，是因为杨家军不好对付，若他们认为可击溃，会立刻抛弃离间计。

眼下避而不战的无疑是宋军，然而若形势持续，派出两三万兵力奇袭易如反掌。

杨业直起腰，思虑良久，灵光一现。

想必有混进杨家军的探子向宋军报告，前线军粮停滞。稳如泰山的杨家军出现缝隙，也应该能进入宋军视野。

"叫王贵。"

延平一脸不解出去。杨业继续思考。

　　王贵进了营帐。他自幼和杨业一起长大，亲如兄弟，杨业视他为心腹，对他有着和对儿子们不同的信任。王贵不仅是个好将领，更像个文官，能和杨业互补。

　　"我想挖个坑。"

　　杨业话音刚落，王贵就笑了。他眼里总有一道黑暗的光，有时令人生厌，只有杨业知道黑暗的缘由。

　　"张文大概是合适人选。"

　　杨业只说了个"坑"，王贵已经知道他想做什么。延平一头雾水，傻站着盯着杨业的脸。

　　"戏码不足，敌人不会上套，若是让张文带上三千兵……"

　　"那这坑就够大。"

　　"但是将军，那宋帝会轻易上钩吗？"

　　"要挖，眼下正是时候。不要造声势，悄悄让张文逃脱吧，只派张文的使者，对了，派到潘仁美那儿去吧。"

　　王贵面露沉思，和杨业四目对视了一下。他在想是否该去找呼延赞，转念一想，还是潘仁美合适，还是不要越过潘仁美直接通传宋帝。

　　"对，潘仁美是有点油盐不进，但由于前几日的战败，他会急于建功。"

　　"我还是不要见张文了，你跟他谈吧。"

　　"等等，父亲。你们在说什么？"

　　"让张文反水。"

　　"什么？这么愚蠢……"

　　"你才愚蠢。张文不会反我，但张文十年前才加入杨家军，此前是偏安代州一隅的小头领。"

"而且，延平少爷，朝廷和杨家关于军粮的纠葛，想必已传到宋军。必须严明军纪，但要是张文脱逃，也许宋帝会上套。"

"就是说，这是诱敌来战的陷阱？"

"延平，军粮一事不好解决，这反倒是个良机。"

"原来如此。"

"延平少爷，张文的位置在左翼一端，他那一块空缺，要迅速补上，要配得上杨家军的严丝合缝。若不是这样的陷阱，宋帝不会上钩。杨家军没乱，但张文逃脱，即使这样，这陷阱也未必能引宋帝入坑。"

延平沉思。

延平率直，大概一时难以理解。换了四郎，或许能秒懂。

"这样啊，是个坑啊。"

"说宋帝给太原府和杨家军设离间计的是你吧，这没错，但假如杨家军有了裂缝，他们会乘虚而入一举压上，这也没错。为了避免陷阱被识破，不能让他们看到我们乱。一点也不能弄虚作假。"

"我懂了。"延平有点发愣，转向王贵。"父亲说想挖个坑，就这一句，大人就什么都懂了吗？"

"是。怎么了？"

"我在想什么，大人也能知道吗？"

"不，大少爷想什么我不知道。"王贵苦笑。

延平跟王贵说话的语气和对别的部将不一样，总带着敬意。这很好，杨业想。

"是宝，延平。王贵是我的宝。你也有能当成宝的部将吧。"

"是的。"

"要说是宝的话，您太抬举我了。在杨家军里，我武不能举，至少要努力揣度将军的心思。"

"好了。延平，你去吧，别露出破绽。张文逃脱即是破绽。"

"我知道了。"

延平出去了。

王贵说了太原府的情况。使唤有本事的间谍基本是王贵一人的事，间谍多达二十人，十五人在敌人后方，五人在自己一方。

王贵并非只是报告，还仔细分析是否有问题，处理该处理的事。杨业给了他相应的权限。

"将军，公子们的忍耐也快到极限了吧。"

"他们质疑我的生存方式的时候或许到了。"

既然宋帝亲自出马，想必宋军这次不会仅讲和退兵就善罢甘休。去年之战，其先帝太祖在位，太祖是现在皇帝的兄长，为人刚直，有凝聚力，把宋建成了大国。现在的宋帝凡事周密。关于宋帝，杨业知之甚少。

"这只能由将军一个人决定，在这之前，该听听公子们的想法吧。"

"所以，你也知道我儿子们在想什么，是吧？眼下，先看看宋帝怎么对待我们挖的坑吧。"

去年大战之后，太祖不久就病死了。帝位没有传给八王，一则是八王年轻，也是因为现在的宋帝相当有器量。

"我让二郎去取两三个人头，他定会取回来的。"杨业把话题转向军粮。

"所以将军才派二公子去了，接下来看太原府如何出招。"

"我可能会被治罪。"

"此一时彼一时,我们也该知道太原府想什么了。"

"战事胶着,但时不我待。"

"越是到不了实战,形势越复杂。"听王贵此言,杨业微微点头。

营帐外传来马蹄声。杨业想,该是例行巡视准备好了。

五

赵光义在思考。

潘仁美来报告,杨家军有骚乱,得力部将张文脱逃。

杨家军有了动静,多少考虑到了布阵的漏洞,这在此前的对峙过程中并非没有过。据说张文带领三千兵脱逃,杨家军阵形却未见明显漏洞。

杨业自己想脱离北汉——这个谣言是赵光义授意传到太原府晋阳的,这是向敌人实施离间计的常道。事实上,杨业和太原府关系并不好,给身在前线的杨家军的补给经常中断。

但是,杨家军并非军粮全断。杨业这样的男人,定能看破两军对阵时乱自己军中阵脚的伎俩,能稳稳掌握军心的才是优秀武将。

探子来报,杨家军斩下北汉三个官员人头,强行让军粮运至前线。这消息听起来有诈,但斩首一事却像是真的。潘仁美再次报告,杨家军部将张文屡屡派使者请愿归顺,这看起来也难说无诈。

"杨业有七个儿子,跟那个叫张文的说,拿其中一个的人头过来，当投名状。"

"可是，陛下，张文已经脱逃，带了三千兵。"

潘仁美想把张文逃脱当成自己的一步好棋，所以判断力会受影响。赵光义想叫呼延赞，顾及潘仁美的立场，叫来了八王。

"是吗，得力部将脱逃？"

"我加了归顺条件，拿杨业一个儿子的人头过来，虽然这条件有点过分。"

八王沉思。赵光义看惯了八王自幼的深思熟虑，这或许像他父亲太祖。赵光义常想，自己有些地方远不及兄长，可以说现在的自己是在学习太祖。

"张文归顺是在背叛杨业，陛下，他不是心血来潮，而是在此战中一直欺骗杨业。"

杨业没那么蠢——似乎八王也这么想。

"是陷阱？如果是的话，可真是奇思妙想。"

"此时进攻的话，敌人有防备，我觉得是这样。而且只要开战，杨业就能清者自清，陛下的离间计不攻自破。"

"跟你说话，能一点点拨云见日。"赵光义想，侄子八王身上有着自己儿子七王没有的东西，器量要大得多。一时间，近似于嫉妒的情感向赵光义袭来，他不知这是对于兄长，还是对于侄子。

"问题在于潘仁美怎么处理吧。接受归顺，留下张文，切断他和杨家军的联系，陛下，您意下如何？"

"这一来，张文会来吗？"

"不必让他来，只需让他在远离战场的地方待命，我们可以给他送军粮。"

"如此一来，太原府会加深对杨业的怀疑，潘仁美也有颜面。但是，八王，如果此计不成呢？"

"对潘仁美，只要夸他识破敌人的陷阱就行。前几日一战，他差点把我独自扔在山坡上，大概憋着气想将功补过。交涉全由潘仁美来办，陛下只要说是个陷阱就行。"

潘仁美对于归顺者的戒心不容小觑。虽不至于露骨表达，但对他们的敌忾之心还是一眼可见。这可以约束根红苗正的宋军兵士，也无形中在疏远归顺而来的将士们。如果能老老实实归于潘仁美麾下还好，但还有呼延赞这样横刀立马、对自己如何用兵绝对自信的。对这样的大将，不该磨去他们的棱角。如若杨业归顺，更是如此。

"八王，你怎么看杨业？"

"不该视之为敌。只要压制了北汉，陛下就能一统天下，而后将另有大业。我想杨业还能为我们所用。"

"朕想让他归顺，也是想到了将来。"

"宋军中缺少像样的将帅，如果呼延赞加上杨业，或许能一改宋军风气。"

在军中，潘仁美对政事抱有野心。

赵光义认为，军事力量对于施政是必要的，但他并不想让武将染指政事。文官为政，武官维持秩序，这也是兄长太祖描绘的国之蓝图。

赵光义想，杨业加入宋军，文官、武官的区别就会清晰起来。告诉全军武将该是什么样子，呼延赞还不够格。

"八王，你好好想想政事是什么。"

"遵命。"不知是否因为赵光义说得唐突，八王的表情有点困惑。

"朕承兄长之业，在国中连续征战，但这个国家不能以武力立国。我想，到了你的时代，文治就会理所当然了。"

八王颔首。

赵光义时常与八王对话，这不是坏事。面对八王，也就是在面对自己一直无法超越的太祖。

潘仁美次日来报。

"张文说，恕不能取昔日主君一族的人头，若取了，非人也。"

"仅此而已？"

"张文似乎知道杨家军的几个机密，他说，还能告知杨家军弱点。"

"自张文逃离之时，机密已非机密，弱点也是如此——这点防备，不用说杨业，是个武将就该有。"

"陛下，我有办法让张文点火，可一举击溃杨家军。"

"潘仁美，不要玩手段。想归顺的人，让他归顺就好了。我说让那个叫张文的取杨业儿子的人头，是想看看他的人品。"

"我会拆散他的三千兵，分散在宋军里，张文嘛，我会放在身边，察看他的力量。"

"不可，把张文和他三千部下隔离在远离战场的地方。"

想来杨业不会上钩。此时从杨家军抽走三千，影响应该不小。

"陛下，果真这样就可以？"

"眼前是。加强守备，继续对峙。对方总会有所行动的。

潘仁美，听好了，和张文的交涉要慎重，不要光想着逼他归顺。交给你了。"

"得令。"

潘仁美至今没有反驳过自己。文官也好，武官也罢，赵光义在等着能反驳自己意见的臣子出现。

宋收了吴越，眼下在收北汉。基本已经没有和自己唱反调的臣子了。赵光义想，在这种状态里久了，原先能看见的东西大概会变得看不见。以前，自己经常反驳兄长太祖，太祖也从善如流侧耳倾听；正因为是皇帝的弟弟，立场轻松，什么都能见，也能言。

如今，八王对自己来说就是这样的角色吧，赵光义想道，亲儿子七王有些优柔寡断，总在看父亲脸色行事。

"潘仁美，和那个叫张文的交涉不能掉以轻心。关于张文的归顺，朕总觉得哪里不对。"

"我会记在心上，只要杨家军没有全体归顺，归顺就没意义。"

也不止于此吧，赵光义只是点了点头。

以前，每三日一次，赵光义会去巡视十数万大军。兄长活着的时候，他觉得自己就是个武将。兄长离世快四年了。八王再年长五岁的话，自己或许就不用继承帝位，可戎马一生了。

巡视时有百名随从。赵光义先看的是士兵的表情、动作，还有装束，也让随行的八王察看。

巡视完毕，结束一天。

黑山被叫到行宫。黑山不是本名，是他老家在黑山才这么叫。他是赵光义从兄长那儿接手的间谍，据说手下有两百余人。现身赵光义跟前的只有黑山一人。

平日他大多变装为长者，今夜是年龄相仿的文官，三十岁上下。

"潘仁美的交涉停滞不前。杨业会如何对待张文，有眉目了吗？"

"抓捕吧，张文奔宋军而来的话，大概是这下场。"

"杨业身边有个王贵，谋略的事，我想是他在策划。"

"是吗，杨业有这么个人啊。"

赵光义更加确信，张文提出归顺是个圈套。张文已逃离大部队十里，没有再逃远。潘仁美应该是让他离开三十里。

"张文逃离在太原府晋阳似乎引起了轩然大波，他们在议论是否让刘钧派使者来前线。"

"四万禁军无南下趋势？"

"完全没有。在晋阳来看，杨业是在拿六万禁军当挡箭牌，是要牺牲禁军而让杨家军独胜，另外，都在传言，说杨业自己在和潘仁美大人私下接触，张文一事恰好露了马脚。"

这两点都是黑山手下给晋阳的朝臣吹的风。就现在情形来看，刘钧是个昏君。"君"这个名称，也将随着杨家军归宋而消失。这个国家的君主，一人足矣。

"我们在煽动刘钧的疑心暗鬼，他怀疑杨业并无意操戈而战，派使者正是疑心作祟。"

宋已拿下绛州、泽州，眼下支撑全军的军粮可从两处调配，无运送之劳。以刘钧此时的处境，不该怀疑杨业，却偏偏怀疑上了，这是刘钧的小气，也是杨业的不幸。

只要杨业归顺，这一战则胜，国家统一则成。兄长的托付，成败在此一举。

六

宋帝的处置果然妙。

先是说，提杨业一个儿子首级来见，这就像是一个陷阱。张文拒绝后，被令离战场三十里开外待命，这个距离，已无战斗力。

见大军纹丝不动，杨业一声低叹。如同挖了个坑，坑里反倒被灌了水。张文逃离，大概让太原府的皇帝对自己疑心重重，宋帝想必助长了流言传播。

"我自己去一趟太原府。不和皇帝好好谈谈，就无法开战。"

"这不行，父亲，太危险了。见了皇帝也不会有任何收获。"

"延平，我们是在为皇帝而战，和皇帝谈话能有什么危险？"

军中议事，儿子们和部将都在，王贵也在，不见张文。

"我觉得您还是好好解释一下为好，就一次。"大家纷纷开始表示反对时，王贵的话出人意料。众人沉默。

"将军应该亲自解释战事胶着。张文逃脱也是战术之一，眼下他据守大部队十里开外，能牵制对手奇袭。"

"可是，王大人……"

"大少爷，将军是北汉之臣。眼下，仅有一次军粮大规模停滞，况且这也由二少爷的举动抵消了。将军应该去见皇帝，解释一下。"

道理是这样。杨业自己也想跟儿子和部将们如是说，没想到王贵会开口，他一直看着杨业。

杨业一点头，王贵立即定下五百随从。除了王贵自己，延平和七郎同行。

兵马分三百骑、两百骑两队，次日一早出发。至太原府约四百里，策马两日可达。这是马的极限，良马可日行两百里。

晋阳城门守兵欲上前阻止，见"令"字旗，止步。

自己前来觐见，已派使者告知。使者牵两匹马换骑，日夜兼行，想必一日即到。宫廷周边陈兵超过五千。杨业想：过分。

获准谒见的只有杨业和王贵、延平、七郎四人。七郎是第一次进宫。

皇帝入席，杨业跪下。皇帝一直俯视杨业。周围朝臣中，有人拼命忍住笑。

"杨令公，朕还以为你是来报捷。"皇帝一开口就带着嘲讽。"朕命你战，不战而来晋阳，意欲为何？"

"陛下，敌军十数万，由宋帝亲率，其军阵非两三万兵能破。"

"朕觉得你在避战，这是怯懦还是离反？"

"陛下何出此言？杨家军两万五千人持续对峙，连日抵抗大军压阵，主动出击，兵力不足。我数次请求晋阳周边四万禁军南下，如有后援，我杨家军……"

皇帝嘴角浮出一丝浅笑。杨业想，以前他还略有率直之处。

谒见室内，卫兵看似随时准备护驾。杨业并不在意，小声呵斥怒气难掩的七郎。王贵一脸平静。

"陛下说，晋阳谁守？敌方已夺绛州、泽州，宋军呈北攻之势，晋阳周边无北汉之敌。"

"杨业将军，狮子身上有虫蚁。"说话的是郭有仪，朝臣中位列前席。

"闭嘴！国之存亡之时，此时不朝向宋军，何时用兵？如实禀报陛下，才是尔等的使命。"

室内鸦雀无声。

"宋帝此时正盯着北汉如何行动。当全力驱敌，果断出击，如以杨家军为先锋，必定……"

"杨业，"皇帝打断杨业，"你是在说不必有人守卫朕，说不需要，是吧？"

"我是说，赶走敌人才是守卫陛下。"

"那你为何不打？为何置朕于无防备之中？加上去年的讲和，罪责难逃。"

"陛下说那次讲和有罪？"

"绑了杨业。"

话音刚落，卫兵冲进屋内。无数枪尖对着四人。

"陛下，这是唱的哪一出？"杨业很平静。面圣之时，自然身无兵器。四周的长枪来势汹汹。

"杨业，听闻你在通宋。朕不想看见你的脸，连在身体上的脸。看身首异处的脸，倒还有趣。"皇帝歪着头，在笑，嘴里只有舌头在动。

杨业拂开戳到眼前的长枪，盯着皇帝，皇帝眼里只有充满憎恶的残暴的光。杨业满腔的愤怒不觉变成绝望。

"我杨业何罪之有？"

"先说去年的讲和，能胜却没想打胜，难道不是因为通宋？这回不开战也一样。你已让那个叫张文的离反，还斩了我军军粮队的脑袋，这些都是死罪。这一刻到来，朕甚是愉悦。"

"陛下，等等，这也太荒唐了，岂能听信流言？"

"宋齐丘啊，你总站在杨家那边，要把你的人头和他们摆在一起？"

"陛下，所有的所谓罪状，我能解释，在此请赐机会。"杨业给脸色煞白的宋齐丘使了个眼色，说道。无法说服皇帝的绝望涌上心头。杨业清楚地意识到，斩首不是问罪，而是皇帝无法证明自己的存在。

"杨业，解释是吧？总是觉得只有自己正确的人，他的解释有何意义？朕要的是忠义之臣，忠义不需要解释。"

"陛下，三思啊。"

"丁贵啊，郭有仪、宋齐丘、丁贵，一起绑了。"

郭有仪也懵了，习惯地摸摸白胡须低下头。其他朝臣听见要绑宋齐丘和丁贵，变了脸色。

延平和七郎盯着皇帝，没有慌乱，这救了杨业。

慌乱的脚步声交错。

两个士兵冲进来，差点倒地。杨业不由觉得屋内飘起血腥味。

"何事御前惊慌？"郭有仪训斥道。

"宋军开始进攻，正和杨家军激战。"士兵说完就晕了过去。屋里开始骚动。刚才还一脸冷笑的皇帝表情也僵住了。

"陛下，此时非杨将军指挥不可。"丁贵叫道。郭有仪狼狈地直起腰来。皇帝在发抖。

脚步声再次交错，士兵飞奔进来。

"杨家军被逼后退三里，在打防卫战，后方两万部队也后退三里。照此下去将无法支撑。宋军士兵高喊拿陛下首级，海浪一般进攻。杨家军若被击溃，宋军将直攻晋阳，总兵力十四万，宋帝亲征，先锋呼延赞。"士兵说完，如断了线一般仰天倒下。

"杨将军，能阻止宋军吗？"丁贵再次叫道。

"宋帝这是趁我不在，大举进攻。只要能替换掉先锋呼延赞，就能再度维持胶着，条件是后方两万部队往旁边移动去牵制。"

"可是敌军压上，杨家军已经后退三里。"郭有仪怯声说。皇帝还在发抖。

"现在大约已经被压后五里到十里了吧，但杨家军绝不会逃散，因为不许他们乱了阵形后退。"

"杨将军，能赶走宋军吗？"

"现在这情形，无法赶走他们。但是，可以跟他们保持胶着状态，郭大人。"杨业很冷静。

"但是，我们在被压着打，已被逼退十里。"

"不用担心，"王贵大声说，"杨业为离阵做了相应准备。"

"如何准备？"

"刚才说到张文逃脱，他只是备战总攻离开大部队。现在应该正从侧面牵制先锋呼延赞，只是……"

"只是什么？王贵，别卖关子。"

"战场不宜大军移动，我想，宋帝会绕开杨家军，派别动队直取晋阳，此前，是杨业在阻止别动队。"

"别动队规模？"

"五万绰绰有余吧，如果得知杨业奔赴战场，应会召回别动队，因为先前大军总攻欲一举击溃杨家军未果，破了宋帝大计。"

郭有仪看着皇帝。皇帝仍在发抖。杨业想，大概半是恐惧半是愤怒。

"陛下速速决断！"丁贵叫道。宋齐丘和两三个朝臣也同声叫喊。

"杨业，"皇帝声嘶力竭，"去战，驱赶宋军，洗刷污名。"

杨业屈膝礼拜。心想，何来污名？却没说出口。

"我必定阻止宋军进攻，此后为驱敌出河东路，必须借陛下禁军之力。"

"好，先拦住宋军，无论如何不能让他们靠近晋阳。"

杨业再拜，站起身。

持长枪围住的士兵分开两排。

宫廷外，五百骑兵列队，见到杨业身影，无不松一口气。

"开战，开拔。"杨业说完，便有人牵上他的白马，还有王贵和儿子们的坐骑。杨业跨上马鞍即飞驰而去。

跑了二十里，王贵挥手停住五百骑。"将军，我想在这歇会儿，已经出了禁军势力范围。我不会骑马，屁股疼死了。"

"王贵，你说什么？"

王贵迅速下马。延平令士兵下马。杨业不明就里，也下了马。

王贵在杨业面前叩首："我罪不容赦，连将军都骗了。"

"你在说什么？"

"宋军并未进攻，还在胶着。从战场传报的士兵，是我事先安排的。"

　　杨业和王贵四目相对。如果没有传报，他们大概出不了宫门。可是，连这都在王贵预料之中？他在悄无声息地做着杨业赴晋阳的准备。

　　王贵这是要让杨业看清皇帝？现在，他觉得杨业已经看清。

　　"延平和七郎可知此事？"

　　"是我自己的主意，也想让延平、七郎两位少爷看清楚朝廷。"

　　"你这是逼我拿主意？"

　　"那刘钧不可能胜宋帝，如果将军认为这样也可以，我再无二话，唯有跟从。"

　　有人拿过脚凳，杨业坐下，交叉双臂，闭上眼睛。这一刻，本该来得更早一些。从去年讲和之时开始，自己和朝廷就一直貌合神离。敌国宋恰好死了国君太祖，新一代宋帝执政，这无疑加速了自己和朝廷的对立。

　　但是，王贵对皇帝直呼其名刘钧，言外之意无非是在对杨业说：看看他真正的嘴脸。

　　"王贵，把延平和七郎叫来。"

　　王贵点头起身。

　　片刻之后，二人从兵营过来，在杨业对面的脚凳落座，一言不发盯着杨业。

　　"你俩都听王贵说了吧？"

　　"那皇帝老儿不值得敬仰。"七郎点点头说。"愚蠢、怯懦、自以为是，要不是有父亲这样的忠臣，早就不知在哪儿被杀了。那时候我真恨不得一枪刺死刘钧。"

　　"延平，你呢？"

"跟随父亲。"

"什么意思？"

"现在我刻骨觉得，在父亲心里挥之不去的'不忠'二字，对于刘钧毫无意义。"

"是吗？"

杨家军如同孤儿，就像是视为父母的人对自己说，你不是我孩子，而一旦有难，他又回到原位，以家长自居。

"我以自己的不忠为耻。"

"那是父亲的美德，可我不论如何都不觉得刘钧配得上您的美德。"

杨业想起来，刘钧当时在笑，笑着说以割下自己首级为快。自此，杨业痛觉，自己也不再称皇帝，而是直呼其名刘钧。

"延平，出发。"杨业闭着的眼没有睁开。"我要问问二郎他们几个的意思，不论如何，杨家是一个整体。"

"我去准备出发。"延平起身，大声说。这个声音，让杨业心里非常清楚，儿子们的回答会是什么。

翌日，众人回到大本营。

杨业在营帐独自待了许久。也没什么可想的，只是在重新审视自己和北汉这个国家、刘钧这个皇帝的离心离德。

在这个国家，小国立了又灭，此起彼伏，北汉建国也不满三十年。尽管如此，杨家是北汉最大最强的一支武力，自己毕生为北汉尽忠尽义。

"斗胆去背不忠的骂名吧。"杨业自语。杨家一族的生路，只剩此一条。

"把儿子们叫来，挨个进营帐，从二郎开始。"

儿子们之后，杨业打算和部将们一个个谈。最后的决断在于自己，也可以说决定已了然于心，尽管如此，听听每个人的想法仍很重要。

等二郎来的间隙，营帐里，杨业深吸兵营的空气。胶着连日，战场的硝烟味变得稀薄。

"我将背负骂名而活，你会成为一个污名之辈的儿子。"杨业跟儿子们说的是同一句话。

儿子们无一反对，只有四郎略有不同，他说同是不忠，还有另立山头这条路，可利用宋与辽之间的地利而活。四郎言下之意，这是可选择的道路之一。许是遗传了母亲，四郎的性格和直性子的兄弟们迥异。延平和三郎是一母同胞，其余五人都不同母。

叫到营帐的部将有二十八人。杨业说，可以不必跟随背骂名而活的自己，众人均答愿继续跟随。

杨业熟知每个部将的性格。并无血脉相连的他们同声说追随，杨业落泪，这眼泪在儿子们说跟随时没有流过。

杨业命二郎撤下北汉和"令"字旗。

阵前只留下"杨"字旗。

"王贵，我觉得被你算计了。如此一来，要看着北汉大旗被烧了。"

"是我在算计将军，这也是我一辈子要背负的使命。"

"你要和我一起背负，是吧？话虽如此，彼此知根知底，一眼看穿，也是无奈啊，王贵。"

"将军，时不我待，光阴无情，就算是滴下血泪。也要抓住时光。"

"眼下到了杨家的时光呀。"

北汉大旗堆成小山，火光冲天。

"在宋军中冲出一条生路，这也很难，将军。"

"我想好了，被当挡箭牌的呼延赞，时时就在眼前。"

"宋帝是明君，宋有两代明君掌舵，国力之强，正是在此。"

"愿这个国家一直一统天下，如果杨家能多少为此出力，多少能一雪不忠之骂名，我也有了活下来的意义。"

骑兵在巡逻，是二郎手下在察看军旗是否烧干净了。

这年，杨业四十九岁。

他要背负一族的命运。不是以战斗，而是以归顺敌人这条路，来背负。

"王贵，这就可以了吧？"杨业若有所思。

王贵微微点头。燃烧的北汉大旗仍在吐焰。杨业心想，别的东西也烧掉了。

第二章　北边有我

一

烧旗翌日，宋使者前来。

宋帝将派出高怀德和呼延赞作为正使。前导事宜，由使者来谈。

列席使者会面的除了延平、二郎，还有王贵和张文。

首先，宋会在东京开封府给杨家建府邸，气派雄伟，能住三百人；从代州至应州，杨家守备位置不变；杨家军的粮道是通往北方的盐道，虽然盐是国有，但杨家可如此前一样掌管，只是以国家名义来管；若有希望的其他赏赐，会再行考虑。

就是说，杨家一如从前，开封府赐予府邸，其他另有赏赐。

宋帝似在考虑：杨家归顺，将大幅减少牺牲而征服北汉，即使给杨家管辖地再增一州亦可。"杨家满门臣服于宋，已是喜出望外，别无他求。"

"我皇确信，杨家降下北汉旗，则此战可胜。必会龙颜大悦。"

"杨家是背弃了此前效命的主君，因而不能领赏赐，只要今后在宋军中能得到照拂，即是恩赐。斗胆说一句，希望能留北汉君王一条性命。"

"这要看战事，如果大战激烈，宋军损失也会很大。"

"不会有激战。"杨业说完，闭上眼睛。北汉虽号称禁军六万，实则一盘散沙。

"总之，杨将军的话，我会上奏。"

使者走后，杨业把其他几个儿子叫进营帐，交代了谈话内容。

"丑话在前，我杨业归顺曾经的敌人，不想领赏，因为有悖我的武将之道。"

众人对杨业为刘钧乞命有异议，已不再隐藏他们对曾经的君主刘钧的反感。

"父亲为刘钧乞命，这没错。做北汉之臣全身而退，然后做宋臣，这是父亲的活法。"延平说。

不知众人是否理解，没人开口反对。

"眼前更要紧的是，杨家今后处境将更艰难，公子们别忘了这点。"

"王将军，艰难为何意？"二郎问。

"宋的先帝从南统一，北汉被留到了最后，北汉被合并的话，自然就是与北国争战了。"

"就是说，和辽？"

"我们熟知辽军，但正因北汉立场微妙，和辽顶多是局地战，没有过大战。今后将是大国相争之战，我们排在最前头。"

"要多练兵，还要增加马匹。辽军擅长马上原野战，兵强马壮。"延平说。

"二郎，王将军所言极是，从归顺之时起，新的征战就开始了，我必在此战为杨家扬名。眼下且静待宋帝正使。"

此后话题拉开，说到宋军将领、辽军兵力、开封府将有的府邸。耳闻众人话语，杨业想：这是真的归顺于宋了。

次日早晨，杨业亲自指挥，重整阵营，解散了对阵宋军的阵形，排阵迎接正使。正使营帐设在中央，其他营帐移至后方。

部将各自率十骑在阵前，大部队由副将指挥。

"将军仍是严阵以待。"王贵站到杨业身边说。

"无论何时都要严阵。"

"迎使事小。"

"我知道，但性格使然。"

这个乱世，将由宋一统天下，这是杨业数年前已然看清的大势。国家统一，对百姓不是坏事。

"此时太原府定是大乱，听闻外围的两万兵士也开始北归。六万禁军缩在晋阳，军粮不日即告急。"

"挨饿的先是百姓。"

"不至于此，宋帝行事果敢，对于失去杨家军的北汉，不至于如此慎重。"

杨业心想，有可能。刘钧自不用说，从将领到朝臣，没人想过要跟宋抗衡。

"将军，眼前更要紧的是看清宋帝的器量。"

如无器量的话，就和辽结盟——王贵或许已想到这一步，四郎他们大抵也如此。但杨业不想如墙头草一般。

"如无足够器量，宋就会让归顺的杨家军当先锋去进攻太原府。从战略考虑，理应如此，要好好考验杨家。"

如受命当先锋，就去当，这就是行伍之人的使命。宋想要的首先是证明杨家的忠诚，看能否与刘钧一战。

午后，先遣部队之后，宋的正使来到。

骑兵三百，不算声势浩大的正使，也并未到了杨业面前才下马，而是下马穿过列队的部将走近。

杨业欲行拜礼，呼延赞抓住他的手腕阻止。

"吾等来传皇帝欢迎之意。"高怀德说，"圣上有言：名扬武门的杨家，将传名宋军，不胜欢喜。"

"切切收下。此旗敬献陛下。"

杨业递过的是"令"字旗。呼延赞颔首接过，放在另一个包袱上拿回。王贵和延平伸手打开包袱。

是"宋"字旗。

"挂旗。"杨业说。

"宋"字旗高高挂起，其下是"令"字旗。全军呼声雷动。

两个正使和六名随从被迎入营帐，迎接的除了杨业，还有王贵和延平。

上酒。

"愿尽快得以拜见陛下。"

"杨将军，即刻可安排。"高怀德说。大将中他仅次于潘仁美，杨业是第一次与他近距离接触。

"杨将军，明日可与吾等同道而归，陛下不拘形式，会龙颜大悦。"

"如此，容我带得力部将五人面谢圣恩，若杨家能得君令，即刻可开拔。"

"吾等不知陛下有何令，明日拜见甚好。"高怀德直视杨业。

营帐内外，杯盏交错。

杨业始终喜形于色，然心中不敢大意。尤其高怀德，位次接近潘仁美，未必对杨家心怀好意。

呼延赞以醒酒之名，邀杨业至帐外。月光如水，照亮兵营。四处酒宴犹欢，酣睡者众。

"了不起。这样的夜晚，兵士半数醒着，其中半数在放哨。杨家军果真训练有素，士气沉稳。精兵强将，秘密在此，领教了。"

二人并肩走在军营中。认出杨业的士兵欲起立，杨业以手势制止。宋军看马的士兵也睡着了，杨家军有五人站在后方，以备不时之需。这情况，现场的队长默默站着，眼观六路。

"宋之朝廷与北汉朝廷相较，不可同日而语。"呼延赞低声慢语。"拜见皇帝，便可知圣上为人。先帝及当今皇帝都主张武官不可参政，大概是觉得武官既影响政治又坐拥兵力不妥。但是军中总有对政事抱有野心的武官，其不满之心，会在军中发散。换句话说，吾等归顺之人，站在风口。"

呼延赞这是在暗示，杨家或许也会站在风口上。在北汉何尝不是？树大招风，皇帝甚至想除掉自己。

"呼延大人，武人就是要作战。我们杨家军希望的不是飞黄腾达，而是战时不败，这是唯一的荣耀。"

呼延赞站住，默然颔首。杨业轻轻点头致意。

到了早晨，宋军正使人马整齐列队。

杨业之下部将悉数目送，两刻[1]之后，杨业也率百骑出

------

[1] 这里的"一刻"是指三十分钟。

发。随行五名部将是王贵、延平、张文、二郎、七郎。

南行十里，迎面遇三百骑军队。兵强马壮，但中间数人未着铠甲。

两队人马相近，无疑是宋军。杨业队列照旧，静静前行。一骑飞奔而来，杨业停止行军。

"八王说，欲谒见杨将军。"

"什么，那是八王？"

杨业慌忙下马，其余人等亦然。马群中十余骑飞奔过来，先头的青年未穿铠甲。杨业下跪。

"本王想尽早见你，贸然而来，杨业，见谅。"

"未曾想是八王殿下，在下杨业，有失远迎。"

"这种客套话留着拜见皇帝时说吧。杨业，别跪了，我想见的是名传开封、令我策马来见的真英雄。"

年轻、清澈的眼睛，语气也出尘不染。看着露齿而笑的八王，杨业也不禁笑了。

"我想象中是更厉害的容貌。这个样子的话，还不如宋军将领更威严。目光炯炯，这才是真豪杰啊。"

"能见到八王殿下，我由衷高兴。"

"杨业，我有个请求，能和我一起策马奔到宋军大营吗？"

"恭敬不如从命。"

"那我就下令了。我的马可快着呢。"

八王笑着上马。兵士牵过杨业的马。

快马如风，四百骑兵瞬间被抛在后面。八王身手矫健，骑的是难得一见的骏马。

军营前，八王停马回头。杨家军队形整齐，策马而来。

"拜谒之时我也在行宫，改日再叙。"说完，八王策马入营。

王贵先行入阵营报到。

有人通传：至行宫门前不必下马。

举"宋"旗和"令"字旗，杨业在大营中行进。

在行宫门前交上佩剑。出来带路的是未着铠甲的文官。一进行宫的谒见堂，朝臣和将领们已列队等候。

听闻皇帝驾到，杨业下跪。

"来了。"皇帝开口。"国为民之国，朕只此一念。为救民于战乱穷困，国须统一。"

"皇上英明。"

"朕以为，杨家来宋，亦是避免无用之战，甚是殊胜。望今后杨家为宋，即是为国之民而殚精竭虑。"

"我等当全心全力效命。"

"朕愿交给你的'宋'旗与'令'字旗一同成为杨家骄傲。"

"不胜惶恐。"

"今晚当痛饮，你与今后一同作战的将领们也可交好。"

拜谒结束。

皇帝走后，高怀德从潘仁美开始，依次给杨业引见众将。留在上座的八王笑眯眯地看着杨业。

一进住处，许是拜谒的紧张松懈下来，延平大笑，二郎、七郎也跟着笑。

当晚宴席，气氛轻松。

代州、应州的原有封地不变，此外并未下旨，杨业位次未定，但他似乎并不介意，坐在潘仁美、高怀德、呼延赞中间。

"杨家军回代州休整即可，大军将速攻太原府。"

"陛下若有圣命，任何战斗，我都不辱使命。"

"杨业，让你去打昨日旧主，宋军不至于如此不堪。"

皇帝此言扎心，杨业忍住涌上的热泪。

"听闻你有七子，朕想见见，下次都带来吧。"

"陛下，那边的七郎延嗣和我年纪相仿。"八王说。

"八王，不能就此想跟七郎同赴战场，你有你要做的事。"

八王低头笑了。文官们安静喝酒，而八王喜欢和武将们喝。

"八王殿下方才和杨将军并驾策马，杨将军的马是否不输千里风？"高怀德问。千里风是八王坐骑。

"有点意外，我还想着能拉开一程呢。"

"都说北方产良马，果然名不虚传。"

"八王，不可太让身边人操心，也别让我担心。"宴席之上，皇帝不自称"朕"了。

归顺这条路没走错——杨业第一次深切想道。王贵之下，列席的众将也开始开怀畅饮。杨业用大杯接住呼延赞倒的酒。

二

到太原府，势如破竹。

北汉禁军号称六万，可没了杨家军，如同一群羔羊。

整编三日，赵光义下令北进。

河东路就此可合并，兄长太祖所愿的国之统一即将告成。

然而，太祖真正希冀的不只是河东路合并，兄长数次说过，后晋时石敬瑭献给契丹族辽国的燕云十六州收复之日，才可称得上国之统一。万里长城之南的所有疆土，是这个国家自古以来的领土。

辽历来对中原抱有野心，立南都于燕京（现在的北京），不断窥探南方。

行军加速。有人说军粮不甚充足，赵光义想的是去除悬念。刘钧可能再次向辽求援，如果辽军增援超过五万，多少是个麻烦。彼时可用代州的杨家军，悬念不会太大，总之要不受干扰地拿下太原府。

先锋呼延赞和高怀德、高怀亮兄弟，中军潘仁美，自己是后军，拥兵五万，可称大本营。总兵力十四万。

北汉军毫无阻止宋军长驱太原府的行动，全军围在太原府晋阳城周边。大概是杨家军的反水，让他们不知该如何迎战了。

刘钧全然不知自己能坐上北汉皇帝的龙椅仰仗的是什么，眼下慌张为时已晚。至太原府八百里的路程，宋军十数日可达。

北汉禁军早已缩在晋阳城内，呈守城之势。赵光义下令围攻。

攻城战比原野战费劲，但只要不硬攻，不会有意外折损。

宋军把晋阳围了个水泄不通，要害处摆上火炮，先来彻底封城，然后，皇帝命文官确保南面的兵站供应。

到了这一步，已无须着急。军粮一断，城内就断了补给。

安插在北边的黑山眼线传报，辽尚未有组织援军的动向，想来北汉已是辽扶不上墙的烂泥。

"何时开始攻击？"潘仁美来问。赵光义已从营帐移到刚建好的行宫。

"只需等待，不能强攻而损兵折将。"

"不在哪儿攻打一番，无法了结。"

"比起攻击，更切实可怕的是，北汉军被困住了。晋阳可是一下围了六万兵。"

"是在等他们粮绝啊。"

"潘仁美，你怎么看？"

"取决于城里有多少军粮。以刘钧的性格，可能会屯数年的粮草。"

"以刘钧的性格，难道能扛上几年？"

"那是不可能的，顶多一两个月，但此间辽军未必不会有行动。"

"摆开攻击架势，只要让刘钧胆战即可。"

潘仁美施礼后退下。前脚刚走，八王后脚进来。

"对了，八王，你跟过来。"赵光义说完，带上八王出了行宫。

即使在大本营，赵光义身边也围着两百亲兵。他也不能禁止亲兵护驾。

赵光义来到刚刚修建的观战楼，从那儿能鸟瞰晋阳成排房屋的屋顶。

观战楼也有守兵。赵光义和八王登上梯子爬上二楼，兵士们看见他们，慌忙下楼。

楼上只剩赵光义和八王二人。

"拿下这太原府，合并河东路，朕就算是一统河山了吧。"

"陛下，确实如此。"

"八王，太原府前面是什么？"

"是杨业所在的代州吧。"

"再前面呢？"

"那就是辽了。"

"不对。"

赵光义指着北边。八王凝视前方。

"是燕云十六州？"

八王果然马上明白了。

"先帝，也就是你的父亲说过，只有收复燕云十六州，才是国之统一。朕也如是想。燕云十六州是后晋时割让给辽的。八王，记住，是割让。契丹族巩固十六州，作为南下的立足点。"

"是我们应该收回的土地。陛下是说，要成这个大业。"

"已经走到这一步了。若拿下太原府无损兵力，要收回一两个州。代州有杨家军，可抑制辽军。"

"但是，陛下亲征已久，虽无激战，将士们归心日重。"

"若与杨家军交战，朕不说此言。然而杨业已入宋旗麾下，我想，此时形势能成大事。"

"陛下思虑至此，我无可进言。我是刚刚才想到有燕云十六州。"

"那是梦，兄长的梦，我的梦。走到这一步，终于能看到燕云十六州了。想到领土被契丹族践踏……"

宋军大阵把太原府牢牢围住，从这儿能一览无余。赵光义想，已经打到这里了，十四万大军踏上了燕云十六州南沿，拿下心心念念的河东路，就该趁势攻打燕云十六州。

"逐梦，这才是男人。兄长想的是一统河山，朕想的是富国之道，不过这是后话，要先收复燕云十六州。"

"先帝跟朕说起过封椿库。"

"为了从辽手里赎回燕云十六州，先帝早就开始储蓄，那就是封椿库。当时他相信，若和辽关系良好，赎回有望；若不能赎回，只有武力夺回，彼时封椿库的储蓄将变成军资。"

"先帝自立国之时起，已高瞻远瞩。你有文治之才，日后的大宋有用——先帝说过。然而，完成先帝未竟之业之后，才是文治。"

"这话跟谁都没说过。朕的梦，也可以是你的梦，朕这么想，才这么说。"

"铭记于心。"

"走吧。攻城战，军纪会松懈。考虑拿下太原府之后的事，你也要去巡视军营，朕一个人转不过来。"

"遵命。"

下了观战楼，赵光义带八王回到行宫。

各方准备就绪，进攻始于翌日，持续二三日。士气不错，赵光义想。

虚虚实实，潘仁美间或真打。通传来报，敌方箭如雨下，射程甚至未及宋军，可见刘钧的恐惧。

从这状态开始到北汉来使意欲降伏，不过数日。

潘仁美全权应对来使。先是刘钧以及朝臣的保命请求，再是要求保证贵族身份，丝毫没提百姓，只言权贵之利。

"就这刘钧，杨业居然尽义至此。"听完潘仁美报告，赵光义苦笑。

"先让他们开城，再说别的。让他们拿文官、武官名册，告诉来使，这才是降伏。"

"可否由我来跟他们说，虽然希望渺茫，还是有一线希望？"

潘仁美在防备刘钧被逼急了改口，这是聪明之举。越是胆怯之人，被逼之下越容易乱咬人。

"你说的话，你自己斟酌。要让他们觉得我入城后的处置宽宏大量。给刘钧一个在河东路不丢人的地位，但只是地位，没有权力。一半朝臣贬为庶民，让文官选用有才能者。解散禁军。"

"明白了，只要有旨意，我去传达。"

不知潘仁美将旨意传达到什么程度，翌日，开城使者来了。

呼延赞、高氏兄弟率先入城，解散六万禁军，集中到城外一处。兵士半数归农，其余一半重新编制纳入宋军。

待剩余军粮清点完毕，赵光义跟着潘仁美入城。

通往宫殿的大路两旁，百姓出门跪地，迎接赵光义入城，脸上仍有恐惧。赵光义想，消除这恐惧，是自己的使命。宫殿前，一群黑色衣装者躬身伏地。

赵光义知道，正中央的是刘钧。不是人上人之相，不予权力为好，赵光义想。与人初次见面，赵光义会先看面相。初见杨业时，坚强的意志从他唇边传来，顿觉威压。

"告诉刘钧，放弃抵抗降伏，此为殊胜。"

刘钧数次屈膝礼拜。赵光义见状，一阵不快涌上心头，但压了下去。这不过是仪式。

"但，朕有一事不能容赦，即向辽求援，这等同卖国，罪当斩首。"

刘钧表情眼见僵硬，撑地的双手颤抖起来。

"不予制止的朝臣们亦罪不容赦。"

潘仁美一挥手，持长枪的兵士将黑衣人群围住。刘钧吓得不能出声。

"自今日起，河东路为宋土，民为宋民。朕不愿在一国之中流血，且归顺的杨业亦请求留刘钧一命，朕思虑再三，从轻发落。刘钧自今日起为彭城郡公，当守护河东之民。"

这分明是给了个虚名和救济粮，刘钧却面露喜色，颇为安心。

仪式告终。赵光义下令把晋阳余下的军粮分给百姓。入宫。

他脑子里想的已不是河东路，而是燕云十六州。

所幸攻下太原府几乎不费一兵一卒。回顾河东路整体攻略，虽费时日，却最大限度保存了兵力。

对于收复燕云十六州，这岂不是天赐良机？赵光义几乎深信不疑。

赵光义令潘仁美和呼延赞以骑兵为中心整编大军，高氏兄弟从北汉禁军挑选精壮兵士，训练他们加入宋军。文官负责确保军粮。

赵光义丝毫未流露合并河东路的成就感。继续北上，大势所趋。

河东路治理本身并非难事，官员中的一半留任原职，只需以宋的治理方式逐渐同化太原府的文官。宋的赋税远比北汉轻，赵光义想，假以时日，民心自会归顺。

"战事太长，需慎重。"

议论攻打燕云十六州，礼部郎中刘保代表文官如是说。他是丞相张齐贤的左膀右臂，平素大胆直言。

"如若收复辽东在内的土地，守卫国土将比如今容易得多，将来百姓负担也会减轻，国富有望。合并河东路的大势，不该止于此。"高怀德代表武官进言。

文官、武官常常意见相左，这在眼下的宋初见端倪。平素，赵光义总是压制武官意见，因为武官虽为施政背后的力量，却不该牵扯政事。然而北进是国是，赵光义认为该用举国之力完成。

"十数万兵在此，打道回开封和继续再战，朕欲相较，一旦朕意已决，不复更改。"

赵光义心意已定，但在群臣面前仍如是说。圣意为大，但也要让众人发声。

赵光义向群臣传达北进旨意是在数日之后，他不容决断之后仍有人跟自己唱反调。下了朝会，文官们马上着手整备北进兵站。

八王也加入了进攻燕云十六州的大部队，想实现他父亲太祖的遗愿。以刘保为中心的文官留在太原府，兵站靠文官运作。

总兵力已超十五万。加了不少从北汉禁军中挑选的兵，河东路合并，增加了大量马匹，骑兵得以扩充。

大军刚从太原府开拔，杨业即从代州派使者来请求参战。而赵光义意愿强烈：亲手拿下燕云十六州。

"此役为河东路合并后续之战，当以从开封出发的大军为主力。杨家军可以参战，做后援。"赵光义传令杨业。

大军从太原府向东北方向行进，代州的杨业殿后，从位置来看也合情合理。杨业并未极力请缨做先锋，而是从命行动、战斗。这是赵光义希望的武将姿态，杨业并无僭越。

行进数日，到达易州。

燕云十六州自古为汉族领土，所居也多为汉族。易州驻军首领汉族人刘宇对宋军立刻表明恭顺之意。

"此地人多数并非真心跟随契丹，我更加确信此次进攻没错。"

"应州一部分此前被杨家军压制，就此拿下涿州，攻打燕州，十六州如探囊取物。"高怀德说。

等到进至涿州，指挥官刘厚德不战而降，高怀德的确信亦成皇帝的确信。

三

回到代州，父亲最先给全军的命令是训练。父亲说，兵戈未动，几近休息。

父亲特别命令历练六郎。七郎此战为初次上阵，一直跟在父亲身边，充分展现了武将天分，父亲下令给他三百骑，好生训练成铁骑。三百骑，与延平指挥的马匹数相同。延平掌管的兵，含步兵共三千。

其余队伍交给张文和二郎训练，延平只带五郎、六郎的队伍，到代州南边训练，五郎、六郎各指挥一千兵。

父亲特别嘱咐训练六郎，大概是认定兄弟中他最无武将天分。他生性胆小，屡次被火冒三丈的二郎打倒在地。

延平时而纳闷，六郎是否真的胆小。有部将冒犯了父亲不招待见，六郎毫不介意，招至自己麾下，分明是有度量。

士兵们不怕六郎，延平不认为这是他们觉得六郎胆小。六郎比其他兄弟更受士兵爱戴，对此延平与其说纳闷，不如说羡慕。

"五郎，到底怎么回事？"

"我从小和四哥一起长大，训练什么的不在话下。我总觉得有什么地方不同。"

"你是说，胆小是天生的？"

"我见过不少原本胆小的兵，大多后来都能被训练成精兵。"

"六郎不是兵，他要统率一支队伍。我不太明白父亲历练他用意何在，要说如何指挥作战，可教的东西多的是，但父亲是让我们教这个吗？"

五郎也沉思。他的性格像二郎般刚烈，比起指挥队伍，更喜欢一马当先，冲在前面。

"不管怎么说，身为杨家部将，他能骑马，剑法枪法也说得过去，不足的也就是刚毅了，但也不知道六郎是否真的缺这个。"

"六郎现在在干什么？"

"跟兵在一起呢。"

"先照常演练吧，让我的队伍跟他正面冲撞，然后就是大哥和我给他下套。"

延平大致明白五郎的意思，让六郎把隐藏在心底的东西显露出来，或许能看到兄弟、父亲，甚至他自己没意识到的一面。

延平微微点头，出了营帐，往六郎那边走去。

次日开始的演练相当严格。五郎的队伍毫不留情地袭击六郎的队伍，用练兵棍将士兵挑落马下，在原野上追得他们四处逃窜。

就延平的观察，六郎总在关键时候判断慢一拍。若在最合拍时出兵，能和五郎的兵互角，但他总慢一步。若是怯懦使然，实战时就要命了。

接连三四日，延平只观察六郎的判断。五郎毫不手下留情，六郎军中伤者不断。

"五哥，这只是练兵吧？"第五日，六郎对五郎说。

"所以？"

"过分了。我队伍里不停有人受伤，说不定会有人死。"

"你是让我手下留情吗？"

"我是说没必要到这程度，练兵受伤，有什么意义呢？"

五郎冷不丁把六郎打倒。

"为什么要严格训练，你懂不懂？是为了战场上不死人，这也是父亲一直说的话。过分？你指挥不当，却说是我的错？！"

"我反应迟钝，总左思右想。正想这想那，五哥就攻过来了。我看着就害怕。"

好像和胆怯不同，也不是反应迟钝。延平想，大概就是不会作战。但六郎自己认为是胆怯。

"你这还不是说，是我的错吗？"

五郎当着士兵们的面把六郎踢倒在地。六郎只是撑起身子，没想站起来。

五郎一言不发，踢倒六郎，一脚踩过去。六郎怒了。等六郎站起来，五郎开始挥拳。

"等等。"六郎的一个部下飞奔过来。是个将校，叫柴敢。

"输了这一仗错不在六郎，都怪我们力气不足。要打就打我吧。"

"你说什么？"五郎怒目圆睁，"你是说没好好训练，是吗？"

"好好训练了。"

"力气不足才输，你这么说的。杨家军不要这样的兵，该砍了他们脑袋。"

"我们尽力练了，但还是力气不够。"

"别废话，你张嘴第一句话说明了一切，在杨家军这就是死罪，还有什么要说的？"

"没了。"

"那就死在这儿吧。"

五郎拔剑，眼看要砍。这种不可能发生的事在五郎身上发生了，他一时控制不住翻涌的情绪。

"五哥！"

延平刚要开口，六郎说话了。

"五哥不能斩柴敢。柴敢并没有错，所以……"

"所以什么？我不过想斩个训练偷懒的兵，这不是理所应当的吗？"

"是我指挥有错，才会输。要惩罚失败的话，斩了我吧。"

"是吗？懂了，可我不想成为斩了兄弟的人。你要是觉得死不足惜，就自裁吧。自行了断，谁也不会受伤，我是这么想的。"

五郎把拔出的剑扔在六郎面前，等着六郎求饶，好判断他到底胆小到哪一步。

坐在地上的六郎沉思良久，伸手去拿剑。

"等等！"

延平话音刚落，柴敢扑过去抱住六郎。

"六郎，没经父亲允许，你要自行了断？"

"连自己部下的命都保不了，我算什么男人？大哥，我在这里死给你们看，请保柴敢一命。"

六郎抓起剑朝喉咙抹去，柴敢拼死扯住了六郎的手。其他人也飞奔过来抱住六郎。

"够了！"延平大声喊。"要死容易，六郎，战败就会死。在这儿自行了断是你的自由，但父亲不容许，并且你手下的将校会全部被斩首。"

"什么？！"

"打了败仗就是如此。你是输给了自己，原本该斩了你所有的兵。"

"大哥，我一个人死就行了吧？"

"不行，这就是战斗。五郎明白这一点，才会发怒。"

"但是……"

"你军中有将校二十余人，你看完他们全被斩首，再自裁吧，这才是生在杨家的男儿该做的。"

"大哥，等等。"

"不能等，我心意已决。自己死了就行，你想得太简单了。看着自己的部下死，你还得活着，我带你去见父亲，你的命让父亲定夺。"

"大哥……"

"把将校都带走，去山坡对面斩首。绑了六郎，不能让他马上死。"

将校被集中到一块，两个兵过来绑六郎。

"杨家的兵如同家人，这是要砍了家人的头吗？"六郎叫喊。

"不是我砍的，是你要让他们死。你听清楚了，是你这个窝囊废让他们白白送死。战场上指挥不当部下就会送命，这不是明摆着的吗？你认为现在不过是训练，这念头我也不允许。"

二十个将校被士兵们围住，开始骚动。

猛然间，六郎大叫一声，推开押着他的两个兵。延平瞬间拿过兵手里的长枪，用枪柄朝六郎腹部捅去。六郎晕了过去。

"把他抬到营帐去。"

延平说完，走到被带到一旁的将校那边，让大家坐下。

"这四天我一直在看你们的演练，不是力气不够，也不是偷懒，是你们总是在过分护着六郎。就我看来，六郎并非胆小，只是习惯了被你们过度保护。算我求你们，让他独立，必须把他赶去体会孤独，演练时可以不听六郎指挥，你们自己来决定行动。"

"这么干我们不会被砍头？"柴敢问。

六郎身上有吸引人之处，这大概也是武将的魅力。看这二十人的表情，他们可以为六郎死，而不是为杨家。

"柴敢，你们是杨家的重要将士，毫无意义地被砍头，父亲不会容许。"

"我们死不足惜。延平殿下，请别打六郎殿下。"

"柴敢，你在命令我吗？我，还有五郎，都只是在想办法帮六郎学会作战。够了，士兵们该担心了，解散。"

"六郎殿下呢？"

"让他在我营帐睡会儿，会给你们送回去。"

"我想在这里等。"

"随你便。"

柴敢就地坐下。

过了一会儿，六郎醒来，起身先问将校们怎样。

"没砍头，别担心。"

听五郎说完，六郎低下头去。

"作为杨业的儿子，我就是个废物。大哥，我打心底里不喜欢作战。"

延平想，六郎只参加过三次实战，且一次是这回这样的拉锯战，另外两次是在代州和辽军的小战斗。就这几次小战斗，你还没资格说喜不喜欢，延平心想。

再看七郎，虽是头次上阵，却比六郎老辣。或许还是天性使然。

"但是，宋今后必定和辽大战，杨家军必定要冲锋陷阵，说讨厌作战，这可不行啊。"

"我身边的将校都喜欢作战。柴敢他们一直说我不会指挥。"

"你身边聚集的是一帮怪家伙，为什么他们都拥戴你这样的指挥官，真是不可思议。"

"大家都说要同日死，我不同意这说法，人死各有时日，不能一同赴死。我记得一千人的名字和他们的家庭情况，从领兵之时起就想，不能让任何一个人死。"

"一千兵，你个个熟知？从名字到家人？"五郎惊呆了。

"练兵，打仗，我都跟他们一起，自然就记住了。"

"你小子真是古怪，但我算是明白士兵们为什么敬你了，你这样的武将找不出第二个。"

当日和次日训练，延平进了六郎兵营，在六郎身边看他如何指挥。六郎用兵自如，可一与敌对阵，指挥总是慢半拍。

"柴敢，六郎留在我身边，你来指挥。"

"得令。"

柴敢召集将校，简短交代了几句。五郎队伍逼近，在前方坡顶上呈俯冲之势。柴敢指挥队伍迎面直冲。五郎咋舌，立刻率兵扑过来。柴敢冲上斜坡，眼看两军相撞之时把队伍一分为二。五郎的队伍俯冲过猛，扑了个空。柴敢指挥整个队伍反扑。延平和六郎跟在骑兵队尾。被穷追不舍的五郎费尽九牛二虎之力调整半支队伍阵形，试图反攻，却已被六郎的步兵包围。

延平举旗，胜负已分。

"怎么回事？刚才简直换了一支队伍。啊，原来是大哥在指挥。"

"不对。别管是谁指挥。下一场是平地战，相隔四里。五郎，去吧。"

五郎策马奔去，排兵布阵，骑兵在两翼。柴敢毫不迟疑，步兵在前，骑兵殿后。

五郎队伍顾及后方骑兵，未纵横移动。柴敢用的是突击阵形，步兵直攻，切敌为两段，迅速击溃一半。

是夜，回到营地，延平和五郎把柴敢一人叫到营帐。

"不是我指挥的。"柴敢站着说。

"不是你指挥，那是谁指挥的？行动和之前的六郎队伍完全不同。"五郎觉得自己被戏弄，大为恼火，声音高了八度。

"我只是照六郎殿下的心意用兵而已。六郎殿下平日总和将校们讨论战术——敌人这般进攻该怎么办，地形如此该怎么办，用树枝在地上画，在纸上画，讨论得很积极。他设想了所有情况，这不是我等能想得到的。"

"到这地步了啊。"

延平明白了几分。柴敢的指挥似乎也像是事先有预判。

"但是，六郎自己指挥的时候，士兵行动总慢半拍。"

"回五郎殿下，我等将校也一直在思考这是为什么。我个人的看法，是因为六郎殿下脑子里装了太多东西，演练的时候各种想法交错在一起了。我想，到了实战，必然是越快决断越好。"

"你小子，就这种演练，到了真战场不害怕？"

"大伙儿都喜欢六郎殿下，没有一个兵会惜命。"

"嗯？"

五郎也交叉双臂，陷入沉思。行了，延平冲柴敢点点头。

"真是个怪家伙。"

柴敢走后，五郎自语。延平在想该如何向父亲禀报。或许再跟六郎谈谈比较好。

哪一处的心理活动一变，六郎也许就成了无敌武将。如柴敢所言，等着实战就行。

"六郎看不明白，七郎好懂。大哥，同为兄弟，也会这样？"

"想办法去懂，这也是兄弟。"

延平有点懂六郎了。他想，幸好拉出来演练了。

四

全军集结代州。

宋军拿下太原府，安排好河东路统治，便立即开始北进。杨业此前知晓皇帝意在国之统一，此时他才意识到，这个国，包括燕云十六州。

兵力大部分都出去训练了，此时陆续返回。

宋军进展神速。杨业请愿参战，半道上许可旨意下来时，宋军已攻下易州。到攻下涿州，从太原府开拔日算起，仅仅用了二十日。

杨业奉命率两万五千人，跟在大军之后，余部留下守备代州前线。既然皇帝紧紧盯着燕州，向前挺进，从位置来看，杨家军理所当然成了殿军。这是杨家军作为宋军一员的首战。

杨业有一事挂念。辽军全无抵抗。易州、涿州指挥官轻易投降，看来核心兵力已后退至燕州。

辽军的战略想必是，最终在燕州迎战。暂且加固易州、涿州也是个策略，但皇帝果断决定，进军燕州。

燕州的燕京，有辽设置的南都，终归是对抗宋的据点，北边有上京临潢府，是以前的都城。辽军对宋的布阵以燕京的五万部队为中心，二十万大军沿国境线排开。即使二十万没有全部集中于燕京，迎敌的也是人数可观的大部队。北部兵力南下想必也有余裕。

杨业直觉，与易州、涿州不同，燕州遍地是陷阱。如果不能全盘把握辽军所在，会极其危险。他知道唤作黑山党的间谍行动活跃，但仅凭他们，能掌握全局吗？

杨业心想，宋军乘胜追击，此时虽说大军压上是大势所趋，但也要意识到，已深入敌人腹地。

先锋先行，大部队随之进入燕州。辽军迎击态势亦已打探清楚。

耶律奚低出任大将，全军六万。

"少，太少了。"

杨业对延平说。若全力迎击，出十万兵，应该不难。

在杨业眼里，耶律奚低是辽军最有本事的武将之一。跟副将耶律沙相比，耶律奚低不直线作战，人们说他弱于进攻，用兵却变化莫测。

"这是埋伏。"

杨业自语。他奋力打探是否有伏兵，尚未有报。先锋对攻后，杨业立即率兵挺进，紧跟大部队身后。此战非同小可。宋帝亲征，辽军想必会直取大本营。

先锋交战两个回合，互不退让，进入胶着状态。

果然是埋伏，杨业想。一万或两万兵力，若辽军从侧面攻击，宋军将大受打击。然而，不探明伏兵所在，就无法向皇帝进言。已入拉锯战，就算他提出有伏兵，也只是自乱阵脚；况且皇帝亲自出阵，势在必得，自己再多说什么，皇帝也未必听得进去。

杨业派兵四处侦察，尤其是南面。北面自然有后阵，埋伏没有意义。

"还没探明白啊。"

已将斥候派到十里之外，又外延到十五里。两军东西对峙，北面的燕京并不远。呼延赞、高怀德的先锋再次与敌对攻。

"在什么地方，一定有伏兵，找出来！这是胜败关键。"

斥候找红了眼。尽管如此，杨业继续下令。

北面排着一万名士兵的辽军后援，距离十里。大本营开始行动。皇帝似乎判断胜负在此。

"辽军战线拉得很长，不愧是耶律奚低。呼延将军貌似不能如愿调兵。"

延平来报。两军大本营眼看要拔刀相见。伏兵再不现形，杨业就是杯弓蛇影了。

"大本营快要进攻了。"

"延平，没找到？"

"还没有。"

如此两军相遇，宋军兵力将压倒敌人。耶律奚低会打这样的仗？

派到北面的斥候回来。毫无变化，辽军一万后援原地不动。

有诈。杨业心里灵光一闪。为何后援不动？

"北面，伏兵在北面！"

杨业跳上马背。杨家军孤军防备北面伏兵，此外别无他法。突然，大本营阵形动了，不，不是动，是塌了。杨业瞬间明白。

"北面三万兵攻击我军。"

等斥候来报，已过许久。居然埋伏了三万，而且在北面。杨业咬住嘴唇。

"护驾！全军向前！"

杨业振臂高呼，策马狂奔。然而，此时大本营已被冲乱。

杨业边跑边找龙旗，发现已被压到南侧。三万大军的攻击颇为猛烈，宋军大本营的一半士兵已开始溃逃。杨业朝敌军侧腹冲撞，仅两千骑兵，步兵落后。冲在最前面的敌人，被杨业一刀斩下。

仅靠横冲来阻止三万大军攻势谈何容易。先锋从一开始就陷入胶着无法动弹。

"延平，绕到敌后！步兵赶到之前，阻止敌人前进，哪怕一步，派个人穿过敌阵，杀到皇帝身边！"

"我去！"

大喊一声奔出去的是六郎延昭。五六十骑随后一同奔去。紧随六郎之后，七郎延嗣也带着三十余骑绝尘而去。

"二郎三郎，贴着我两翼，四郎五郎纵列突破，切断敌人，张文锁定敌人缺口，再行突击。想办法撑到步兵赶到！"

敌人也看着宋军大本营溃散。杨家军攻势凶猛。杨业的五六百骑横列排开，冲撞敌阵后再反转，如此循环。烟尘滚滚，已看不清四郎、五郎如何突破敌阵。张文收缩两百骑，集中攻击敌人一处，敌军侧面由此被撕开一个口子。杨业亦攻击敌军缺口。敌军前进力度明显削弱。

一片混战。步兵围攻过来，若不策马奔跑，会被长枪刺中。杨业纵横挥剑，在马上躬身奔跑。三骑挡在面前，杨业猛踢马腹，斩飞一人首级，刺穿第二人，撞上第三人后，从马背上单手提起敌人摔在地上。

皇帝在哪儿？烟尘中，什么都看不见。敌人前进的力度，眼看着减弱了。

"杨令公！"

一声高呼。一骑举枪飞奔而来。是耶律学古。杨业纵马迎上前去，擦肩错过。掉转马头，再次错过。不愧是勇猛著称的辽军部将。杨业的枪与耶律学古失之毫厘。

第四回合。杨业瞅准时机，猛踢马腹，擦肩而过，一枪挑落耶律学古砍过来的大刀。耶律学古手臂一震，仰天从马背摔落，但只是受伤。杨业掉转马头，此时两骑夹起耶律学古双臂，扬长而去。

"父亲！"

延平穿过烟尘奔来。许是敌人的血，全身染红。

"步兵即刻就到，你指挥步兵，再次从敌人背后攻打！"

"领命！"

延平策马而去，跟着的兵仅剩十余骑，从敌人背后突围，又一直奔到这里。

杨业剑指中天，振臂挥舞。先是张文，接着，二郎、三郎飞驰而来。散在各处的兵集结了六百骑。

"聚成一块，切断敌军！"

四郎、五郎突围后应该在对侧，这边六百骑发起冲击，对面也能看见。如此一来，兵力虽少，却对敌形成两面夹攻。

"走！"

狂奔。敌人几乎停止了前进。然而，皇帝在哪儿？周围有多少兵士护卫？骑兵先行猛攻，步兵再压上的话，虽是短短一时，也能完全阻止敌人前进。能救皇帝只有这个瞬间。

但是，这情形能救出皇帝吗？杨业拼命拂去不祥预感，冲入敌阵。目的不是打倒敌人，是切断。

"别跑散！"

杨业大喊。喊声次第相传。敌军被撕开。远远看见四郎五郎的队伍冲杀过来。

"好！张文，集结骑兵，和步兵一起，再攻一回！"

张文应声。

延平派兵来报。

报告：步兵摆成方阵，先头排戟。

"延平、张文和我在中央，二郎、三郎在右翼，四郎、五郎在左翼。骑兵立即整队。向延平传令，前进！"

令兵策马返回。聚拢骑兵，兵分三路。步兵会合至近前。敌人正从侧面包抄。

烟尘稍静。杨业凝神寻找皇帝去向，但看不见。

"前进！"

刻不容缓。步兵、骑兵就势一齐前进。

"压上，继续压上。"

敌人后退。如果不考虑救皇帝，战术比比皆是。眼下只能正面强攻。

六郎、七郎找到皇帝跟前了吗？四处都还没呐喊声，就是说皇帝没事。是哪种情况的没事呢？退到南侧的敌人团成一块，仍然烟尘四起。

没来告急，也没来传令。

如果只击溃破眼前的敌人呢？杨业这么想。敌阵破绽毕露。但是，要接应获救的皇帝，只有在此死守。

"不许退。拼死也要咬住敌人，一步也不能后退！"

四处在拼命厮杀，但整体来看，是角力般的互攻。

皇帝在哪儿？只能相信六郎、七郎。敌人溃散，步兵欲追击，杨业厉声喝止。他开始全身颤抖。

<h1 style="text-align:center">五</h1>

六郎延昭发现了被包围的皇帝。

旗已不见，守兵也只剩两三百。正在围攻皇帝的是侧面进攻而来的耶律学古的七八百先锋。

孤军先锋。不仅如此，后援似乎已被父亲切断。

"柴敢，七郎在哪儿？"

"稍慢一点，即刻赶到。"

"等不了了。现在就攻，柴敢，先率百骑去冲围军，敌人为了防守，会集中兵力。等有了缝隙，我带十骑突破。"

"但是……"

"没时间了，不想后果，先冲！"

"得令！"

穿过战场之际，骑兵一点点集结，有百余骑。七郎大概也有百骑吧。

柴敢大喊着冲过去。烟尘一片。六郎拉开距离冲上前去。

"在那边！"

六郎叫着，拔刀策马，把冲上前的两三骑斩落。敌人的血从颈上喷出。义无反顾。长枪交错，敌人从侧面抱住枪柄，六郎奋力甩开。敌人飞出去，摔在地上。

包围圈开了个口。护卫皇帝的士兵红了眼，持戟守着。马已一匹不剩。

"六郎杨延昭前来护驾！"六郎大喊。

"是六郎？"

"是。陛下速速上马。侧面进攻的敌人除了先锋，已被我父挡住。只要突破此地，就能杀开活路。"

二十骑冲破包围冲进来，血染全身，前头的是七郎。

"七郎延嗣拜见。"

七郎抹开血迹大喊。

"哦，七郎也来了。"

"陛下，只要六郎和七郎活着，不会让辽军动陛下一根汗毛。速速上马吧。"

"朕走了，这里呢？"

"包围就没意义了。冲在最前面的敌人先锋要归队，包围自然就散了。"

"这样啊。"

"七郎，准备好了？赌上性命，赌上杨家将的尊严，保护陛下！任何情况都不许停止前进。"

"六哥，太吃惊了，刚才我追不上你。"

"别废话了，走！"

皇帝已经上马。

七郎从步兵手里接过一支戟，双手举在头顶，大叫一声。

七郎策马。六郎也往前冲去，和皇帝的马并驾前驱。敌人二三骑欲加阻拦，被六郎立马斩落。敌人围攻过来。七郎一往无前，名副其实杀开一条血路。奔在身后的六郎也能清楚看见敌人血溅四处。又是敌人。七郎单骑在前，砍下二人，六郎砍下三人。刹那间飞溅的血沫掉落在皇帝头顶。柴敢奋力围堵穷追不舍的敌人。

七郎被三十骑拦住去路，挥戟厮杀，毕竟寡不敌众，马转过头来。六郎冲过去斩落四骑。突围。敌人散开。七郎再次策马。

前方扬起烟尘，两百骑靠近。不是敌人，七郎看清了"杨"字旗。

"陛下，是二郎延定，三郎延辉，已不用担心。"

二郎示意：我来驱赶敌人，你们继续撤。六郎举起单手回应。

敌人不见了踪影。

片刻，延平率四五百骑赶过来。

"请陛下不辞劳苦，继续骑马。"

"延平，八王可无事？"

"不知。暂且在后方三十里集结兵力，组成殿军，撤退。已向先锋呼延赞将军和部将们传令。"

"朕要确认八王是否安全。"

"请忍耐一下，等到全军集结，一切皆会明了。"

"好，走吧。"皇帝明显情绪低落。二十骑围着皇帝座驾。马队前行，皇帝前面三四百骑，后方两百余骑。

"六郎，干得漂亮！我明白了，你小子一到实战，就让人刮目相看。"

"不顾一切了，自己也不知道干了什么。看见七郎突围进来的时候，才想着这下肯定能救陛下了。"

"不像演练时那样左思右想了呀。"

快速前进。一路狂奔的话，马会累死。

"打败仗了……"

"而且是惨败。潘仁美将军的大本营损失惨重。"

"八王殿下呢？"

"真的不知道，他在潘仁美将军身边。"

跑散的士兵陆续归队。马匹有两千，步兵集结过来开始组队。虽是败军之战，总算保住了皇帝，所以不是完全被打败——六郎一边安慰自己，一边策马奔跑。

"宋"字旗立了起来。士兵回来四万上下，严严实实组成阵形。陆续还有士兵归队。

杨家军的骑兵也整编完毕，六郎、七郎随皇帝回南边，兄弟二人各领两百骑。延平和几个兄弟确认过宋军情况，立即北行。杨家军的任务是阻拦追击的辽军。父亲有令，杨家军单独作战。皇帝虽不放心，可宋军已无余力分兵支援。

先锋呼延赞、高怀德他们也返回了，兵力超过五万，然而士兵们几乎都丢失了武器。

八王受了伤，和潘仁美一起返回，但像是筋疲力尽，独自在营帐昏睡，据说伤得不重。潘仁美也全身是伤，虽然不重。

太原府收到急报，派出了军粮队，但大部队已等不及。皇帝向河北西路出发，途中和军粮队会合。

一度拿下的易州和涿州也只能放弃了。

"总之只要入定州，陛下就脱离危险了。"七郎说。

六郎让士兵们好生照看马匹。也许他们要再度北上，与杨家军大部队会合。

"我好像明白了六哥为什么不会作战。"

"你一开始就会作战。我训练时总狼狈不堪，这次因为必须要救陛下，忘了一切。训练时，没准儿还是会被兄长们骂。"

"那是因为训练时没必要赢。训练时要想所有情况。实战只能做一件事，训练得想五种法子——这就是六哥你，所以训练会输。"

"大概是这样吧。"

"为救皇帝奔跑的时候，六哥想这想那了吗？"

"不，就照第一个念头做，或者说，没有别的念头。"

"就是这个，六哥。这里该怎么办——六哥总想着战术。训练时这样挺好，然后实战就凭直觉。我呢，训练也好实战也好，都一样。"

"你比我有本事得多，这是肯定的。"

"实战时当先锋，没准儿我行，但实战的总体指挥，还是六哥厉害。你比其他兄长都厉害。"

"怎么会，上次，大哥叫我去死呢。"

"大哥也说了，自己犯了个大错。"

六郎无论如何也不认为自己会作战，但一到实战就不犹豫了。他觉得，下次自己也能做到不犹豫。

两日内，阵容重整。兵力超过七万，编制完毕，此后归队的兵加入队尾。

北上进攻之时，兵力超过十五万。难以置信的惨败。丢失的武器、物资，还有战马，不计其数。

虽然重整之后大军开拔，头上却是乌云笼罩。六郎、七郎受命在皇帝前面开路，而皇帝和八王在行军途中几乎没从轿辇里露面。军粮不足，每天能供给的食物很少。

士兵恢复笑容是在入定州之后。太原府安排的军粮屯集于此，连日饥肠辘辘，六郎终于吃饱了一回。

杨家军和辽军对峙，终于阻拦了追击。

军事会议在定州行宫召开，六郎七郎也列席。

八王手腕上还缠着绷带，潘仁美和呼延赞伤痕累累。

"此次战败全因朕之失德，战败责任全在于朕，不问众卿之责。"

见低着头的皇帝眼中落泪，六郎心中很是震撼。

"宋优秀武将众多，恳请今后陛下自重，谨慎亲征，作战交给臣下武将。"八王说。

"八王所言极是。若朕不在，战法也许会有变。朕做了对不住潘仁美等武将的事。朕今后当勤于民政，尽心富国。"

"国富才是实力，我也这么想。"

"但，收复燕云十六州是先帝遗愿，朕不能忘。"

"陛下，河东路已收复。此次之战，陛下心愿，我等臣子已铭记于心。"

"这次合并了河东路，甚好。朕明白了，先帝遗愿不可忘，但不可操之过急。"

"陛下龙体无虞，可喜。"文官中的一人说。

列席的都是老人，只有六郎和七郎异常年轻。二人年纪加起来不足父亲的年龄，六郎想：至少算是代父出席吧。

众人商议了善后的处理办法，之后散会。

一个八王随从模样的老者让六郎和七郎留下。

众人退下之后，六郎和七郎跟随侍者去了另外的房间。

屋里只有皇帝和八王。两人不明就里，六郎跪下，七郎也学着跪下。

"你们俩干什么？站着就行。是陛下要见你们。"八王微笑着说。

"对了，六郎，你自报杨延昭之时，朕心想这下有救了。血染全身的七郎突围而入之时，朕确信只要杨业的儿子们在，朕就不会死。"

再次催促之下，六郎站起身来。

六郎想，皇帝比从远处看要老。也许是因为战败。

"幸亏杨业挡住了追击。朕深切感觉，杨家加入宋的麾下真是太好了。"

"谢陛下御言，铭记于心。"

六郎不知面对皇帝该如何用词。

"到太原府再行赏赐。杨业功居首位，六郎、七郎兄弟都在内，杨家军得头功。朕会论功行赏。"

"不胜惶恐。我可以进言吗？"

"有什么要求吗？说来听听。"

"我想说的是，不能领受恩赐。"

"是吗，为何？"

"战败不该领赏。我自小被教育：打胜仗领赏，才是行伍之人。"

皇帝笑出声来，微微点头。

"受教于杨延昭了，陛下。武人原来是这样想的。"八王说。

"是，八王殿下，至少杨家是这样教育。武人要赌上一切去打胜仗，然后，为胜利而自豪。"

"明白了，很明白了，六郎。从你刚才的话，朕也学到了。"皇帝微笑。

父亲由四郎、五郎陪同来定州是四天之后。虽然仅两百骑，见众人对"令"字旗肃然起敬，六郎心里高兴。

辽军以燕州为中心，在易州、涿州布兵，杨家军阻止了他们进一步的侵犯。从代州到应州布防，杨家军继续从西面威震辽军。

从行宫拜谒回来的父亲受命随皇帝回东京开封府，在定州的兄弟四人同行。

"北边只要有我们在，决不许辽军侵犯——跟皇帝这么进言，龙颜大悦。"

杨业如是说，果然是坚决推辞了战败后的恩赐。

军营里，父子五人久违同饮。

尚未喝惯酒的七郎满脸通红，开始撒酒疯。五郎还在灌他。

"都打得漂亮。"杨业闭着眼说。

"包括在代州的延平，大家都为了杨家的名誉血战。此战虽然激烈却打败了，但你们的奋战帮了我大忙。"

"父亲，六郎尤其打得好。这家伙平时训练闷不作声，真上了战场比我们还勇猛。这小子是真人不露相。"五郎抓着六郎的脖子说。

"五哥，当时我不管一切了。我才明白，什么都不想，能做得超乎想象。"

"六郎，这样就行。我以前低估了你小子的资质。这回我也学到了不少。"

听父亲这么说，六郎低下头去。他想，也许只是运气好，下一战，只要坚决就行。

军营里，笑声四起。

第三章 "白狼"

一

萧太后再次来燕京。辽都城在上京临潢府，如今，南都燕京有取代之势。

耶律奚低没被带到谒见间，而是被带到里间。萧太后身边只有左相萧天佑。

行礼之后，耶律奚低在桌前的椅子上落座。桌上摊着辽南部和宋北部的地图。

"没追上是吧，耶律奚低。"

萧太后没有多余开场白的时候，大抵是谈战事。

"是。"

"报告说你们追赶并包围了宋主。"

"的确，先锋围堵了他们。敌人大军被逼溃逃，宋主被逼迫，就差一步。"

"这个？"

萧太后指着地图上的代州，指的是杨家军。

"杨业实在是个劲敌。"

萧太后看看耶律奚低，眼神是：这我知道。

"我想给燕王十万兵。"

"啊？"

"宋帝亲自来攻燕京，这对辽来说是耻辱。"

"但是，太后，把他们诱骗到燕京，也算是个谋略。"

"十五万余，加上杨业的兵，大军超过十八万了吧。折损的应该有六七万，燕王应当趁此机会攻宋，一雪耻辱。"

照萧太后平素的想法，理当如此。她好战，觊觎中原已久，如果她是男人，大概会亲自上阵。

"太后，无论如何要打宋，是吗？"

"打。"

确实是个战机。宋大败，宋帝捡回一命，应该正松下一口气，不会预料到辽会马上反攻。

辽不缺兵力，十五岁到五十岁的男子，全民皆兵，都要入一回军营，接受训练。只是，如果征兵过度，全社会的生产会下降。尤其农耕生产一下降，马上会影响战斗力。所以，兵力总数控制在四十万。考虑到各地的防卫配备，能出征的兵力至多十万。

耶律奚低不由深感，太后的心意是多么坚定。太后生性骄傲，并且想言传身教给年幼的皇帝。

但是，对于出征军总大将由王族担任，耶律奚低略觉违和。作战当由武将做主。燕王韩匡嗣确实想活得像个武将，但身为王族，生来就是将军，和浴血奋战、千锤百炼之后才得将军之位的人总有不同。这一点，耶律奚低没能说出口。

"耶律奚低将军，胜算如何？"萧天佑第一次开口。

"不打无胜算之战。"

"那就是有了？"

"即使有胜算，临战也可能打败。一个判断失误，就可能失败。想直攻燕京的宋帝就是如此。没人会在一开始就想着打败仗，左相。"

耶律奚低认可萧天佑作为大臣的能力，但就是不喜欢他。他问起能杀几个敌人，口气就像在问能收多少税。

"太后将再征兵十万，军粮我去想办法。正因如此，想听到确实能胜的回答。"

"十万？重新征兵？"

"所以要赢，耶律奚低将军。"

耶律奚低只有点头。太后生性严苛，却不偏袒。考虑到不是为了文官，而是为了眼前的太后，他可以接受。

"派耶律沙跟着你吧，即刻出发。"

耶律奚低深深一拜，退下。

总大将是韩匡嗣，耶律沙在自己之下。耶律奚低想，上下这两位都自信有余。耶律沙是太后喜欢的将领，行事果敢，看似可靠。

回到军营，耶律奚低选出几名属下将领。韩匡嗣也来了命令，传来随行将领名单，人选乏善可陈。

次日当天完成编制，第三天清早出发。辽军主力终归是骑兵，全军共五万骑，出征时骑兵编制为两万。

韩匡嗣穿着红色盔甲，装束夸张。关于战场上的进退，他还有点见地，但实战中的显著战功几乎为零。正因如此，担任出征指挥这一大任，他确实鼓足了干劲。

"燕王殿下大概第一步会拿下从国境突出的城郭吧。"

耶律沙看样子对出征过于起劲，或许是对韩匡嗣的指挥心怀不安。

"总之，进入宋领地，夺下一个城郭，守住，等守稳了再徐徐进攻，如此才好。"

"耶律奚低将军，燕王殿下会同意吗？"

"只能同意了。如果代州的杨家军出来，那麻烦就大了。"

行军迅速。骑兵先行，步兵在后。韩匡嗣的斗志一目了然。

开拔第三日，骑兵和步兵的距离拉得很大。

眼看要到国境，韩匡嗣命令骑兵队休整一日。越过国境就是遂城。从宋那一侧来看，这是一个前线基地。

"守将是刘廷翰，没打过勇猛之战，擅长谋略。"

"守兵大概也就三万。正面压上围攻，不让他有时间玩谋略就拿下了。"

这就错了——耶律奚低没能说出口。如果自己担任指挥，正面攻击也是有力的选择项之一，但总觉得有哪儿不对劲。

午后开始，步兵陆续到达，没有停歇继续前进。次日早晨，两万骑兵赶到，后来居上超过步兵，在正午前到达遂城城下。

"什么？守兵五千？"

听了斥候报告，韩匡嗣站起来。

"城内一片慌乱，各个城门紧急关闭，但宋军还没做好防守准备。"

耶律奚低心里掠过不祥的预感，但韩匡嗣眼里却是霸气十足。

心里的疙瘩是什么呢，耶律奚低沉思。从燕京开拔的有十万大军，敌人不会知道这大军是要攻遂城。进攻目标定为遂城是两天前的事。

骑兵队休整一日，敌人可能抓住了这个情报。无论如何，这是在堪称战场的地点等了步兵一整天。完全可以认为，这给了刘廷翰做准备的时间。

"等等，燕王殿下。这可能是空城。为了打探城外伏兵，应该暂且后退，安定下来。"

"你说什么？现在正是攻城时机，错过机会，等敌兵回城了怎么办？"

"我认为是空城计，燕王殿下。"

"笑话，世上还有五千兵的空城？错过这个机会，等万余守兵回来，攻城可就费工夫了。立刻进攻。"

"不要！等充分看清形势再进攻也不迟。"

"耶律奚低！你是要阻拦我的军功吗？"

韩匡嗣满脸通红，看起来难掩怒火。耶律奚低话到嘴边，咽了回去。

"不行啊，燕王殿下。"

"该攻的时候就要攻，这才是作战。在战场上浪费时间，得到的只有怯懦，耶律奚低。"

韩匡嗣拔出剑来，刺向耶律奚低喉头。

"燕王殿下。"

"我不想听。再多言，我让你开不了口！"

韩匡嗣红头涨脸，连眼睛都红了。

耶律奚低只能低下头去。也未必就是空城计，如果不是，拿下确实易如反掌。

"全军出动！"

"燕王殿下,至少请用慢一点的围攻法。"

"不行! 三下两下,眨眼工夫就把这城拿下。先锋的骑兵我自己指挥,耶律沙带步兵打侧面。"

开始出动。

耶律奚低只好压住反复袭来的不祥预感。

骑兵队开始出动。

耶律奚低也上了马。韩匡嗣眼里只有遂城了。

两万骑兵扬起的烟尘淹没了遂城。耶律奚低在烟尘里尽力盯着韩匡嗣。即使有陷阱,也不能让身为王族的韩匡嗣丢了性命,这是自己的使命。

攻城车出动,车上架着一人合抱粗的圆木,用来攻破城门。吊桥放了下来,攻城车轻易通过,就势撞击城门。城墙上只是稀稀落落射下来几支箭,并无激烈反攻。耶律奚低的悬念越发沉重。

攻城车撞了三次,城门弹开。守兵聚集在破门之处,奋力阻挡入侵。

"冲!"韩匡嗣大叫。

耶律奚低也跟上。想守住城门的守兵被骑兵队踢散,一万骑兵和数千步兵攻入城内。什么东西坍塌的声音传来,耶律奚低回头,看见打开的城门被城墙上掉落的瓦砾堵上了。

"陷阱! 小心!"

耶律奚低大叫的时候,城墙上万箭齐发,眨眼间二三百骑兵落马。耶律奚低奔到缩在马背上的韩匡嗣身边,双手举着两张步兵拿的盾牌防箭。

"这不是办法,燕王殿下。把马扔下,城门被堵了,但爬上去还能出去。"

耶律奚低强行把韩匡嗣从马上拽了下来。

"耶律沙，杀开一条血路到城门！无论如何要把燕王殿下弄到城外！"

耶律沙在死守城门的敌人中厮杀前行，其间骑兵不断被箭射落。不光是城墙，屋顶上也有敌人。

拼死前进。耶律奚低拉着韩匡嗣，在耶律沙杀开的血路上前进。他已经拿不了两张盾，一手拿剑，劈开群起攻之的敌人。

耶律沙在大叫。他已经杀到堵住城门的瓦砾堆。拿步兵当挡箭牌，耶律奚低推着韩匡嗣的后背跑。

瓦砾堆里混了沙子，一踩就塌。耶律沙让数十个步兵趴下，踩着他们的背爬上去，从上面伸手。耶律奚低奋力把韩匡嗣推上去，自己也踩着步兵的背爬上去。

另一侧一片狼藉。

城外的兵也遭遇奇袭，陷入混乱。烟尘里看不清全貌。

五十骑奔了过来。耶律奚低在城外留了麾下的一队，即使遭遇奇袭，他们的眼睛也没离开过城门。耶律奚低的备用马也被拉了过来。

"让燕王殿下上马。"

韩匡嗣立即被推上马背。

一踢马腹，五十骑在混战中突围。城外的兵遭遇了两个方向的奇袭，有一部分还没溃散，这部分兵跟着五十骑跑。

跑了八里，耶律奚低停下全军，迅速把步兵排成鱼鳞阵，骑兵集结到一处，总共有约两万。被追赶的兵也陆续回来了。

鱼鳞阵徐徐向前，骑兵队也组成突击阵形。行进了二里，敌人一齐从几个城门鱼贯而入。

耶律沙也脱了险，开始在后方拢兵。

"败了啊。"韩匡嗣说。耶律奚低没应声。这要不是败，那还有什么是败？

"就是一眨眼的工夫。"

"那也是，该败的时候就要败，这才是作战，燕王殿下。"

"运气不好啊。"

指挥错误，轻易落入了敌人的圈套，这就是失败原因。韩匡嗣还在马上发呆。

损失了将近三万的兵。

马少了一万多匹，没丢武器的兵只有一半。

惨淡收兵返回燕京，先前的捷报如同虚假。

"我去向太后报告。"

韩匡嗣先进了宫。耶律奚低和耶律沙一起，在军营给部将们部署指示。负伤需治疗者众多，还要清点缺少的兵。

指示完毕，二人等待萧太后传唤。

宫里的使者马上来了。

除了左相，右相萧陀赖也在。群臣肃立，围着韩匡嗣。萧太后出来，耶律奚低单膝跪地礼拜。

"耶律奚低，在此汇报战况。"

"我军遭遇了奇袭。"

耶律奚低说了开始进攻之后的情况。

"韩匡嗣，他说的没错？"

"没错。"韩匡嗣声音小得几乎听不见。

"把韩匡嗣绑了。"萧太后的声音在宫殿回响。

禁军从两侧押住了韩匡嗣。耶律奚低也跪了下来，没人来押他。

"太后，这是为何？"

"闭嘴，就你一个没说实话。我派了王钦招吉的人，悄悄作为监军随军。你拿剑指着说是空城计阻止你进攻的耶律奚低，强行攻击，招致战败。十万辽军被区区三万遂城兵击败而归。你干的事死有余辜，斩首！"

"战败责任在我，没能阻止燕王殿下。要砍头的话砍我吧。"

萧太后盯着耶律奚低："我知道你护着韩匡嗣，够了，别再说了！"

韩匡嗣被禁军押着，边哭边乞命。

"带下去！"

"等等。"说话的是萧陀赖。他虽年轻，却有傲骨，顶撞萧太后也不是第一次了。

"任命燕王殿下为总大将的是太后您，本来该由耶律奚低将军全权指挥的。"

"右相，你是说我也有责任？"

"不能说没有。太后轻信了燕王殿下战略上的自大。"

萧太后的眼睛刹那间冒火。

"话虽如此，太后并未上战场。我说的是，死罪太重。"

宫殿里鸦雀无声。终于，耶律奚低耳边传来萧太后喘着粗气的声音。

萧太后在拼命压住怒火。

"知道了。"许久的沉默之后，萧太后声音平静下来。"韩匡嗣削去燕王之位，从此贬为庶民。这样可以吗，右相？"

"太后圣明。"

耶律奚低松了一口气。自己参加的此战，总算避免了大将被斩首的结果。

"耶律奚低，再次整编十万大军，除了耶律沙，再选一名将领。"

"还要出征吗？"

"当然。辽是不败之国，你好好记住。"

耶律奚低只能叩首。

二

翻过山坡，耶律奚低被戟抵住。是十来个兵，耶律奚低只身一人。

"我想见耶律休哥将军。我是耶律奚低。"

士兵们面露惊讶。两个兵跑了出去。

过了一会儿，刚才的兵跑回来，耶律奚低获准前行。翻过两个坡，到了耶律休哥的军营。说是军营，并无城寨，只是安着数十个营帐。

"哎呀，耶律奚低将军，到这种地方来有何贵干？您还没带随从。"

从燕京骑了三天马，荒漠里只有星星点点的灌木。此刻，耶律奚低和耶律休哥面对面。

耶律休哥是辽军一流的武将，但不得萧太后喜欢。他平日少言寡语，明明能说的也不开口。

他三十四岁，不知为何从年轻的时候就是白发，发须都雪白。

"我有事找你。"

"您坐下说。"

士兵拿过马扎。耶律休哥一脸询问的表情。

"被宋打败了。"

耶律休哥微微点头。

"不，与其说被宋，不如说被遂城的区区三万守兵打败了。萧太后无法饶恕这场战败，命令我再次整军十万，也就是说，要再次出征。"

"然后？"

"除了耶律沙，命我再选一名将领。"

耶律休哥只是用清澈的眼睛盯着耶律奚低。

"我选了耶律斜轸，但总觉得不安。我不是怀疑斜轸的能力。"

"有耶律奚低将军的指挥，足够了吧。"

"现在我不认为由我指挥就够。"

"为什么？"你还是个武人吗？——耶律休哥的眼睛在说。

"如果只是遂城的守兵，下次拿下没有问题。但宋一定也做了相应的准备。战败之后的胜战，宋主大概不会掉以轻心。"

耶律休哥的军营井然有序，难以想象这是一支在荒漠中日复一日训练了两年的队伍，军中充满令人愉悦的紧张。

"如果只是普通的宋军，我带十万去打也不害怕。"

"杨家军？"

"没错。遂城如果被攻，宋主一定会让杨家军负责掩护。

杨业也会有此意。"

"杨家军有那么厉害？"

"厉害。之前的燕京之战，没能擒住宋主，全是杨家军的功劳。"

"是要我加入出征队伍吗？"

"没错。但不是作为将军，而是率领两千轻骑兵的将校。"

"将校？"

指挥两千轻骑兵，这是了不起的将军了。但在萧太后面前，这事难办。将军名单在出阵之前就要报给萧太后，耶律奚低觉得，如果有耶律休哥的名字，萧太后会拒绝。耶律休哥用指尖摸摸白胡须。

"这次出征，无论如何我都想得到你的助力。两千轻骑兵，在辽军找不出第二支。"

"是让我站在斜轸、沙他们的下风吗？"

"所以我才一个人来求你，也做好了可能被你拒绝的思想准备，但你能不能想想，接受下来？"

耶律休哥盯着耶律奚低。他连睫毛都是白的，漆黑的眼眸炯炯有神。

"眼下，派出十万大军出征对辽来说是个重大问题，但太后理解不了，她不能原谅十万辽军败给了遂城的三万兵。"

耶律奚低在想，如果赢不了呢？拉锯战一番，然后撤退——他想要这种形式。这样他可以向太后进言：为了取胜，应该再次调整军队，努力练兵，等待新的时机。

"再次战败的话，在燕京大胜宋军就失去了意义。太后说，辽是进攻之国，但我不认为现在有足够的力量进攻。"

"将军要我做什么？"

"可以说，是不败的保证。"

"所以让我作为将校参战，不顾尊严受伤，去战场厮杀？"

耶律休哥微笑着盯着耶律奚低。耶律奚低想，自己可能说了不可理喻的话。耶律休哥是个高傲的人，自己独自来这儿，似乎就是为了伤他的自尊。

"现在，我有两千四百骑兵。"

"这个我知道。"

"十万大军，给两千骑兵分点粮草，总不是问题吧。"

"什么意思？"

"两千骑加到将军麾下，并且，希望把我们当成散兵。"

"这个……"

"将军独自前来，那匹马，从燕京到这儿大概跑了三天。人称辽军第一的将军如此屈尊，我也该放下自尊，接受将军调遣。"

"太感谢了。"

"我没二话，随时听候出发命令。我会挂上'奚'字旗，加入队伍。"

耶律奚低这才想：来对了。他犹豫再三，是做好低头相求的准备才来的。然而伤了这个男人的想法，总是挥之不去。

"你听了我的愿望，作为对等条件，我却不能保证跟太后开口。唉，我没自信能说服那个坏脾气的太后，前几天她刚把燕王贬为庶民。"

耶律休哥放声大笑，黑色眼眸如少年一般发光。

"我只是对于一个男人放下自尊和面子表示回敬，没想过要在辽军里出人头地。"

这个男人的高傲，让他留在什么都没有的荒漠军营。只要扔掉几分骄傲，他就能担任前线指挥。

"我可能什么都不能为你做，抱歉。"耶律奚低第一次由衷地低下了头。

"这里只有营帐，将就休息吧，将军。只有荒漠里的野兽的肉，但偶尔吃一回也不错。"

士兵给耶律奚低准备了一个干净营帐，干净的洗脸水也备好了。

都说荒漠军营环境最险恶，气候严酷，没有水。据说没什么绿色蔬菜吃，士兵食生肉。耶律奚低只是听闻，并没经历过。在辽军，被派到荒漠军营几乎是惩罚。

附近没有城郭，冬天缺少燃料，会冻死人。但是，熬过来的兵很强悍。

荒漠里的军营有几处，但耶律休哥的军里很少有士兵被冻死、马匹生病造成短缺的消息上报。

"耶律奚低将军，吃晚饭了。"

士兵来叫。士兵们个个动作敏捷。

次日早晨，耶律奚低踏上归程。

回到燕京，耶律奚低立即组成十万大军，耶律斜轸、耶律沙任副官。其中没有耶律休哥的名字，但耶律奚低麾下多了些兵，有一万四千。

"明天出发。"

耶律奚低去宫里报告。萧太后特地安排了两人的单独会面。

"虽有胜算，但这次想必对手也戒备森严。"

"是。听说遂城的守兵增强到了五万。"

"而且还有杨家军。不用想也知道，会比前一战严峻得多。"

"我会尽全力去战。"

"这个我知道，我想把先前的韩匡嗣战败扳回来，就是说，不能败了就不打了。"

"太后，您这话是什么意思？"

"不必硬要拿下遂城。上次之后我冷静想了，也作了各种研究。我不想让你硬着头皮去作战，不想失去你。"

"作为武将，不管太后说了什么，都不能充耳不闻。上战场的，有谁会不做赴死的准备呢？"

"所以我才敢说。这里没有群臣，也没有别的将军。此战不必激烈互攻，尤其不能硬碰杨家军。这次只是去弥补一下韩匡嗣的惨败。"

"斗胆回嘴，战场上有敌人，有时就算你不战，对手也会打过来，这是理所当然的。我不会去弥补什么，但是会慎重而战，不让太后丢失大批的士兵。太后再要操心，对耶律奚低来说，只能是羞耻。"

"明白了。作战很难，也有时运，我想，先前一战可能失了辽的时运。至少把这失去的时运挽回一点，希望是这么一场战。"

"太后的话，铭记于心。"

退下之后，耶律奚低立即召集将领们开会。加上他自己，十四名将军参加了军事会议。

耶律奚低下达了进军部署。骑兵和步兵一同前进，不能再犯韩匡嗣的错误。

耶律奚低下令时，将军们只是默然点头。

耶律奚低很清楚萧太后的忧虑。因为他自己也有这样的忧虑，才去求耶律休哥参战。所有人心里都在想，上次的败北让时运再次改变。

耶律奚低也明白萧太后的话，只有再次改变时运，或者止住时运的消退。

宋虽败给了辽，却拿到了河东路。如果就此罢休还好，但宋却大举进攻而大败。

萧太后或许深知打战争为何物，它不是战场上的一个个胜负，而是国家和国家之战的实情。她不只是生性好强、轻率挑起战事的皇帝祖母。

"明早开拔，没有阅兵。"说完散会。

耶律奚低回到营房，一个面生的将校等在屋里。是头发眉毛都染黑了的耶律休哥。

"我的头发太惹眼了。"

"对不住了，让你这样的武人干这种事。"

"哪里话，偶尔当将校也不错，现在我就是这么想的。两千兵跟在将军骑兵队的后方。"

白狼。

这称呼让人生畏。因为自己，这个男人把标志性的白发染黑了。耶律奚低想，这次的债欠大了。

"定了明早开拔。"

"'奚'字旗已经到手，跟两千兵也交代好了。话说在前头，战场上由我判断听我调遣，跟其他队伍得说是听令于将军。"

"行，靠你了。"

　　耶律奚低很清楚耶律休哥在战场上的判断力如何，他的行动甚至能让同伴吃惊。有好几次，耶律奚低想，这简直像是野兽的本能。

　　"不喝酒吗，耶律休哥将军？"

　　"现在不是将军了。"

　　"无所谓，男人之间的酒。"

　　"这不错。"

　　耶律奚低叫随从立刻端上酒菜。和荒漠里的饭菜相比，这里的酒菜奢侈得让耶律奚低汗颜。

　　"我的作用就是阻挡杨家军，但顶多半天。此间，将军要拿下应得的战果。"

　　"是吗？光是杨家军，而且是用区区两千骑。"

　　"可以，但只有半天。而且，既然对手是杨家军，只此一次。"

　　"你不会是做好赴死准备了吧。"

　　"战和死，不就像老朋友吗？"

　　"我可以忽略杨家军而战？"

　　"就半天。"

　　酒劲马上上来。出征前夜喝酒，这是第一次。

　　不知为何，酒喝得舒心。

　　耶律奚低在心里说，别喝多了。但还是比平时喝得多。

三

　　出去训练的队伍收到了召集令。

六郎和七郎一起，在代州城外收兵待命。

据说三个月前大败的辽军再次窥探遂城。遂城守兵从五万增至七万，且杨家军也收到了出兵命令。

一万兵，杨业总指挥，六郎和七郎随从。

出兵一万是开封府的命令。

"六哥，至少得两万吧。"

"是啊。"

六郎在思考辽此时出兵的用意。大败之后，倘若再次大败，辽在一段时间内将难以重振。此间，宋或许能收复燕云十六州。

辽如果草草作战，将重蹈覆辙。

"七郎，还是得两万。"

"但这是命令。"

现在不能让杨家军硬来——开封府似乎这么思量。没有时间派使者往来。

一万，骑兵三千，步兵七千。编制已定，不等次日，已然整装待发。

"此战是为了守遂城。遂城已集结七万守兵，前一战辽军大败，是因为我方谋略。辽军此番为雪战败之耻而来，会是一场恶战。全体当心！"

杨业的指示很简短。

延平出任先锋，六郎和七郎都在中军的骑兵队指挥。

六郎想：上次一战，自己忘了一切，这次要看看那是不是自己的实力。

杨家军行军迅速。但是，途中来报，遂城有冲突。

三万聚在城里，四万散在城外。

如果要攻城，四万护住侧面——六郎想，要是自己也会这么干。对抗攻城，没有比这更好的排阵了。但城外的四万被冲散了，据说一万骑兵单单冲四万而来。四万的指挥官当然会想，后面还有九万。但一万骑兵单独冲阵，长驱而入。

"四万的阵形有问题呀。"

野营篝火旁，杨业听完报告说。

"想围成铁壁，所以摆了鱼鳞阵，这阵形攻守都可对应，本身没问题，但是对战大军时，头天就得用一天时间来摆阵。"

六郎想，也就是说，给了对手思考破阵办法的时间。

"六郎，换做是你，一万骑兵冲过来，怎么办？"

"分兵两个方阵，各两万。让冲过来的骑兵穿阵，冲进一个方阵，用另一个方阵的两万攻他们。总之，不能让兵散开。"

"先这样对付，两万的方阵还能再分成两个，各一万的方阵缩小，纵横行动。用这架势应付的话，不会被一万骑兵的突击乱了阵脚。"

据说突破鱼鳞阵的一万骑兵马上反转，从后方袭击。前方有九万大军施压，后方的攻击想必相当见效，而且是在鱼鳞阵的背后。鱼鳞阵对付来自后方的攻击难说万全。

"率领骑兵的是耶律斜轸吗？"延平问。

耶律斜轸在辽军颇有名气，都说他不光进攻勇猛，战术也变幻莫测。

溃散的四万宋军退出十里，总算集结士兵，重新排阵，再次在距遂城五里的地方布阵。

"还好没受多大损失，但宋军有可能再次被意外进攻，父亲。"延平说。

"延平，你带两千骑先去。没有散兵是弱点，六郎一起去吧。"

七郎一脸不服，被杨业瞪了一眼，低下头去。

到遂城，如果和步兵一起行进，大概需要一天半。杨家军的行军速度非其他队伍能比，但兵马也需休息。光是骑兵的话，明日能到。

"耶律奚低善打硬战，耶律斜轸非同一般。要紧的是抓住软肋，如果耶律沙出来，就盯住他打。"

"总之要奔跑，我和六郎各领一千骑。"

"可以，不要硬扛。对现在的辽军，我有不祥的预感。"

"在父亲到达之前，我们尽力不让城外的四万骑兵被敌人打垮。"

燕京之战，用兵自如，但那是在皇帝有危险、被逼到绝境的情况之下。

这次是否能冷静作战？会不会临到头了一犹豫，让士兵送死？

想也没用，六郎努力让自己好好睡。

清早，六郎和延平并驾齐驱。杨业没送，七郎只有羡慕地看着。

快马加鞭。骑兵队也不能连续疾驰，快马的话，能坚持奔跑一整天。

"大哥，敌人的骑兵超过两万了吧？"

"你担心了？"

"老实说，有点害怕，一想到有十倍的骑兵。"

辽军的本领还是骑马征战。北方产马，战马品质上乘。

"六郎，害怕也没事，理所应当。无恐惧之心用兵才危险。"

"大哥也害怕吗？"

"我学会了糊弄，装作不怕。"

跟年长七岁的大哥，六郎什么都能说。延平和三郎同母，其他兄弟都是不同母亲所生。六郎有两个一母同胞的妹妹。杨业只有这两个女儿，延平也很喜欢两个妹妹。

六郎一边跑，一边检查有没有掉队的兵。柴敢跟在队尾。六郎想，自己是指挥，要发现比柴敢跑得慢的兵。

策马半天，小歇片刻，傍晚到达遂城附近。今日也有争战。四万守兵这回是被步兵不停攻击，退后了约五里，离遂城有十里之远。延平派出斥候探察。

"相距十里，和城内的呼应也难了。先让四万守兵前进五里，然后我们四处奔跑。现在这情况跑起来，也只是孤军，徒然无为。"

"大哥，要让敌人知道我们是杨家军吗？"

"杨家军任何时候都是身为杨家军战斗，收旗掩面不是我们的做派。"

"明白了。"

"今晚在此夜营。派使者告诉守兵，杨家军两千骑已先行到达。让兵马好好休息。"

"明早立刻进攻？"

"对。"

六郎点头，巡视兵营。两千骑埋伏在山坡之间，坡顶安排了放哨的小分队。

六郎躺下，却没能马上入睡。脑子里数次浮现斥候探回的敌军阵形。六万对四万，其余敌军围攻城下。

盲目压上进攻，反而会被逆袭。延平大概是想攻敌人软肋，是哪儿呢？思考起来就没完没了——六郎想，自己的毛病又犯了。明天早上对敌时决定怎么打就行了，但六郎还是继续思考。

转眼，黎明临近。

延平命令上马，六郎巡视了一次。

"听好了，六郎。我和你时合时分，总之要弄晕敌人。要是发现敌阵的软肋，就毫不犹豫去攻，但不要太深入。"

"明白了。"

"出发。"

两千骑在微暗的晨光中奔跑，翻过三四个山坡，天亮了。朝阳炫目。不知越过了几个山坡，眼前冷不丁出现了铺天盖地的大军。

延平冲上前去，六郎稍晚，率一千骑奔去。延平朝敌人最密集的地方冲去，猛撞，骑兵队势如破竹。六郎牵制着向延平队伍杀过来的敌人。等骑兵队势头减弱，延平反转过来。六郎横着攻击追来的敌人。

和重整势头杀回来的延平骑兵队一起，六郎带领全军策马。敌人的阵形开始凌乱。避开敌人密集的地方，六郎绕圈奔跑，击垮攻上来的敌人，在敌军中跑一圈，迅速脱离。六郎能清楚看见队尾的柴敢。从敌阵脱离的瞬间，六郎调转马头。

喊声四起，烟尘遮住了刺眼的阳光。六郎再次冲入敌阵。

延平收紧骑兵队，准备向密集的敌人撞去。

"纵列！"

六郎喊了一声，率先冲进密集的敌人。如同枪刺，他想。不管群集的敌人，只是穿过去。密集的敌人被切成两块。宋的步兵开始压上。六郎向右反转，朝着自己方的步兵跑去，从背后袭击敌人前卫。但就势前进，和自己人也会撞上，六郎半路再次向右反转，看见延平从对面冲过来，撞上之前的刹那，六郎再向右转，延平向左转。六郎和延平的队伍并驾齐驱跑了一阵，又一分为二。

敌阵开始崩塌，宋军步兵大举压上。六郎从敌阵脱离，登上斜坡，一千骑在坡顶横列排开，中央是"杨"字旗，以俯冲之势，从侧面强攻敌阵。

宋军推进六里，两军胶着，互相组成方阵，按兵不动。

六郎和延平的队伍会合。

"这样就行，城内的兵力活起来了。看，面向遂城的大军在重新组阵。"

还是忘了一切，六郎想。但自己还是在下意识地去掌握敌军全貌，也在不时确认队尾柴敢的身影。

"好，六郎，继续牵制！"

延平说完策马而去。六郎等延平的骑兵队消失在烟尘中，带一千骑出动。

突然，延平的队伍折返而回。是敌人骑兵——六郎判断。六郎往右闪，给延平让出退路。他刚想着从侧面攻击追过来的敌人，敌人骑兵不光朝着延平，还朝六郎冲了过来。

"奚"字旗。是耶律奚低的骑兵队啊。龙卷风一般的压力包裹了六郎。

六郎绕圈奔跑，一边把队伍收拢，筋疲力尽。

六郎继续跑。追过来的大概有两千骑吧，甩也甩不掉。跑着跑着，一阵恐怖袭来，六郎全身汗毛都竖了起来。自己在被迫离开前线，想改变方向也无能为力。

对打。这就是针锋相对了吧。六郎瞬间决定。前方山坡，还没登到坡顶就强行反转，这样就能从斜面上攻击。即使敌人众多，也能给他们施压，但撑不了多久。没有豁出命去的准备，做不到这一步。

六郎冲向山坡斜面，以一决死战的决心跑起圈来，心想，多杀一个敌人也好。但是，反转过来的六郎傻眼了。敌人已经不见，只能看见远去的"奚"字旗。

"追！"

六郎大叫一声，策马狂奔。烟尘。延平的队伍冲六郎跑过来。可以夹击，敌人追得太深了。刚这么想，前面的骑兵队分成了两路。六郎咋舌，去追右边的队伍，但敌人又分成了两路，无论追哪边都会被另一半夹击。

六郎左手朝天高举，拉住缰绳。骑兵队如一头巨兽，停了下来。

"在那边！"

看着延平的骑兵队，六郎说。这样一来，只能和延平的骑兵队合二为一了。将是兵力的较量。但是，敌人五百骑从横路包围过来，后方还有五百骑。刚确定完，六郎认定前方还有五百骑。能变换的方向只有一个。改变方向后，三面追来的一千五百骑消失了。延平的骑兵队眼看要被夹击，六郎不是去救，而是冲着步兵前线奔去。

似乎奏效了。

五百骑敌兵朝前方围过来，还有五百骑在攻侧面。六郎改变前进方向，避免撞上。这敌人不是等闲之辈，泰然牵制着杨家军。

有一点显而易见，那就是敌人不想让骑兵介入步兵战。辽军以两万骑兵进攻，宋军围起栅栏，从栅栏里用长枪刺敌，一边徐徐往前推栅栏一边压上。栅栏两侧各有五千骑兵。战事成了步兵之间的角力，往前推进了六里的宋军更有士气。

六郎给柴敢使了个眼色——训练时演练过无数次，柴敢骤然反转，半数骑兵跟上。敌人骑兵是各五百骑的四队。如此一来就成了消耗战，击倒对手多的一方胜出。

敌人避开了，巧妙牵制的同时，互不相撞，聚成一体。

延平被围攻，似乎敌人全体指挥官都在那边。六郎独率五百骑攻其侧面。敌人巧妙地分开两路，又聚成一路，时分时合，避开了杨家军一千五百骑的攻击，灵活绕圈。柴敢被追，合并过来。

两边各被一千敌兵夹住，但不是夹击。虽在一处，杨家军也是两队。延平举手，六郎朝延平的相反方向奔跑。敌人追了过来，是全体指挥官所在的队伍。双方并驾奔跑，敌人却没有袭击。六郎停住全军。两方骑兵队的速度大不相同。

六郎收拢队伍，去攻反转过来的敌人，留下柴敢。六郎跑了一阵，反转过来。又一队追了过来，是纵列，六郎冲过去。

敌人分成两个纵列，从两边夹住六郎，六郎得脱身，往右改变方向，画圆圈似地奔跑。敌人的纵列反转过来。

六郎一身冷汗——敌人已经形成楔形攻过来。这是什么敌人啊？中央被突破，六郎奔到队伍前面，好不容易把队伍聚拢。一千骑冲着六郎杀过来。不行了吗？六郎想，那就和先头的指挥官商量吧，没别的路了。六郎高喊着，一踢马腹，冲过去，又被排山倒海之力压了回来。能对抗的只是一瞬。六郎奋力用剑挡开劈头盖脸的剑。第二回合，又是迅雷之势，从肩膀到手腕，一股热流。第三下要死了。六郎双手举剑，无论如何要给敌人指挥官一个还击。只要豁出命去，就能行。战马相错时，敌人动摇了。擦身而过，剑却没碰上。敌人退了。敌人的指挥官看着六郎，微微一笑。

六郎这才发现延平的五百骑从侧面攻过来。柴敢也飞奔过来。

"从城内出来的我方被击溃了，正再次退回城内。六郎，稍稍后退！"

战场不光在这里，也不光是步兵的互攻。想出城夹击的宋军，被敌人打得七零八落。

城外的四万也后退两里，稳住阵脚。

杨家军再靠后两里，喘息下来。两千敌人马不停蹄，在杨家军和四万宋军之间猛攻。

城里有了异变，敌人鸣金收兵。

杨家军大部队迂回战场赶到，从后背攻击正要攻城的敌人。

辽军全军组成坚固阵形，保持阵形徐徐后退。敌人退到离遂城十里之处，明显是撤退，杨业没有下令追击。

两千骑兵和大部队会合，六郎被延平带到杨业的阵营。

"六郎，受伤了？"

营帐里除了杨业还有张文和七郎。

"轻伤。但要是大哥没赶过来，我大概就死了。对手那个武将很厉害。"

"是耶律休哥，虽然染黑了头发，但就是他。"

"哦，是他啊。"

六郎听说过耶律休哥的名字，年纪轻轻头发眉毛全白，所以人称白狼，听说有一阵子没被派上前线了。

"我不争气，没起到父亲料想的作用，被耶律休哥的区区两千轻骑兵戏弄，差一点打败。"

六郎想起了冲自己微笑的耶律休哥的脸，觉得那既是嘲笑，也是在教训自己还太年轻。六郎没有生气，论骑兵的用法，人家确实比自己强得多。自己确实还年轻，不过还没陷入不知如何是好的状态，也没有迟疑不决。

"六郎打得漂亮。"

"我知道，跟耶律休哥做对手，不过轻伤而已。"

"耶律休哥有那么厉害吗？"六郎问。

张文深深点头。

"听说他得罪了萧太后，大概是辽军第一了吧。"

杨业说着，看着六郎微笑，但是，眼睛却没笑。

四

不算是凯旋。

但没有输。宋军的损失大得多。

"我直接回营地了。"

入燕京之前，耶律休哥来通报。耶律奚低只能点头，只是默然目送两千轻骑兵脱离自己麾下而去，没再打"奚"字旗。

入了燕京，解散队伍，耶律奚低独自进宫向萧太后报告。

萧太后已然掌握战事全貌。

"打得漂亮，超过了我的预期。"

"不是我的功劳。杨家军从代州赶到之前，敌人就行动了。"

"听说敌人有两千骑兵先行到达，有人巧妙对付了他们。"

耶律奚低想，大概太后又派了王钦招吉这样的监军潜伏。他也预想到了。

"那两千骑兵把我军的行动封得死死的，能对抗那支骑兵的，在我军中只有一人。"

耶律奚低想，只有把耶律休哥说出来了。如果要追责让他参战，自己负一切责任，耶律休哥只是听从了自己的命令。

"耶律奚低，那个人是？"

屋里除了萧太后只有左相和右相。

"是耶律休哥。"

萧太后的眼睛盯着耶律奚低，表情有点生硬起来。

"耶律休哥听从我的命令，率两千轻骑兵参战。"

"你呈上的将军名单里没有耶律休哥的名字。"

"他作为将校加入了我麾下，举的也是我的旗，作为我的麾下作战。"

萧太后的眼睛还是一直盯着耶律奚低。

"你是说，那耶律休哥抵挡了先行到达的杨家军？"

"是。他用兵如神，让杨家军的骑兵队基本没能有效行动，而在此之前，我军被杨家军骑兵队扰乱，已后退了六里。"

"你说他是作为将校？"

"是，是我命令的。他说过，这是让他抛掉自尊奔赴战场。"

萧太后闭上眼睛。她生性严苛，但很少不讲道理。耶律奚低想，在此可独自把责任扛下来。

"你命令耶律休哥参战的理由是什么？"

"当然，除了不能打败仗的念头外别无其他，尤其要对付杨家军，我无论如何想要他那支轻骑兵。"

"耶律休哥的队伍现在有多少人？"

"光骑兵两千四百，在北边的荒漠苦练。"

"我不高兴，虽然你打了优势之战回来是好事。"

左相和右相面无表情。耶律奚低捉摸不透萧太后的话是出于什么感情。

"所以，要给予惩罚。"

"太后，惩罚由我一人来受，耶律休哥只是作为武人违心服从了我的命令。"

"你闭嘴。"

"请听我一句——我不管受何惩罚，都无怨言。"

"惩罚是对耶律休哥的。"

"太后！"

"听着，立即选出两千六百精锐骑兵，送到耶律休哥那儿。耶律休哥要在边境苦练五千骑兵队。这就是对耶律休哥的惩罚。"

太后起身，叫侍从。左相和右相都垂着头，耶律奚低也只能如此。

退出后，右相萧陀赖追上来。

他不太讨厌武官，耶律奚低也不太讨厌他。

"耶律奚低将军，太后说是惩罚，但这可不是惩罚。"

"我觉得也是。"

"太后这是让耶律休哥的队伍扩充到两倍，而且是从禁军里选精兵。队伍超过两千五百，也能建营房了。"

"我想赶紧亲自选兵。"

"太后也不能无所顾忌地表扬耶律休哥。"

"我知道，右相大人。说要惩罚，我就坐不住了。"

萧陀赖点头笑了。耶律奚低确实松了一口气。

返回军营，耶律奚低马上叫来亲信，交代选兵。

两天内选出了两千六百人，耶律奚低自己指挥北上。

路上花了三天。

耶律休哥一脸惊讶地迎接耶律奚低。上次是孤身一人，这次带了两千六百骑兵。

"这些加入我的队伍？"

"是太后自己决定的，还批准了建营房。"

"怎么回事？"

耶律休哥的头发已恢复白色。

"就是说，太后大概原谅了你。她就是那个性格，不会清楚说出原谅。"

耶律休哥只是盯着耶律奚低。尽管如此，耶律奚低觉得还了一点债。

营房决定建在泉边。北风已起，卷着沙子。以年轻时候的经验，耶律奚低非常清楚严寒季节在营帐过冬有多辛苦。他送了耶律休哥一个容易挨过的冬天，这也让他觉得又向耶律休哥还了几分债。

五

突然变成拥兵五千。

困惑之前，耶律休哥更担心粮草怎么办。

然而，就在耶律奚低返回燕京三天之后，足够一冬天的粮草送到了。耶律休哥给士兵做了总动员，建起五千人能住的营房，马厩也扩建了。营房周围圈上栅栏，出入口只做了两个。

耶律休哥最满足的是，有铁匠常驻了。之前每隔两三个月要从城郭里带铁匠来干活。武器、马具，铁匠的活儿不断。

耶律休哥把队伍分成五组，任命了队长。耶律休哥的副官叫麻哩阿吉，虽然年轻，但不少地方让耶律休哥满意，在战场的指挥上尤其出类拔萃。

冬天练兵，练得狠，死了几个人，但过了一冬，兵力变强了。

营房旁建了宽广的牧场，养羊和猪。放牧的不是士兵，是跟着耶律休哥的游牧民。

虽然得罪了萧太后，但耶律休哥并不讨厌这样的生活，比起看其他将军脸色，连训练都不能随意，现在的日子好多了。尽力练兵，只要能让自己的兵上战场作战，他别无所求。

五千兵一视同仁，乱军纪者受罚。处罚不是盖上牢房关禁闭，而是根据罪状，接受比其他兵更严苛的训练，重罪者会练死。

对于野战，耶律休哥有绝对的自信。至少在禁军将领中，同等兵力下，无一人能和他打成平手。

虽被人劝说过，但他没有娶妻生子，常常去城郭找游妓，其他士兵也一样，谁都司空见惯。

对新加入的两千六百骑，耶律休哥从御马方法开始重新训练。他们原本就是耶律奚低从禁军里挑的精兵，能吃苦，学得快。

学会了如何御马，剩下就是战斗训练了。

麻哩阿吉率两千人出发，耶律休哥率两千人去追。荒漠里的遭遇战训练，长的时候要二十天，此间，兵一日一餐，马一日百里。如此训练，兵马都越练越强。

耶律休哥心里记着先前一战的杨家军两千骑兵队，那支队伍跟自己训练有素的骑兵队几乎战成平手。

当时指挥的是杨业长子杨延平。耶律休哥和杨业、杨延平都交过手，不过是一千的骑兵。杨业的指挥无可挑剔，骑兵队的行动出神入化，耶律休哥拼了命才没输；若是杨延平，他有自信找到缝隙击破。

耶律休哥念念不忘的是指挥一半骑兵队的年轻将领，后来他才知道，是杨业的六男杨延昭。

他还有很多不成熟之处，但考虑到今后的成长，耶律休哥觉得后生可畏。最可怕的是他的果敢，明白了是绝路的瞬间，不是逃避，而是毫不犹豫地冲过来对打。那个年轻人不光擅长指挥骑兵，大概也善于指挥步兵，也就是有指挥整体战事的天分。

杨业还有那样的儿子，总有一天自己还会和他争战，那时他会有多大的长进呢？

耶律休哥的训练总是盯着杨家军。

比自己强，比自己会作战——耶律休哥不允许这世上还有这样的人存在。

荒漠里的遭遇战训练，冬天里练了三次。

还有，组成阵形互攻也很重要。骑兵阵形和步兵不同，步兵的基本是站稳脚跟守住，骑兵要不停地移动。耶律休哥想，移动中有阵形，能保持阵形多久，是指挥官的本事。

"把我当成宋军的两千骑兵，两军在坡顶对峙。明天清早开始练这个。"

"这训练，我可以胜对吧。"

麻哩阿吉口出狂言。他外表普通，头发也是头顶剃平，和士兵没有两样。耶律休哥喜欢的是他心里埋藏的气概，他比装成豪杰模样的人更像豪杰。

"不如说，我成了耶律休哥将军的骑兵队，决不能输。"

"嗬，说得好，麻哩阿吉，别忘了刚才的话。"

"我会当作是和杨家军的骑兵队战斗。"

这个冬天的训练，耶律休哥假想的敌人是谁，麻哩阿吉一清二楚。

"那个叫杨延昭的毛孩子，总有一天会长成厉害的武将。"

"你小子也看好他呀。"

"记着呢。"

"我能轻取那小子。明天训练，我就是那杨延昭了。"

"三年后的杨延昭——这么想就有劲头了。"

荒漠中的营帐。到荒漠里训练已有两个月。其间耶律休哥把队伍交给麻哩阿吉，自己回到军营。即使是边境的队伍，时常也会收到中央的指令。最近耶律奚低的指令多了起来，传达了自己想来视察队伍状况的愿望。

次日早晨，耶律休哥刚起来，麻哩阿吉的两千兵已经出发。耶律休哥派出斥候确认对方在事先定好的山坡布阵，下令自己率领的两千骑出动。

直到耶律休哥完成布阵，麻哩阿吉都没有动。布阵对峙是训练的要领，麻哩阿吉似乎是从站在现场仔细观察地形开始。

耶律休哥只是在坡顶把骑兵队分成四段，看似平常的安排，却让人无法预测下一步行动。麻哩阿吉把两千骑合成一体，这布阵也可以分成四队或八队。

厉害！——只是对阵就能清楚感觉。士兵拿的不是武器，是和剑同等长度的棍棒，打在盔甲上，会受伤，但基本不会死人。

耶律休哥先率五百骑慢慢下山坡。山坡之间略窄，但还有一块能容两千骑互搏的平地。诱敌或被诱，条件相同。

耶律休哥的五百骑冲上对手的山坡，对手的五百骑马上俯冲应付。耶律休哥接着出动全体队伍，麻哩阿吉等到对手完全冲到平地，也俯冲应战。耶律休哥军后退，两军互相在山腰改变位置，伺机进攻。这样一来，都已形成骑兵阵。动起来才是阵形。

耶律休哥的五百骑横向围攻。如果能拿下背后的坡顶，绝对是有利位置。为了防备，耶律休哥也盯着麻哩阿吉的背后。两支两千骑的队伍交错、乱搅、分离、冲撞，然后对峙。麻哩阿吉没忘了要让马休息。

攻守反反复复，直到傍晚。太阳下山后，两支队伍退回各自的山坡。都尝试过夜袭，而防备也是万无一失。耶律休哥想看看麻哩阿吉的指挥本事到底如何，抱着这种念头，一不留神就有可能挨打。

第二天早晨开始是力量比拼，以牙还牙。耶律休哥把队伍拉到远处，一边远离一边把两千骑排成鹤翼，在进攻中包围，逐渐收拢鹤翼。麻哩阿吉把队伍收紧，全力以赴攻破鹤翼的一处。耶律休哥想，这是时间的较量。鹤翼进一步收拢，接近方阵，但还是被攻击。鹤翼站稳阵形，突然，对方攻击力减弱了，五百骑从鹤翼脱离出去，抢占了背后的山坡。

耶律休哥回到自己的山坡，五百骑和一千五百骑对平地上的两千骑形成夹击之势。耶律休哥对麻哩阿吉的反击没有犹豫，指挥两千骑全部压上，五百骑俯冲，俯冲之后全军利索地分成两路，其中一路轻易击溃了对手。此后，耶律休哥用了一整天打败对方所有骑兵。剩了最后几骑时，麻哩阿吉试图突破，耶律休哥亲自出马，将他击落。

双手触地，麻哩阿吉哭了。

"干什么呢，回军营了。"

耶律休哥只说了一句。

回到军营，燕京来使。

禁军在百里之外的南面草原操练，骑兵八千，步兵两万。耶律奚低下令耶律休哥去攻禁军，武器是长棍短棒，落马者视为战死。有数名将军参加，文官十余人观战。

"有趣。把对手当作杨家军来打好了，兵力也正好。"

耶律休哥告知使者出发日期。

来了五名监军，耶律休哥让他们换上了好马。麻哩阿吉忘了训练哭鼻子的事，做起总动员。一切如同实战。

约定的日子到了，耶律休哥经监军许可，开拔。

不过百里，正式行军用不了一天。傍晚之前到达，斥候已探好对手阵形。

"麻哩阿吉，你带一千人搅乱对手骑兵，我先击溃步兵。"

剩下的，只要和麻哩阿吉配合就行，只需随机应变决定行动。

行军之后没有休息，立即进攻。从大旗来看，大将像是耶律斜轸。昔日耶律休哥曾和他并肩作战，如今他已是率军数万的将军，以后可能还会率领全体辽军。

麻哩阿吉的骑兵出动，对手骑兵开始动摇。禁军想用步兵和骑兵围攻，麻哩阿吉巧妙带动骑兵队，在被包围之前的瞬间完美脱身。如此反复数次，禁军似乎急了，全体骑兵开始出动。

"要攻步兵了，冲过去马上调转马头，击溃对手的乱军。"

策马狂奔。禁军光是步兵，难以抵抗骑兵压力。耶律休哥的骑兵把对手割成两半，马上调转马头，分成每组一千骑，继续攻敌。步兵努力保持阵形，开始后退，退到两里开外，耶律休哥调转马头。禁军八千骑兵围追一千，一千的阵形井然有序，八千却四分五裂，乱作一团。耶律休哥的四千骑兵没费多少工夫就把八千禁军骑兵打得落花流水。

一里开外围了栅栏，搭了观战楼。耶律休哥在观战楼前整理骑兵队列，用两千骑搅乱靠近的两万步兵，其余三千骑只是静观。

观战楼里鸣金，举旗。

耶律休哥静静退兵，在二里开外命令下马。

太阳要落山了。

尽管操练结束令旗已挂，禁军还是来了两次夜袭，两次都被打败。

耶律奚低作为观战武官代表过来是在次日，太阳已经老高。

"打得漂亮，让人瞠目结舌。"

耶律奚低在大本营旗下的矮凳上坐下。

"耶律奚低将军，夜袭是怎么回事？"

麻哩阿吉勃然变色，耶律休哥笑着制止。

"对不住了，耶律斜轸想夜袭，就干了，士兵也是受命，没办法，不然谁会夜袭？你们对付夜袭也是无懈可击呀。"

耶律奚低微笑。

"其实，太后也来观战了，说想看耶律休哥的轻骑兵。夜袭也是萧太后的命令。"

麻哩阿吉把到了嘴边的话又咽了回去。

"骑兵的战斗力远远超过了所有武将和文官的预测，当然，也远超太后的预测。"

"是吗，太后来观战了啊。"

"我来传达太后的口谕，耶律休哥将军。"

耶律奚低坐直了。

"太后说，装备、粮草、军马不用说，如果对军营位置有要求就说，基本都准许。"

"首先是认可我的旗。"

就是说，耶律休哥不入任何人的麾下。

"一年后，把我派到应州一带。"

"原来如此。"

与杨家军为敌，这是他的愿望。这大概也是萧太后所想吧。

第四章　都城的天空

一

四百匹、五百匹，北方来的军马开始运到。

遂了六郎和七郎的心愿。

他们俩的心愿是用北方的好马组成一支三千骑的骑兵队。为此，杨业不惜花费杨家一半以上的积蓄。既然与辽为敌，必须充实骑兵。

其他兄弟也认可了由六郎和七郎指挥骑兵队。他们各自指挥步兵和骑兵混合的队伍，痛感独立骑兵队伍的必要。

杨家的军费来自经五台山通往北方的盐道收入，杨业知道宋军的其他将领和开封府的文官对此有异议和不满，但并不在意。

盐道才是杨家军独立的基础，皇帝也承认。

六郎和七郎的兵已经在反复训练马匹和骑术。和耶律休哥轻骑兵的较量对六郎冲击很大，七郎也想什么时候和他再战一回。

"父亲，您要看三千骑的训练吗？"

"迟早会看。六郎，我要去开封，在我回来之前，练出一支精锐无比的骑兵队。"

开封府的宅邸现在由长子延平留守，他充分替代了杨业，皇帝时常会召见杨业。

以遂城之战为起点，皇帝开始致力于民政。国家富裕是好事，但开封府的文官容易忘了北边的防守。辽军依然强劲，觊觎中原。

杨业想，还是直接跟皇帝说比较好。在开封，和平可能遮住了皇帝的眼睛，而辽在等待这个时候。

以雁门关为要塞的代州守备没有问题，二郎、四郎、五郎的队伍是核心。三郎和延平一起守在开封。

杨业把李丽叫到宅邸的房间。三年前他把李丽安排在代州城内的小房子里，因正妻佘氏和女儿们去了开封的府邸，李丽搬进了代州的宅邸。

她并不是美丽的女人——杨业几乎没对美貌的女人有过兴趣，李丽看起来内心很要强。可以说，杨业偏好不太苗条的女人。

"明天我出发去开封府。"

李丽沉默，点点头。

"延平和我换班，有事你和延平商量。"

李丽没有家人，杨业想，她能依靠的只有自己。李丽的目光让他中意，目光沉稳，能让人感觉她的坚强。

"几个儿子都是粗人，就延平懂事。"

"您出门的时候不用担心，我又不是小孩。"

"我知道，但你这么说，我有些不忍心。"

"京城的事，没作战那么危险吧？"

"那当然，京城嘛。"

性命无忧，但繁杂的事情大概不少，杨业想。杨业也不想知道，被叫作朝臣的都是一些什么人。对杨业来说，还是作战要轻松得多。

"你想看看京城吗？"

"没那么想。"

"是吗，姑娘们只要一听京城就开心。"

李丽和大女儿差不了几岁。对杨业来说，与其说她是妾，不如说杨业对她是女儿一般的感情。他也觉得，自己还是老了。

同行的有三百骑，王贵跟着。

对付朝臣，王贵比杨业拿手得多。王贵从年轻时就不轻信人言，疑心重。从杨业在开封被赐的府邸传递朝臣动向的也是他。杨业明白这些也有必要，但他自己不喜欢。

在宋，文官权力强大。皇帝似乎认为不能让武官有太大权力。这些对杨业来说都无所谓，他从未对政事有过野心。

只是，文官在辽实际进攻之前，不会意识到有危机，所以，皇帝身边有武将也很重要。

"这算不上是行军呀。"

"出了代州就不算战地了，百姓的表情也透着安稳。"

王贵甚至没穿盔甲，他本来就不喜欢作战。

"皇帝视民政为第一，是贤明之举。国家富强在于民力。辽以民为兵，持续强悍，但过于勉强。"

"问题就在这里。国力凋敝，就要侵略掠夺他国。宋也不能只着眼于民政。"

"代州的位置恰好封住辽的行动，杨家军现在对宋来说事关重要，这点将军可以自信。在京城，禁军的将领们可能都在冷眼等着。"

这种事，战场上回敬就行了。杨业想，保护皇帝也重要，但真正的武人应该在前线，所以他不想让儿子们在京城的繁华空气中待太久。

杨业想，得不断寻找代州和开封府的通信手段。他一边安排，一边行军。检查狼烟台，确认快马是否齐备。光用这些还不够，杨业继续思考是否能用声音报信。

用大鼓，声音传得不够远。如果用火炮，以狼烟台两倍的数量，貌似能传递。

火炮能威吓敌人，但在实战里没什么用。

风大的时候，狼烟会被吹散。声音也会被风吹走。没能找到好办法。他让换班回代州的延平和三郎也想想。

一到开封的府邸，杨业马上进宫请安。

开封府城郭壮阔，宫殿也气派。太平兴国寺等寺庙也在开封府里。

朝臣和武官伫立，杨业拜谒皇帝。

"你替朕好好守住北边。总有一天朕要收复燕云十六州，因此，代州的防守很要紧。"

"举杨家军之力，不让辽踩踏寸土。"

拜谒像走个过场。

结束后杨业马上被叫到了别处，屋里只有皇帝和几名朝臣。

"让你留在都城，是否太自私了？"

"没有的事。不过，保护皇上有禁军。"

"辽还是在盯着我国？"

"辽就是这样的国家。"

"我在辽也安排了间谍，而且为数不少。目前还没有来报说他们对我国有所行动。我还挺放心的。"

"陛下，辽一直在窥探中原。没向我们派兵的时候，陛下可以认为他们是在严格练兵。"

"他们明明白白有这种行动吗，杨业将军？"

说话的是朝臣中的一个。

"举个例子，有个叫耶律休哥的将领，光是轻骑兵就有五千骑，这支队伍相当厉害，我想以后会被安排在对应代州的位置。"

"但是，不过就五千骑吧？"

"如果十万大军有这五千骑当先锋，我们就不能轻易躲避了。我之前和这五千骑中的两千在遂城之战中交过手，觉得他们的兵力能和数万人匹敌。"

"听说耶律休哥被辽国的萧太后嫌弃，发配到了边境。杨业，你和他在遂城之战打过？"

"是。他在耶律奚低麾下，好像作为散兵而战。增兵到五千是在此战之后。"

"如杨业你这样的英雄，也如此说？"

"陛下，记录里没有叫耶律休哥的将领参加过遂城之战，是杨业将军弄错了吧？"

朝臣继续加油添醋，这种朝臣在北汉也常见。

"我说了，在耶律奚低麾下。他被萧太后嫌弃是事实，我想大概是偷偷参战。"

"知道了。杨业，你记住他。不说这个，今晚要畅饮，八王也等着呢。"

"遵命。"

关于通信手段，关于在杨家军中建三千骑的骑兵，要跟皇帝说的话很多。

杨业只能想，总还有机会，自己在宋还是新来的人。就算宋按兵不动，辽最终也会来进攻，到那一天，耶律休哥的轻骑兵就显山露水了。

宴会持续了两晚。

刚开始的宴席，八王、张齐贤、寇准等文官列席参加。

皇帝看来喜欢民政，谈论甚欢。大家说起相国寺宽敞的寺内每月有五次集市，说相国寺周围商铺林立，物价如何如何，兴致很高。确实，相国寺、太平兴国寺很雄伟。从乱世统一之时起，群臣开始讴歌繁荣盛世。物资和人群从全国涌来。

"杨业，汴河修复已经开工了，如果完全修复，开封府经南京应天府，能连到泗州。我也跟着陛下坐船去过南京应天府。"八王说着两眼放光。"国富了，也就强了。看着流域，我想，陛下的想法真是英明。当然，保护国家要拜托武将。"

"我离开代州，看着百姓，也深有此感。和北汉的时候相比，百姓生机勃勃。南下进入中原，真切体会到这个国家的根基在于百姓。"

"北边很苦，因为要时常和辽面对，不容松懈。我也认为辽的野心在中原。"

"确实如您所言，八王殿下。而且辽是军之国，民都是兵，男子到了十五岁都要接受两年的训练，所以征集百姓，可以马上变成训练有素的队伍。"

"我也听说过。军之国，宋虽强大，但陛下的目标是民之国。"

这个没错，杨业想，不然国家就没有意义了。但是，民经常被军蹂躏，也是无法否定的历史。

"相国寺明天有集市，你可以带上女儿去看看。集市上摆满人们想要的东西，去看看，也许会明白百姓想要什么。"

八王是个聪明的王子。他是先帝的儿子，当今皇帝的侄子。武将之间传闻他会是下一个皇帝。

"杨业将军，我能说个事吗？"老臣赵普走过来说，"杨业将军也已经在率领宋军了，杨家掌握的通往北边的盐道，是不是该还给陛下了？"

盐就是权力。所以在宋，盐通过朝廷卖到各地。杨家掌握通往北边的盐道是例外。只是，盐道的保证是归顺条件。

"我明白您的意思，赵大人。只是，有了那条盐道，杨家军才得以维持，我们丝毫没有为了自己的安逸在用。"

"国有国法，在宋，盐是在陛下名下分配，还是遵守的好。"

"就这一条，请网开一面。因为我会赌上身家性命为陛下效忠。"

"好了，赵普。"皇帝开口，宴席安静下来。"杨业是代替我往北边送盐，这也是我的命令。密州的盐先运到开封，不如直接送到代州更省事。"

皇帝像是仔细听了杨业和赵普的话。

"众卿也听着，你们也知道杨业需要军费，用盐来代替从都城运送物资，这是我的决定。杨业以此来养兵。谁都不许有异议。"

皇帝开口，杨业松了一口气。八王也在笑。

"筹措军费确实是文官的工作，但我也觉得这种方式可行。赵普，陛下是把代州视为前线而做的决定。"八王说。

赵普似有不满，但也没再说什么。

杨业之前听王贵说起，文官和武官常常会发生对立，当时想到的名字就是文官里的赵普、张齐贤和武官之首潘仁美。听闻潘仁美对政事也有野心，文官对此心怀警戒。

杨业不想跟着文官，也不想跟着武官。是皇帝的兵，为皇帝而战，杨家军这样就行了。

"杨业，明天去相国寺看看吧，杨家的女眷大概已经去过了，他们搬到开封府邸快半年了。"

八王换了话题，然后众人也转移话题，席间热闹起来。

"别往心里去，杨业。文官、武官，都有各自想说的话，杨家军还是原来的杨家军就行，陛下也最希望是这样。"八王小声说。

"我也想参加一次杨家军的操练，跟延平说过一次，被拒绝了，说不像话。"

"我也以同样的话拒绝，八王殿下。"

"是吗，还是不行呀。"

"有时会死人。您要阅兵的话，我会陪同。开封府只有三百左右的兵，在代州，六郎延昭和七郎延嗣在组建三千骑的骑兵队，想让您看看那支队伍的训练。"

"哦，三千骑的骑兵队。"

"要练成和耶律休哥的轻骑兵匹敌的队伍。"

"白狼啊，辽军一流。"

八王喜欢谈论战事，大概已经从谁那儿听说了耶律休哥的轻骑兵。

次日和武官们的宴席，八王也参加了。武官谈论的和文官们很不一样，皇帝大多数时候只是在听。

和曹彬、潘仁美、高怀德一起，呼延赞也来了。

"听说辽军在北边荒漠里大演练，杨将军知道吗？"

高怀德大声说。众人一下安静了。

"刚才我跟陛下也报告了。"

"我也听说是萧太后亲自观战的演习，还没收到详细的报告。"

"听说演习是五千骑兵队攻击两万八千人的耶律斜轸部队，五千骑的指挥官是那狼，白狼。"

"耶律休哥啊。"

"据说毫无问题，耶律斜轸的队伍没能守住一天，就被击溃了。"

杨业想，既然萧太后亲自观战，那不就是耶律休哥已经正式回到前线了吗？那样的武人只是在边境练兵，连对手都觉得可惜。

"耶律休哥的轻骑兵有那么强悍吗，杨业？"

八王插嘴，皇帝也饶有兴趣地竖起耳朵。

"确实是。在之前的遂城之战，其中的两千骑和杨延平交手，行动惊人，这我向陛下报告过。"

"耶律休哥出战，遂城的刘廷翰也来过报告，但文官们却不承认。"

话题转到别处，杨业沉默。高怀德又说起文官的坏话，呼延赞若无其事地制止了他。

"对了，听八王说，你们在训练三千骑的骑兵队？"皇帝说。

众人的目光集中到杨业身上。

"是。从北方买了良马，训练交给了六郎延昭和七郎延嗣。六郎和延平一起，和耶律休哥的轻骑兵打过，意外被打败了。"

"三千骑吗？"

"这是纯粹的骑兵队，没有一个步兵。培养这样的骑兵队是杨家军的当务之急。"

"不是光有人数就行是吗？"

"对。耶律休哥的轻骑兵移动极其迅速，行动难以预料，要对抗他们，需要一支训练有素的纯骑兵队。"

"是吗，这样啊。"

"陛下，辽这个国家绝不会放弃中原，一有机会就会进攻过来，平时则在举国强化军力。"

"杨业，国之强大是什么？"皇帝盯着杨业。"是国富、民丰，我认为这才是国之强大，而这是民政带来的结果。"

"是。"

"当然，我不是在否定军事。国必须有武力，但不全是为了武力。"

杨业很明白皇帝的想法，这想法很好。但另一方面，有认为国之全部即武力的辽这样的国家存在，也是现实。而且，辽想的只有打宋这一件事。

"杨业，我真想哪天看看杨家军的骑兵队。我没有放弃收复燕云十六州的梦想。"

"杨家军听圣命而战，为了这　天要练兵千日。北边需要一支一声令下就能战斗的队伍。"

皇帝轻轻点头。杨业低头，伸手去拿酒杯。

高怀德醉了，又强调起辽的威胁。潘仁美盯着高怀德，从眼里看不懂他的表情。皇帝也只是笑笑听着。

宴席散后，杨业和呼延赞一起出宫。

"高怀德是直性子，杨将军，他心里想什么就会全说出来。陛下也知道他这脾气，笑着看他。"

呼延赞并非先帝时代的元老，他和杨业一样，是半路归顺的人，语气里带着亲近。

"沉默看着的潘仁美将军心里大概在想，辽打过来就好了，而且是以逼迫中原之势。"

"嗯？怎讲？"

"战时，形势越严峻，就越能摁住文官的脑袋。"

"但是，这样一来……"

"他不会替百姓多想，只想着自己的立场。总有一天，他会利用杨家军的。"

"我只听命于陛下，呼延大人。"

"要是这么简单就不辛苦了。这个国家文官和武官的对立，有表面看不到的阴暗之处。还是多个心眼为好。"

"牢记于心。"

行了个礼，杨业跨上随从牵过来的马。杨家府邸在出了旧曹门之处。开封府分内城和外城，宫殿在内城。光是内城不够，又建了辽阔的外城，还是不够。城郭之外，房屋在不断扩建。

回到府邸，杨业马上换了衣服进卧室。心累了。

庭院一角的营舍里还有人声，可能是延平他们在给代州过来的士兵摆宴接风。笑声不时传来。

二

对杨延平来说，都城的日子并不愉快。

不会作战的将领在耀武扬威，延平他们总被人直呼其名。这些还没什么，文官也对他们说三道四。到城外练兵要经过批准。

延平想念代州的荒野了。

因为是替代父亲，延平忍着。三郎比他放松些，在相国寺附近的妓院有了相好的女人。

父亲来开封府，延平和三郎要回代州。母亲和妹妹们嘴上说想念代州，装着要一起回去的样子，但延平知道女人们喜欢都城的生活。代州没有开封府这么好吃的饭馆，也没有布料、饰品店。延平还知道，每月开五回的相国寺集市，女人们几乎回回都去。

女人们可以这样。男人要是在这里待一年，可能就变成软骨头了。

从北方买入三千匹马，六郎和七郎要组建纯骑兵的队伍。延平听了报告，很是羡慕。如果可以，他想试试指挥这支骑兵队，但今后他要经常代替父亲待在开封的府邸。

开封的府邸比代州的奢华得多，延平没想过这其中的意味，女人们挺满意，延平也没想责备。

只是，妹妹们在勤练武艺。虽说是女人，在杨家，武艺不可缺。八姐九妹在这点上无可挑剔，拿起大刀，一身本事连延平都要退缩。她们觉得磨炼武艺是杨家女人的使命。马也骑得很好。所以，延平对女人们没有怨言。

父亲带了三百个士兵过来，延平要把之前在开封的三百个士兵带回去。延平还不知道，呼吸了都城的空气，对士兵们会有什么影响。

三百人里有一百骑兵，步兵也没有重装备，行军算是轻松的，但父亲叫延平想想开封府和代州之间的通信手段，走到代州看样子要多花点时间。

"延平少爷，想到通信手段了吗？"

"我想的是光，王大人。"

"哦？光啊。"

"一个办法不行的话用另一个，两手准备比较稳妥。一个是父亲说的用火炮的声音，另一个是用光，准备大铜镜来反射，晚上用点火熄火的办法，大概可以吧。"

"中继站的数量要再加吗？"

"只要能选好地形，也不用加多少。总之，回去路上边测边走。"

"是吗，通信有希望解决了呀。"

"还有什么忧虑吗，王大人？"

"和杨家军没有直接关系。"

王贵和延平并排坐下。

"这个国家由文官统治，所以文官经常和武官对立，这一点，少爷知道吧？"

"嗯，我也在开封待很久了。"

"辽打过来了，打得激烈，就算把这消息从代州传到开封府，文官们可能也不会认真对待。这大概是文官的本能吧，不想减少国库的钱，他们会想：打过来，有国境的守备军退敌。"

"文官们的想法是，守备军的任务就是退敌。"

"所以，情报在送达皇帝之前，有可能会被缩小。这不是出于恶意，说是文官的本能使然比较合适。"

王贵在想，日后这倾向可能会变得严重。

宋平定了河东路，接着进攻燕云十六州，大败；次年，辽两次攻击遂城。虽战事持续，宋今年却进入了小康状态，这状态或许能持续到明年。辽则因遂城之战甚是凋敝。

事实上，延平刚来开封府的时候，还到处都处于战备状态，文官们也甚是紧张，仅仅半年，这些都消失了，现在的开封府只有和平的宁静。这种时候，文官和武官会因一点小事就起冲突。

"杨将军的想法是，把辽对我国境的侵略扼杀在摇篮里，而文官是不会认真考虑的，只要伤口不被继续撕开即可。"

待在开封府，北边的国境确实显得遥远，就算打起仗来，可能感觉如同在外国争斗。

"为了迅速传达事实，父亲也在考虑通信手段。"

"就连这个，没准儿也会被文官说成是乱花钱，而且，武官会说杨家军多事。"

"我觉得这开封府里真是妖魔横行，还是作战好懂，胜负明明白白。"

自己是父亲的代班，不管别人说什么，沉默就行，但父亲不能这样，胜负不分，甚至无须拔剑的战，都要忍受。在一旁支持的，不是能干的指挥官，而是一切看在眼里的王贵这样的人。

"延平少爷什么时候出发？"

"今天去跟八王和呼延赞将军打招呼，明天就出发。"

心虽然牵挂这里，但代州的荒野在吸引着延平的思绪。

延平出发后，每隔二十里就停下队伍，察看地形。

"三郎，你落后二十里再前进，边走边试试隔二十里能否通信。"

"大哥，要是铜镜的光能到，夜里的火也能看见吧。"

"这个在夜营时也试试。"

三郎没觉得回代州有多高兴，都城也不坏。既是杨家军的部将、杨业的儿子，禁军的兵也要敬畏三分，城里的妓院和酒馆也会好生伺候。

"可是，辽这个国家为什么只想着挑起战争呢，大哥？互不侵犯国境，井水不犯河水，两国都能富裕。"

"三郎觉得宋这个国家是富的对吗？"

"是啊，大哥也看过相国寺集市的热闹了吧。如果不因作战白白损失，还会比这更富足一些。"

"想要胜过别人，想要胜过别的国家，这也是天性吧。"

如果持续和平，带来的不只是富足，还会有别的问题。文官权力变大，事情可能只有当文官的说了算。待在开封府，延平略微觉察到了这样的动向。

"三郎喜欢都城？"

"不讨厌。"

"回到代州，又是练兵的日子。为了保护那个都城的繁华，我们每天苦练，上了战场赌上性命去战。总有一天我会想，自己是在保护那样的东西啊。"

"训练会全力以赴，所以我想，偶尔得让我去趟都城。"

三郎笑得无忧无虑。还是年轻啊，延平想。

从开封府到代州大约有一千二百里。如果隔二十里做一个中继站，算下来要做六十个。

就算是要做一百个，也还是做了比较好，延平想。

换着马匹奔跑传信，也要花上十天。而如果用光来送信，只要一刻钟，北边的情报转眼就能传到开封府。就算一个地方配十个兵，也仅仅需要六百人。

夜里用火送信，二十里也没有问题，只是碰上大雨或沙尘暴，有可能送不到，大雾也会遮挡视线。这种时候，作为辅助手段，可以用火炮的声音。

行军大概十天的路程，延平这次花了二十多天才回到代州。

他马上巡视雁门关，这是代州守备的中心。

四郎的三千兵驻扎在那儿。

听说辽军在应州有动静，二郎和五郎率一万人，在大石寨和茹越寨之间排开。这种情报，不来雁门关就不知道。

"没有极限啊，大哥。辽军无时无地不在摆开进攻架势，而宋军却一动不动，对付辽军的只有我们。"

四郎说得没有底气，二郎听了要发火。四郎其实不是软弱，让他指挥作战，既冷静又不失果敢。

在兄弟几个中，四郎的阴沉性格很突出，总把自己的想法藏在心里。父亲也认可他这点。

"四郎，你就在这里优哉游哉吗？"

"敌人一试探就跟着出兵，这很蠢吧。"

确实，辽军的行动是在试探杨家军。

"二郎，你刚才说什么？"

"我说，要是打起来，就用雁门关的兵攻侧面，我也准备好了。"

延平知道，四郎和画中勇士一般的二郎、五郎意气不太相投，他总是过于冷静。部将们意见过于统一也有危险，会朝着一个方向，而忽略了其他东西。

尽管如此，二郎和五郎还是照四郎的说法，不太情愿地出兵了。过去他俩经常打四郎，现在不再这样，是因为从结果来看，四郎多是对的。

延平总是好好听四郎说话。

要放弃北汉归顺于宋的时候，也只有四郎想法不同，知道这个的只有延平。

四郎说的是，不是放弃北汉，而是该击溃。击溃北汉，控制河东路，在此间和辽联手，可呈虎视东西河北路之势。宋军不得不以北京大名府为中心，往河北派出庞大兵力，杨家军控制河东路易如反掌。

然后在河东路养十余万兵，先攻宋，夺中原。之后再看形势决定与辽是结交还是战。

换句话说，四郎眼里看的是天下。看北汉的窝囊样，也不是不可能，延平心里也想过，应该这样。

他知道，在北汉，杨家军被当作雇佣兵对待，归顺了宋，也不过是旁支队伍。

但是，父亲想必不愿承认这一点，不是行不行，而是生存方式的问题。父亲说到底都想做一介武人，觉得战场才是杨家的生存之地，这一点现在也没变。控制河东路不是武人之战，而是为了建立新国不得不打的霸权之战。

这样的战，父亲想都不会去想。这是父亲的纯粹，也可以称为美德，但四郎直言不讳，说作为男人这样气量太小。

既然杨家必定赌上性命，四郎的话确实没错。王贵似乎也有同样想法。但，这是有父亲在的杨家，可以说父亲就是杨家的一切。父亲甚至连放弃北汉也犹豫了很久。

父亲不是追求霸权、建立国家的那种人，他大概和王该有的残酷、无情无缘。延平绝不认为这是作为男人的气量之小。

"六郎和七郎在干什么？"

延平换了话题。

"每天骑马，毫不厌倦。"

"你小子能不能改改这冷嘲热讽的口气？四郎，这世上不只是你一个人对。"

"是。"

四郎对延平有坦率的地方。四郎母亲去世，留下他一人时，延平每天和他同睡同吃。四郎五岁没了母亲，那时候延平十岁，母亲还在。延平和四郎在一个屋子里生活了五年。

四郎的母亲是流浪到代州的游妓，被父亲包养，生下了四郎。延平母亲一见四郎就不欢迎，有时还会给他脸色看。

除了延平和三郎，其他兄弟的母亲全都不同，不知为何就四郎一人不被接纳。延平对此不光是同情，他不讨厌四郎。

"六郎和七郎在培养的骑兵队，你怎么看？"

"在一天天变强，会成为杨家军从没有过的骑兵队吧。"

"已经这么厉害了？"

"兵也是挑选的，马也好。北边的马果然不一样。"

"不跟耶律休哥的轻骑兵交手试试，不知道真正的实力啊。"

"耶律休哥会来这里吗，大哥？"

"辽大概会用耶律休哥的队伍对抗杨家军，我是这么想的。"

"是吗？"

"你不高兴吗？"

"用骑兵队来对付骑兵队，这确实是一个办法，但说不上巧妙，因为会有死伤。我觉得越是精锐的骑兵队，越有容易入的圈套，我好好想想。"

"耶律休哥没那么好对付。"

之后，延平听了杨家军配置的报告。军事情报全都会集中到代州府邸或雁门关。

从整体来看，二郎和五郎分布得还是过于集中。延平下令把二郎叫回雁门关。辽军目前还没有全体南下的趋势。

"对了，先跟你说个事儿。"

"什么事儿？"

"你小子确实会作战，跟你相比，六郎看着就可怜，过去我没少操心，他总是想太多，但有一次，他突破了，结果就能果敢地作战了。他最好的一点是有声望，士兵们会为了他去拼命。"

"我就没有声望吗？"

"没有啊，所以你差一点就要输给六郎了。有几个兵愿意为你而死？"

四郎低头。四郎不太关心士兵，想着总有一天会死，为了到那时候不痛苦，平日也不去亲近士兵。四郎身上有善良和胆小相混杂的东西。

"你好好想想，四郎。"

四郎还是低着头。他自己最清楚不过了吧。延平轻轻拍了一下四郎的肩。

三

马很好，但士兵的呼吸不合拍。

六郎很焦躁，怎么看都觉得不如耶律休哥的轻骑兵。

能想到的训练都练了，已经比杨家军其他的骑兵队精良，但还是有什么地方不足。这能靠训练解决吗，还是必须实战？

七郎善于用兵，尤其是指挥骑兵队的时候，非同一般。但七郎也有美中不足，把三千骑兵分成五百一组对练，没有那种在耶律休哥骑兵身上感觉到的排山倒海之力。

"我觉得能和耶律休哥的骑兵对抗。"柴敢说了好多次同样的话。

六郎没有回答，因为没法用语言解释自己觉得哪里不足。

七郎大多时候睡在营帐，和他谈，能感觉他在练兵上竭尽了全力。杨家军的训练本就严格，六郎的训练是双倍的严格。士兵里不停有人倒下，却没人想放弃。

士兵在瞬间的判断——这和指挥的巧拙不同，是个人的素质有问题吗？

这个时候，应该待在都城的延平带着二十骑来了。

"坏毛病出来了啊，六郎。"

延平一见面就说。

"坏毛病？"

"对，看你一眼就知道，你又想多了。"

"大哥，对手可是耶律休哥的轻骑兵啊，再怎么想也不算多吧。"

"这就是想多了。其实这不是我的想法，父亲说的，六郎不要想多了。"

想多了，训练时总是判断慢一步，对此六郎有自觉。但这次完全不同。自己跟耶律休哥的轻骑兵实打实地战过，对手行动的鲜明、迅速、巧妙，全都给他留下了切肤的感受，自己还受了伤。

六郎以耶律休哥的队伍为假想敌训练骑兵队，痛切感觉到远不及对手。不管父亲多么担心，哥哥怎么说，六郎这次却接受不了。不是头脑，是自己的身体在说。

"六郎，你不服气？"

"就这次，我没觉得自己想多了，我和耶律休哥真实打过。"

延平只是笑笑。

延平去看了看马。有三千五百匹，五百是为战场消耗准备的。士兵三千两百人，两百是预备兵力，负责搭建营房、养马、做饭等。延平看到这些马，不禁感叹。

延平回到营帐，出去行军拉练的七郎已经回来。四列纵队，最右边的一列填充马匹空隙往左移动。往复训练，只要一个人疏忽，队列就会乱。

"七郎，你瘦了呀。"

"大哥，脸和身体瘦了，屁股的皮磨厚了。"

延平拍拍七郎的背。

"你很爱惜马啊，这很好。"

回营时，七郎把马交给士兵照看，然后才休息。

"大哥，耶律休哥的轻骑兵到底怎样啊？听六哥说，不是这世上有的。"

"明天我看看你们操练。我也跟耶律休哥打过，要睁大眼睛好好比较一下。"

"我们的骑兵，没人能敌。"

七郎觉得已经能让延平吃惊。但是，骑兵队还是缺点儿什么。

太阳落山，营帐前燃起几处篝火。收集干柴和点火由预备兵来干，参加完操练的兵除了轮值放哨的之外，吃完马上就睡了。训练之苦，让士兵们晚上只想倒头就睡。

"明天辎重队要来。"

营帐中，延平说。

"运什么过来？"

"你们需要的东西。"

七郎已经睡熟，延平也躺下了。六郎出了一趟营帐，巡视队伍。马匹安静，哨兵没在打盹儿。确认过后，六郎回到营帐躺下。

骑兵队缺的到底是什么呢，入睡之前，六郎又在想这个问题。

次日早晨，太阳升起的同时，队伍出发。

隔开五里的距离，骑兵队在草原上分为两个阵营，都排在略高的丘陵上。三千骑被分成两半，一半由七郎指挥。

平地上的骑兵战，最能体现骑兵的力量，战斗力毫无遮掩，一览无余。

拿的不是武器，是练兵用的棍棒，但七郎的队伍已然如临实战，蓄势待发，分成一队五百骑的三队来到草原。

六郎率领一千五百骑同时出发。

奔跑。七郎的三队再分成小队，横向扩开。六郎发出纵队信号，纵队朝七郎的队伍正中间俯冲。这时，六郎的骑兵分成了百骑一组的十五组，七郎的骑兵再次归为三队。一片混战，但各自真正的队形都没散，互相冲阵之后，完整地恢复到原来的阵形。

紧接着，六郎的队形分成六组，马阵变幻莫测，且是在奔跑中变幻。七郎把一千五百骑归为一队。

冲撞。七郎的队伍斩落了六郎的六七十骑，全军围住一队，一举歼灭。在操练中，坠马被视为战死。六郎的队伍汇成两路，从两侧攻击集中成一队的七郎队伍。七郎的队伍以五十骑为单位逃脱，像苍蝇一样打转。

相互退兵。两个队伍的兵力都减至一千二三百，不停地相互攻击。

只剩下最后两百人时，延平下令停战。

战死的士兵，也就是坠马的兵，拉着马跑到下一个训练地点。

两队的骑兵跑出去十里开外，在丘陵斜面上。这回是力量的比拼，一千五百骑不分组，互相攻击。谁能合理利用斜面，谁就有优势。六郎略占上风，互攻了两刻钟，成功地在斜面上回转。

七郎斥责士兵们。

双方紧接着又跑了十里，继续操练。没有水，也没有食物，操练结束了才能吃喝。

太阳落山前，队伍回到兵营。

辎重队已经到了。

士兵们去喂马，六郎七郎都不例外。

"骑兵队很好。"

坐在营帐前的延平说。他微笑着，看样子有话要说。六郎想，果然骑兵队还是有哪儿不足。

"行动很快，但缺少精气，六郎。"

不足的是这个啊，六郎刹那间想。

"你还是想多了，明天暂停操练，休息一天。"

六郎不明白延平在说什么。

"明天睡个懒觉，早饭后在河里洗澡，所有人都有，马也洗洗，然后，全员准备酒宴。"

"酒宴吗，大哥？怎么回事？"

"你什么都不用考虑，六郎，什么都不用想，把我说的话传达给士兵。辎重队运来了足够的酒，羊有十只，还让他们带了好多别的。"

"我没法接受，我是为了练兵才来这里的。"

"别那么严肃，轻松一点，六郎。"延平的大手抓住六郎的下巴。"就一天，照我说的去做做看，马也放到山谷里去。"

六郎心有不满，延平的大手加了一把力。六郎微微点头，延平终于松了手。

从前，延平经常这样教训六郎，有时六郎不知道自己为什么被教训，但延平一直是这样让他听话的。

六郎把延平的话传达给士兵们，一片欢呼。他想着可能会有一两个人说什么，却连七郎都拍手称快。

第二天早晨。

大伙儿吃完准备好的早饭，开始去河里洗澡，高高兴兴的。六郎也没办法，用河水洗了澡，顺便给马也洗了。马看起来很开心。

士兵们收集了大量干柴，太阳高照时就点起了巨大的篝火。延平杀羊，羊血盛在容器里。用火烧卷卷的羊毛。

"现在我来教你们杨家军的野战美味，吃过一回，以后想起来就会流口水。"

十只羊的羊毛已经被烧掉，延平用小刀切开羊肚，单独取出羊肝放在大锅里。羊肚里的生内脏全都被掏出来，里面涂上薄薄的一层盐，塞进蔬菜和大蒜，还有不少生大米。延平用细绳缝好羊肚上的切口，再把羊屁股和脖子上的口子也缝上。

过程变得有趣起来，六郎在一旁偷看。篝火上架起三根长长的圆木，羊被挂在火上。

如法炮制，十堆篝火上挂着十只羊。

士兵们各自包扎伤口、谈笑。

香气四溢。大概热气已经穿透塞满羊肚的蔬菜了吧，鼓囊囊的羊肚缩小了几分。

几口大锅摆开，大火煮着羊血和羊肝，锅里撒了大量山椒粉末。

六郎无所事事，来到放马的山谷。山谷前面没有路，入口有十个哨兵就够了。草已经开始泛黄，但马还是吃得悠闲。

六郎看见七郎坐在石头上，正跟马说话。

"呀，六哥来了。"

六郎靠近，七郎开口了。马把脸靠近坐在石头上的七郎，一动不动。

"刚才在说六哥呢。"

"哦，说我什么？"

"让它不要怨恨，说六哥是想把你练成强悍的马，才这么严格，所以再苦也要忍着。"

"你也苦吗，七郎？"

"我是杨家的男人。"

七郎似乎在说，士兵们很苦。士兵们不是杨家的男人。

"你经常和马说话？"

"当然啊，我要骑着它奔跑呀。六哥以前经常和士兵们说话，我看着觉得真好。但是在骑兵队训练时你几乎不跟他们说话，总是闷闷不乐。我问过柴敢，六哥就那么在乎耶律休哥吗？他说可能不是这个原因。"

六郎爬上石头，和七郎坐在一起。六郎的马，一叫也过来了。

"香味都飘到这里了，是杨家军的野战美味吗？"

"我都忘了跟马说话了，七郎。"

"即使这样，马还是跟着六哥。"

七郎笑了。六郎伸手摸摸马的鼻子和脸，觉得马有点伤心。

"马也是活物呀。"

七郎双手抱着马的脖子。

"要是不追随骑它的人，马只会乱跑。"

"是啊。"

六郎在石头上躺下，看着流云，就这样待了许久。

集合信号响了。

"走吧，六哥，羊烤好了。"

七郎欢快地说着，从石头上跳下来。

士兵们两眼放光，集合起来。

"大伙儿，操练辛苦了。"延平骑在士兵肩上，大声说。"不变强大，战场上就会死，所以六郎狠下心来，他是不想让你们白白送死。你们练强悍了，马也练强悍了。"

六郎盯着自己脚尖。

"我把六郎交代的东西带来了，把六郎交代的杨家军野战美味做好了。扛住了操练的你们，才有资格吃。"

士兵们欢声雷动。六郎第一次对只想着耶律休哥的自己感到害臊。

酒先分了下去。营帐前的桌上也摆好了三人份的酒。

先吃的是煮羊杂，山椒味很足，让人汗如雨下，食欲大开。

延平给了个信号，羊被放下来，开始切割。

带骨的肉端上来，六郎不禁大口啃起来。

"好吃啊，这个。"

切羊肉的时候，也撒了一点儿山椒粉。七郎顾不上说话，动嘴大吃。塞在羊肚里的蔬菜和米饭端上来了，好吃得直入心脾。

到处是士兵们的欢声笑语。酒肉都管够。

"六郎少爷，还好我扛住了这次操练，因此有资格吃杨家军的野战美味了。"

喝醉了的士兵来到六郎身边说，眼里流着泪。一直到深夜，来了好几个这样的士兵。歌声四起。

六郎嚼着肉和饭。

"我好像明白了之前不明白的东西，大哥。"

"是吗，那可太好了。"

"还不是很清楚，但我觉得从大哥、七郎、士兵们身上都学到了不少。"

"我像你们这么大的时候，光是跟上父亲就很不容易了。干得漂亮，七郎也是。"

兵营渐渐安静下来。士兵们还是累了。

第二天天一亮，六郎就把全体士兵集合起来。

操练的日子又要开始了。

出发去草原。风吹着，但阳光暖暖的。

"不要松劲！"

六郎高声喊。士兵们的行动和之前简直判若两人。我看清了，六郎心里想。

四

延平和三郎想出来的用光送信不错，夜里也能用火来送信。

六十个中继站，让用光送信有了可行性。

三郎已经开始在中继站的施工处打桩，但这不属于杨家军，而属于宋军。

杨业每天去官署，和文官议事。一处屯驻十个兵，共需要六百个兵，这是最低限度的数字，同时考虑守护和防备，杨业想在一处设二十个兵。

想要做成一件事，却总不能向前推进。恼怒之下，杨业直接找上层对话，他和张齐贤、赵普、牛思进都谈了。

大家都听着，但回答是另一回事，只说会考虑。杨业很想追问他们是否在认真考虑北边的防备，但只能忍着。这不是战场，判断拖个一两个月、一两年，当官的不会有任何痛痒。

万不得已，就直接向八王或者皇帝启奏，但考虑到中继站的建设，还是官员先发声为好。建设要花钱，还要设定中继站养兵的方案，这些事情的权限在于官员。

杨业经常和呼延赞会面。

关于送信的中继站，呼延赞也认为绝对有必要，他还说杨业试图说服文官是正确的，所有事情都由皇帝下令的话，文官有可能在看不见的地方挑拨、妨碍。

要建设，就要趁战事停息的眼下。对结束了乱世的这个国家来说，现在的最大威胁就是一心向外的辽。然而，战事一停息，文官们大多只能认识到和平。

不管和他们如何促膝交谈，都是如此。战事？打起来的时候当兵的对付就行了——这种想法在文官脑袋里根深蒂固。

"您别太着急。"

王贵看不下去，安慰道。

"就因为这个，我不喜欢都城，北汉时也是这样。一到太原府，就让人恶心。"

"文官想的大概不是一个地方的防备，而是整个国家吧。这么看的话，在这个国家，文官要做的事太多了，好不容易才刚刚统一一切。"

"正是这样，才要防备其他国家侵略啊。"

张齐贤说当务之急是修复汴河，赵普作为宰相，说南边西边都要紧，会把建设中继站排进国家大事的序列中去。

对杨业的想法，文官也一点点开始表示理解，但实在是太慢了。

辽一旦决定进攻，会马上攻打过来；比起民政，军事要优先得多。但文官想的是，辽和宋的国家建设不可同日而语。

"去和寇大人再详细谈谈如何？"一天，呼延赞说，"前一阵，他意识到了建设中继站是多么紧急。"

寇准虽然年轻，但被众人看好将来会是宰相。

虽然没亲密交谈过，杨业还是提出了去寇准府邸会面，而不是在官署。申请在官署会面太花时间。

寇准回复，晚上随时可以。

得到回复的当晚，杨业只带了王贵去拜访寇准。身居高位的寇准，府邸相当朴素。

"杨业将军来访，不胜荣幸。"

对这文官的客套话，杨业差点要失望。但寇准马上换了严肃的表情，盯着杨业。

"杨业将军，马上入主题吧，是通信中继站的事对吧？"

"没错。"

"对国家来说必要的东西很多，请说说必须优先考虑建设中继站的理由。"

"战事的损失对国家非同小可，为了尽可能减少损失，迅速通信不可缺。"

"这我能理解，但平常就军费开支过大，这也是现状。"

"一旦战事激烈，军费开支更大。辽是军政国家，用民政的眼光来看无法理解。"

"就是说，太天真？"

"在我们这个国家，能让所有十五岁以上的男子都当兵吗？如果可以，就不用中继站了，可以用兵力压倒他们。"

"论兵力，我们应该超过他们很多。"

"整体兵力是，但在这个国家，西边南边都需要防备。辽只把我们视为敌人。我是武人，不想故弄玄虚。北边的兵力现在相互抗衡，打起来，最终我们会败。"

"哦？杨业将军言败？"

"假设我和你在此决斗，我大概会胜，因为我为了作战在锻炼身体，每天提高武艺。你要是在此下个圈套，我可能会输一次，但第二次第三次，我一定会赢。"

"你是在说，士兵的训练程度不一样。"

脑子果然转得快，理解能力也比老人们强得多。杨业盯着寇准，身子往前探去。

"杨家军也会败吗？"

"会败。杨家军兵力不满三万。只是，其他队伍只能撑三天的时候，杨家军能撑三个月。"

"宋军还是不够强大。杨业将军在北汉的时候，十万宋军撼动不了不到三万的杨家军。先帝时如此，当今陛下也如此。"

"我直接说了，禁军懦弱。这也没事。宋军胜辽，只是因为兵力大占上风，对抗辽军进攻的办法只有活用兵力，而活用兵力要有迅速的通信。"

寇准闭上眼睛。就是这么简单的事，杨业想。只要有了通信的中继站，就能挽回相当一部分战事中会失去的东西。

"很便宜啊，"寇准睁开眼说，"如果通信条件齐备能防止战事扩大，中继站的建设算很便宜了。"

"我一直都这么说。"

"丞相府也在讨论杨业将军说的事，大家能理解必要性，但还没理解紧迫性。"

"战事规模扩大一倍，军费就要增加两倍以上。"

"这一点，我们文官也深有体会。"

不必跟寇准再说什么了，杨业想。如果理解到这个份上还无法实现，这也就是这个国家的样子了。

寇准谈起了道路和运输。杨业没觉得这是他事先为谈崩时准备好的借口。道路是必要的，物资运输发达了，国家就会富裕，这个杨业能理解。文官为了富国操碎了心。寇准目不转睛地盯着杨业。

"今天是个好机会，我想听听作为武将的杨业将军的想法。当然，在此说的话，我不会跟别人说。"

"你要问什么？"

"陛下的宏愿是收复燕云十六州。这有可能吗？"

杨业抱住胳膊。这是个难题，跟这个国家的实情也密切相关。

"暂时收复不是没有可能，但只是暂时性的，如果要永久收复，大概要在那个地方用二十年屯兵二十万吧。"

"办不到。"寇准立刻说。"十万大概都办不到，如果是和陛下考虑的富国同时进行的话。"

"那就是守好现在的国境了。辽也可能因别的事情而疲惫。"

"但那可是陛下的宏愿。"

寇准无力地笑笑。

杨业说了一会儿辽的骑兵队，离开了寇准的府邸。

杨业不知此后丞相府如何讨论。在他拜访寇准的第五天，丞相府向皇帝上奏关于通信中继站的建设议案。

次日，皇帝批准。

"文官也还有用啊。"

杨业心想，和北汉的宫廷大不一样。王贵一脸冷静。

"不一定都如此，寇准这样的文官，我也赞赏。"

"哪怕有一个这样的文官，也顶用啊，是吧王贵？"

"寇准与其说认可武将，不如说是认可将军，这对杨家是好事，但禁军的将领们看着心里可就不痛快了。"

杨业不在乎禁军，战场的作用就是武人的一切。

三郎领命建设通信中继站。

费用谈不上充裕，但能提供必要的开销。三郎马上着手建设，巨大的铜镜也开始在开封府制作。

"杨业不只是作战啊，"在宫里见面时，八王说，"我想过，在文官之间疏通的杨业哪天会前来哀求，跟陛下也说这事。"

"是吗？"

"你说服了寇准，寇准说服了丞相府。在文官之间疏通，通过文官的决定得以实现，这意义重大。这个国家能这样运转就好了——这次提案的实现正是我想要的方式。"

"我只是尽了努力，因为觉得此事需要做，也真的想过，如果没办法了，再跑去求八王您。"

"这样实现，比我说了什么要好得多，杨业。这个国家的繁荣，需要文官的力量。文官讨厌在武官面前丢人，你很好地过了这一关。听说屯驻中继站的兵数多达三十人了。"

"喜出望外，八王。为建设中继站，朝廷也派出了不少人手，明年春天就能完工。"

材料等，也不得不依靠文官之力，这一点也得以顺利进展。

"人都不想丢脸。你会作战，也很明白这一点。"

"我觉得奇怪，生来的愚钝，就这次派上用场了。"

八王笑出声来。

待在都城也不坏——杨业第一次这么想。如果在代州，大概只会发火吧。杨业有点儿理解了这个国家的实情。

佘赛花是他第二个妻子，是代州大商人的女儿。第一个妻子在生下三郎后就死了。

佘赛花生了三个孩子，大郎延昭，后面两个是女儿，八姐和九妹。

女儿们的衣着变华丽了，妻子也化起精细的妆，比在代州时看着年轻多了。

杨业一点也没想在都城找女人。他还是喜欢北方的女人，有泥土的味道，而且顽强。

男仆们穿着和在代州时一样的衣服，驻扎的三百个兵穿的是杨家军的兵装，朴素不惹眼。饭菜也和代州的一样，如果吃得好了，在代州专心操练的士兵都会希望来都城驻扎。

杨业是武将，在都城期间去宫内的禁军府办公事。没有什么工作，整理从北边收集的情报报给曹彬就算是工作了，有时会去参加将领们的会议。

参加会议能看到武将的人际关系。曹彬从年龄、经历，还有人品来说，都是适合站在顶尖的人物，只是凡事都比较内敛。潘仁美从祖父一代开始就是忠臣，名门意识强烈，是元老级的武将，不能容忍文官掌权。此外有呼延赞、高怀德和高亮兄弟、刘君其、贺怀浦、田重等三十余名将领，其中半数在外指挥地方军队。比起和将领们谈话，杨业更喜欢和年轻将校来往，他们对杨家军的训练方法很感兴趣。

在杨业眼里，总觉得十余万禁军缺少凝聚力，感觉他们在将领之下各自为营，此外，除了呼延赞、高怀德的数万兵，士兵普遍体弱，训练太松懈。

杨业不能像女人们那样享受都城的日子，待久了就会担心北边的形势，还想检查杨家军的训练，但是，要是把哪个儿子独自留在都城，他又不放心。

而且，皇帝频繁地召见他，谈话内容从军事常识到收复燕云十六州的具体对策。

王贵一手包办了和文官的繁杂交涉事务，这一方面算是轻松了，但在杨业内心深处，还是堆积了劳累。

杨业申请回代州，顺带检查通信中继站，却迟迟得不到批复，他只能从延平的长信中得知代州的情形。

"连驰马都不能随心所欲啊，王贵。"

"您不要这么说，将军能在都城，也就是北边与辽相安无事。"

儿子们都在各司其职。

刚入冬，有消息来报，辽军屡屡以小队侵犯国境。辽蠢蠢欲动，开始试探南下——这一点，其他将领也有共识。杨业终于获准回代州。

女人们留在府邸，这也好。八姐和九妹没有彻底被都城浸染，在和士兵们切磋武艺。

三百个驻扎兵更换了一批。王贵被留下，张文作为武将被叫来。

都城这样就万无一失了。

杨业跟朝廷打过招呼之后离开都城是在年后。原野上，冷风吹过。

第五章 遥远的沙尘

一

辽军屡屡侵犯国境。

但还没在东边国境线——和代州之间的国境上出现。

延平把杨家军主力集结在雁门关。侵犯国境也不是大规模，杨家的守备军足以对付。辽军整体有往南边移动的趋势。

"如果是到遂城一带，我们可以派援军吧，大哥？"

六郎跃跃欲试，想在实战中试试骑兵队的实力，七郎也一样。但延平不想在小战中拉出杨家军。敌人如果进犯代州国境是另一回事，目前的行动只是试探。

过完年，开封府来了父亲要回代州的通知。父亲要检查用光送信的中继站，多少要花点时间。

关于辽军的配置，黑山的手下已大致打探出来，雁门关也收到了报告。他们是御用间谍，据说总人数超过两百。

眼下，辽军的主力排在燕京附近，最让人记挂的耶律休哥没有离开北边的驻扎地。

不管发生什么，杨家军都准备好了应对，军粮也充足。

辽军也在侵犯遂城以西的国境。二郎领命指挥一部分集结在雁门关的杨家军挺进大石寨，处在对应金城[1]的位置。

"不用慌，只要不试探代州，辽不会真正进攻。我们要看破这一点，等着。"

"我明白大哥说的，但二哥去了大石寨，敌人没有空隙可攻，进来的话就会被夹击。"

"六郎是说，要故意留个空隙？"

"一点点空隙，可以用骑兵队的速度来填补。"

六郎似乎在说：引他们上钩！

但是，没有任何理由要引他们入战。据说收复燕云十六州是皇帝的宏愿，而眼下，宋并没有举国备战。

"六郎，别急。需要骑兵队的时刻会来的，我们去诱敌没什么意义。"

尽管如此，六郎和七郎领命率领骑兵队离开大本营，驻扎在雁门关往东十里的地方，时刻做好开拔准备。

延平报告了辽军的行动，但父亲看样子并不着急回来。三郎一个个检查正在建设的中继站，有时拿铜镜试用，有时试着在夜间点火送信。

延平想，父亲大概是让自己自行对付小打小闹吧。他也觉得父亲似是在对他说：不要总是在意父亲的意思。

黑山有人来报，一万兵力在金城附近集结。与百姓数量相比，辽军兵力雄厚，因为十五岁以上的男子都要当一次兵。论常备兵力，宋要多得多，但要是辽举国扩军一回，有可能拥有无法想象的兵力。看辽军目前的形势，不是他们的全部兵力。

---

〔1〕 金城为宋应州治所，今山西应县。

集结在金城的看样子也是附近的白姓，延平想。这也是个谨慎尝试，看看能多快地动员百姓。因为是接受过训练的士兵，一集结就是能上战场的队伍，这才是辽军的恐怖之处。

两天后，一万人变成了一万八千人。

"他们要侵犯国境，就让他们来，之后的反击不光是赶走他们，要打到金城，可以的话拿下金城。"

"到那时，骑兵队做先锋是吧，大哥？我是这么打算的。"

延平没有否定六郎的话。这或许是试试骑兵队实力的绝佳机会，但如此一来，辽军也就知道骑兵队的实力了。

迟早的事，延平又想。他们从北边买了三千五百匹马，骑兵队这一存在想来辽军已有所知。

又过了两天，金城的兵力超过两万，开始朝着南边移动。

二郎、四郎、五郎指挥的一万五千兵在国境以南二十里的地方排开，雁门关只留下八千人。

先等着辽军来进攻国境。到了这个时候，延平不再让其他部将们有异议。

举兵两万进攻，这在一连串国境小战中是规模最大的。他们是对杨家军严阵以待，还是有别的目的？至少，辽军派出的不是精锐部队。

本来，赶走他们用一万五千人就足够了，但延平也想让新骑兵队试试手。

国境被犯的消息传来。

延平先亲自指挥雁门关的五千士兵，前进到离国境五里的地方，然后给二郎传令开战。

杨家军开始行动。辽军是骑兵五千、步兵一万的配置。

先锋对攻的消息之后，是退敌于国境的急报。杨家军果然用实力压制了敌人，只是敌人退得太快，不能给予痛击。

"给六郎传令，让他越过国境，攻后退敌人的侧面，追击到金城，此间尽可能痛打敌人。"

二郎他们给六郎做后卫，以后大概也会经常如此。尝试骑兵队和大部队的合作，这次也是个好机会。先不说六郎，七郎很可能会狂追。

把敌人赶回国境那边没花多少时间。

六郎去攻重新组阵的辽军侧面，辽军瞬间溃败，朝着金城溃逃。他们有五千骑兵，也没派上什么用场。二郎的大部队收拾残兵，越过国境向前。

逃到金城的辽军就六七千人，杨家军仅用了三千骑兵追赶。

大部队兵临金城，延平却下令撤退。要攻城只有包围，要是来了援军就麻烦了，最关键的是杨家军没做长期战的准备。

六郎殿后回来。

收缴的武器不停被运过来，比这更大的收获是近一千匹军马。原先有五百匹备用军马，现在增加到一千五百匹。

延平马上向父亲传令报告战况，还没有回信。

雁门关的一间屋子里，延平把部将们叫来。

众人围着地图分析战况。

"还是试探吧，跟其他地方的小战没什么两样。我想，这是意识到了杨家军出的两万兵力。"二郎说。

其他人也点头同意。

"我觉得在实战中练练骑兵队挺好，七郎也这么想。"

"把两万敌人赶回金城，无还手之力，确实让人吃惊。"

"二郎是在表扬骑兵队吗？"

"是的，大哥。我不知道耶律休哥的轻骑兵怎么样，但六郎和七郎的骑兵队确实是杨家军没有过的，我觉得厉害得让人吃惊。"

延平注意到四郎嘴角露出嘲讽的笑，他的意见还是不要在众人面前说为好，一定是泼冷水。

"辽军看样子是在考虑全面攻势吧，大哥？"五郎说。

"那也麻烦，宋军没什么精兵，看这一连串的小战，驱敌费了很大劲。我们的伙伴指望不上，不过兵力还是多的，辽军展开全面攻势的话，杨家军做先锋，反过来进攻燕云十六州就行。守着夺下来的城池，宋军也足够了。"

"五郎，杨家军也是宋军的一部分，不要这么说话。"

而且，真到了全面开战之时，杨家军未必会被当作先锋。其他兄弟们不知都城的气氛。除了守卫代州，杨家军被推到前线最大的可能是挽回败局。

关于打法，大家还提了各种意见。虽说不是辽军的精锐部队，这次是个绝对的胜利，指挥官们的话也多了起来。

总之是个大胜战。众人散会。

延平给四郎使了个眼色，单独留下他。四郎低头不语。

"四郎，看样子你有话要说。"

"没有。"

"现在只有我在，有什么话尽管说。"

"那我就说了，我觉得这一战的打法根本是错的，胜是理所当然，为打了胜仗而高兴，真是笑掉大牙。"

"你是在说我指挥得不对？"

延平努力控制住差点感情用事的自己。在四郎面前，他已经习惯，以前一生气经常打他，现在已经不会了。

"那要怎么打呢？"

"应该更狠些，把辽军引诱进来三十里以上，然后全军歼灭，不让一个兵回去。只有这么严厉，他们才会怕杨家军。我也知道大哥想做各种尝试。"

四郎是在说，手太软。要是把全军的指挥交给四郎，肯定会照他说的那样去打。

"辽很强大，也要想想不能太刺激他们，我觉得要适可而止。"

"应该让他们知道，正因为对手强大，我们更强更厉害。"

"你没看到全局，总是这样。如果辽军全力朝杨家军而来，我们会招架不住，那可是几十万人马，到那时，你觉得宋军会有几分为杨家军而战？"

"要让杨家军做先锋而战，除此之外也没办法了吧？"

某种意义来说，四郎最好地抓住了杨家军的立场，但就此总是得出极端的结论，这也是招致其他兄弟反驳的根本原因。

"你有这样的意见，我会向父亲报告。"

"怎么都行，我只要跟大哥说出自己想法就行了。"

说完，四郎走出屋去。

延平独自一人，抱着胳膊沉思良久。

人各有性格，杨家兄弟们都是阳，只有四郎是阴。延平不知如何是好，这也是他一直思考的事。

兄弟们都已独立指挥队伍，把四郎放到稍远的地方也许也是个办法，但那样的话，四郎的孤独会更加突出，最终可能会从兄弟中被排挤出去。

父亲回到代州是在年后的一个多月了。

打完仗后战报已经立即送给了父亲，延平还是直接做了口头报告，也没忘记说四郎的想法。父亲听着，中间没插一句话。

"四郎的性格是不是太激烈了？"听完全部，父亲自语般说，"他母亲也是那样的女人，虽然老实，内心却藏着激烈和阴暗，经常吓人一跳。"

"目前四郎和其他兄弟还没有不和。"

"你把四郎一人放远的想法可能也不坏，而且，不让他举杨家军的旗。"

"要到那个份上吗？我想想。四郎可能会想，就只有他一个被单独对待。"

"杨家军里有一个孤傲的武将也不是坏事。"

李丽拿着父亲的衣服进来，看见延平，似乎想避讳，父亲却不在意，脱下战袍。

"代州真好，延平。在都城待久了，觉得心会烂掉。"

"我觉得也是，对女人们来说都城充满愉悦的华美。对了，通信的中继站什么时候完工？"

"大概还要一个月吧，三郎干得不错。"

父亲换上常服，李丽开始给他揉身体。延平不想看这场景，行礼退出。

"大哥，我仔细看了之前一战捕获的军马，一千匹里能用的有四百左右。"

六郎在府邸院子里说。这就是说，他们击退的是马匹不怎么样的辽军，不过，四百匹也不是小数目。延平只是冲六郎点了点头。

二

四郎受命带三千部下驻扎在遂城以西五十里的北平寨，这是父亲直接下的命令，四郎一言不发地领了命。北平寨是个远离代州四百里的东边山寨，和杨家军完全分离，并且不让举杨家军的旗，只举宋旗。

显而易见，辽若攻宋，遂城将成要塞，宋无论如何不能让遂城被夺。遂城有刘廷翰任，兵力也增强至七万，大可不必把区区三千杨家军放在附近山寨。

父亲连缘由也没说，出发之前大哥延平把四郎叫过去解释了一番。延平说，父亲是要让四郎和部下更加亲密接触，为此让他在远离四百里的地方单独和部下朝夕相处，来思考什么是部下，大将该如何自处。

四郎问，自己这是受罚吗？延平回答，不是这个原因，是兄弟们的磨炼方式各不相同。

什么是部下，大将该如何自处，事到如今根本不必思考这些，四郎有自己的成熟想法。大将就该孤傲，绝不该和部下深交，这会让战时判断迟钝。

但是，四郎没有反驳。

延平刚教训过他：有几个部下愿意为了你而死？六郎的部下全都能为他去死，所以最后输的是你——延平是这么说的。

四郎想，是做法不同。毫无疑问，六郎总有一天会为了救一个部下而牺牲一百个。人心无法变得无敌强大，就算部下不为大将而死，只要为了胜战而不惜命就行。

四郎不会把心里所想说出来，就算觉得不合理，也沉默低头，等着结束。

自从母亲死后，在杨家府邸度日，四郎就学会了这种活法。继母佘赛花看自己的眼睛，总比看其他兄弟冷漠。对此，其他兄弟都没放心上，只有延平总护着自己，主动和他在同一个屋子里一起住了多年。

是同父异母的兄弟。

四郎的母亲只是个可怜的女人。她暴躁的时候，发疯的时候，在四郎眼里都只是可怜。曾经身为游妓，这在母亲心里是自卑的根源。

父亲每个月只来看一次母亲。代州的杨家府邸那么大，四郎和母亲住的只有两间屋子，是个寒碜的家。

即使母亲生病，父亲也不来看望，只是叫郎中过来。母亲死后，四郎住进了宽敞的府邸。

练武艺，学兵法，习领兵，四郎没比其他兄弟差，反而更拔尖，但谁也不认可这一点，连延平也经常训斥四郎的做法。

如今他是一军之将，但没起到令人瞩目的作用，也没有大的失败，因为在杨家军里，不能照他自己的想法作战。这在父亲看来，大概就是平庸。

四郎把三千人分成三队，让三个副官指挥，反复操练。在这样的地方，除了操练无事可做。

国境的小战还在继续，想必辽军总有一天会攻遂城，也许在这之前，刘廷翰就下令出动了，四郎也并没有在等待。

虽是暂时，四郎被归由遂城队伍管辖，所以出兵命令由刘廷翰来下。四郎无论如何也不认为他是个出色的武将，对于小小的国境侵犯也会神经质，总是焦虑。

辽军或许完全没注意到有一支杨家军队伍在北平寨，他们只会认为是三千宋军驻扎在据点。

在四郎心里，宋军和杨家军泾渭分明，就如同北汉时禁军和杨家军完全不同一样。军队也有气质、有外貌，杨家军更像辽军。

"遂城来使。"

使者频繁过来，不断传来辽军的动静。

四郎以为又是同一个使者，这回却是出兵的要求。本来应该是命令，刘廷翰似乎对杨家军另眼相看。四郎想，这种小处也能看出刘廷翰没有自信。

"六千辽军对吧。"

据说辽军在北平寨以西的国境。可以不去管他们，但刘廷翰像是在逞强，不许辽军踏进一步。

在这附近实战一场也不坏，光是操练，无论如何，士兵也会开始倦怠。

"去转告刘大人，我已知晓。"

"明白了。那从遂城发多少援军合适呢？"

"不需要，光我们就能驱敌。"

"可是，有六千敌人。"

"管他是六千，还是一万、两万。"

使者张口结舌。他也许在想，四郎没打算认真出兵。

"三天之内赶走国境的辽军，要是过了三天还没赶走，我再请求刘大人出战，我跟从他。"

四郎挥挥手，示意话已说完。使者离开。四郎命随从立即击鼓。

四郎给三个副官简单下令。

二刻之后，步兵首先从北平寨开拔。斥候五骑一组，大抵三组，掌握情况，反复出阵。

骑兵三百骑。本来四郎想要五百骑，练好了骑术的兵也有五百人，但又想着，把敌人的马抢过来就行。

一天就进军到了国境。

六千辽军严阵以待，骑兵也有近一千骑。

"辨别马的质量。"四郎命令斥候。

抢了驽马也没用。战术要根据马的质量而定。

"哦?"

斥候来报，都是良马。四郎喊了一声，因为他并没抱期待。同时也能想到，辽军派出了相当精锐的队伍。只举着辽旗，不知是谁的队伍。

"要一举拿下，不然有麻烦。"

四郎认为在刚开始的对决中试探对手力量没有意义，他要在一开始拿出最强状态的队伍去冲阵，如果不能击溃敌人，再重新组阵。

不过，四郎认可策略。如果只是莽撞地作战，就和一般将领没有两样了。

四郎在脑子里画了地形图。山谷间有条隘路，如果把敌人引诱进去，能歼敌一半，四郎曾经巧妙用过这条路。先用骑兵来引诱敌人的骑兵，这是第一步。

四郎把步兵的指挥交代给三个副官，传达了各自的任务。

辽军组成坚实的鱼鳞阵，骑兵在两翼。四郎想把敌人的两队骑兵跟步兵切开，毫不犹豫地把三百骑兵分成各一百五十的两队，攻上前去。

敌人的骑兵开始有些轻敌，四郎的一百五十骑再次分为三队，波浪似的反复进攻，呈包围之势。

四郎的骑兵逃跑，把敌人引向山谷。不愧是良马，敌人追得很紧，要是被追上，大概会就势被包围。

来到山谷跟前，敌人的骑兵停止了行动，大约感觉到了有陷阱。指挥官还懂得几分战术。

辽军正要一齐调转马头。

埋伏在草丛里的步兵突然向辽军骑兵发起袭击，步兵们都拿着戟、长枪之类的长武器。

与此同时，四郎让三百骑兵反转过来，杀向调转马头的敌人背后。

马上的敌兵接连被挑落，四郎也用剑挑下四五人。杨家军没有给敌人调整态势的时间，意在歼灭。四郎在战时想的，都是这个。

混战中，敌人开始溃散，已经只剩下三四百骑。

旁边冲过举剑的敌人，和四郎撞在一起，四郎把敌人扔了出去，一剑刺去，却没砍倒，因为他感觉敌人的身体如孩子一般，不，像个孩子，却不是孩子。

"杀！"

是女人的声音。四郎盯着满是泥土的敌人的脸，既没有胡子，也没有刮过胡子的痕迹。四目相对。杀！——女人用嘶哑的声音又说了一遍。四郎被奇怪的感觉包裹，眼睛仍互相盯着。

突然，二十骑猛然朝四郎飞奔过来。四郎打倒其中两个的工夫，女人被两骑从两边抱起，消失在马群中。

全军追击。辽军自家的马四处乱跑，敌阵大乱，没过多久就开始溃逃。追了约莫十里，四郎鸣金收兵。原野上四处躺着敌人的尸体。

杨家军集中马匹返回。

跑丢了不少马，但还是收了近三百匹。

斥候来报，敌人已撤退回了辽领地，远离国境。

"将军跟刘大人说的是三天，两天就完事了啊。"

一个副官来到四郎身边说道。这下有了五百骑的骑兵队，还有了近一百匹的备用马，副官大喜。

四郎在想别的事。

战场上的女人。那是怎么回事？跑过来救那个女人的二十骑非等闲之辈，冲着四郎一人决死突击。四郎光是打倒两个就费了很大的劲，其间都没顾上去看那个女人。

"已向遂城传令。"

"知道了。"

四郎一边说着，一边还在想着那个女人。她的脸被土弄脏了，眼睛却清澈得让人吃惊。是个年轻女人。在马背上相撞时，那无法言状的柔软感觉，在四郎的臂弯里记忆犹新。

四郎回到北平寨。

副官报告，捕获的近三百匹马都是良马。辽军在此前的小战中，从未派出过配备如此好马的骑兵队。辽军有过在国境的试探，兼顾训练从近处召集的士兵，但这回派出的是精锐。

而且，为了救剑下的一个兵士，二十骑骑兵为何如此拼命？

回来的第二天，遂城送来酒和几只羊。

这个晚上，四郎准许士兵们喝酒、放开吃肉。光是严格训练和实战，士兵绝不会变强——作为大将的心得，从小开始，延平经常这么教四郎。

三

萧太后烦躁不宁。

王钦招吉和耶律奚低都很沮丧。刚刚收到报告，在北平寨附近攻打宋土的六千人被打得溃不成军，骑兵队遭受的损失可称毁灭性的。

"有郭兴跟着，尽力了，而对手不过三千人。"

被打败的辽军非同小可，军中有琼娥公主。她是先帝的妹妹，当今皇帝的姑姑，萧太后的女儿，从小喜欢武艺，经常想上战场，萧太后也准许。和一般士兵比剑，她也几乎没输过。

率领六千人的郭兴，也是上过战场、辽军中资格最老的将军，立过战功，没有吃过大的败仗，可以说，派他跟着想上战场的琼娥公主最合适不过。

如今，辽为了把百姓派上战场，反复在实战中操练。十五到二十岁之间当过两年兵、接受过训练的百姓，在实战中马上能恢复以前的战斗力。

而郭兴率领的是正规的禁军。袭击代州的辽军被杨家军打得体无完肤，为了挽回几分面子，禁军奉萧太后之命出动，在国境附近待了一阵，等琼娥公主回到燕京，才开始正式行动，结果头一场战斗就发生了出人意料的情况。

相比战败，占据萧太后之心的是琼娥公主是否安好。王钦招吉和耶律奚低也只有沉默等待。

"琼娥公主平安无事，两日后和郭兴将军一同回燕京。"

急报传来，萧太后眼见全身松下劲来，嘴里说的却是：

"既然上了战场，生死由命。战败原因是什么？"

急报使者无法回答。

"还是等郭兴将军回来再问详情吧，太后。"王钦招吉说。

耶律奚低也点头。萧太后咬紧嘴唇。

她的强势，让王钦招吉全身战栗，不是恐惧，而是起了一身鸡皮疙瘩般的快感，从他年轻时候开始就是这样。

王钦招吉十六岁开始侍奉穆宗皇帝。在崇武的辽，王钦招吉只有学识和才智，他没指望自己能出人头地，但一开始就跟在皇帝身边。

萧太后嫁过来是在十八岁，和王钦招吉同龄。他第一次拜谒作为皇帝正室的萧太后时，感到天旋地转，惊为天人。当日的情景他至今记忆犹新：如此美貌，怎会在此世间？到了四十二岁的今天，暗恋的热焰一直在燃烧，这跟谁都无法言说。

没有结果的爱恋。

王钦招吉个子矮小，脸上多皱纹，被武官们叫作"老鼠"，他自己也知道。自己的容貌怎样都无所谓，他活着就只是考虑能为萧太后做什么。

穆宗皇帝二十八岁崩逝，幼小的贤八岁即位，称景宗。景宗也不长命，二十一岁崩逝，留下两岁的隆绪，即位称圣宗，这是不久之前的事。

四十二岁成为辅佐孙子的太后，其美貌至今未衰。在王钦招吉看来，她丰满的脸庞愈加妖艳，不过他也几乎没从正面看过萧太后的脸。

"详细战况等着问郭兴，在这之前，要安排好下一支队伍。"

"禁军吗？"耶律奚低问。

燕京周边现在布防了六万禁军，但这是保护萧太后的军队，非常之时，要把太后转移到上京临潢府。

"可以不是禁军，要在国境上打一仗，以雪战败之耻。"

"明白了。给耶律沙两万兵，让他攻打东边。"

"总之，败一次，要胜一次，绝对要胜，别忘了。我还没忘记攻打代州败给杨家军。"

就是说，加上这次，辽军已有两次战败，得在哪儿打两场胜仗。

禁军规模审时而变，如今达到了十万人，剩下的在幼帝所在的上京临潢府。

"还有，要准备好对付杨家军。"

"杨家军没那么庞大，不至于用禁军，用四万地方军精兵就行。"

"这能赢吗，耶律奚低？"

"只要给这四万兵加上精良的骑兵队。"

"耶律休哥是吧？"

王钦招吉说出了他最讨厌的名字，头发胡子全白的可怕男人。不，并非如此，王钦招吉莫名感受到萧太后的内心。

萧太后曾对年轻的耶律休哥动过心思，她无法容忍这样的自己，于是一味给耶律休哥下刁难的命令，最终迫使他拒绝领命，因此受到严酷的惩罚，驻扎在荒漠中。

耶律休哥没有一句辩解，他是明白萧太后的内心，还是原本就是那样的男人？王钦招吉觉得两者都是。

耶律休哥现在是率领只有骑兵的五千大军的将军，这或许是辽军最强的队伍，其他将领们也承认这点。

这个耶律休哥终于要正式上战场了吗，而且对付的是宋军最强的杨家军？

王钦招吉心有嫉妒，那是自己无论如何都做不了的事，上了战场，自己全无用处。

"王钦招吉，你怎么想？"

萧太后经常问他，长年累月，已成自然。他身份低微，甚至连大臣都不是，尽管如此，连左相右相都承认，他是萧太后的亲信。

"除了耶律休哥将军的队伍，大概没有哪支军队能和杨家军对抗。"

"耶律休哥的队伍为什么变得比禁军还强大？"

"他的队伍长期坚持刻苦的训练，而且他本人有天生的将才。"

"将才是吗？我好像也明白了。有人身为豪杰，却不能指挥作战，耶律休哥确实有将才。总之先备齐四万大军，什么时候派出耶律休哥由我决定。"

这话一半是对耶律奚低说的，二人同时低下头去。

两天之后，郭兴的队伍回来了。

出现在谒见厅的郭兴垂头丧气，看起来比出阵之前缩了一圈。

"敌人派出了精兵，并且两次设陷阱等着我们。败给人数仅为我们一半的敌人，我无可辩解，等结束战事报告，即刻请太后赐死。"

老将军这是做好了死的准备回到燕京的。

郭兴开始详细讲述战况。

在常见的陷阱跟前，郭兴稳稳止住了军队，却还有一个陷阱。

"我问个问题，出动骑兵是你的意思吗，郭兴？"

"是。"

"为什么出动？"

"因为宋军的骑兵缠着我们转圈。"

"就这个理由？"

"是的。"

"这就怪了，你平时的打法，都是骑兵和步兵互助而上，以前没打过各自分离的仗。"

"我只能说是中邪了，赐死是理所应当。"

"是琼娥公主的主意吧？是她让赶跑纠缠不休的敌人骑兵？"

"大军的指挥由我执掌，哪怕一个兵的行动，都该由我负所有责任。"

"寻常之战是这样，但是有琼娥公主在，也得听她的主意。"

"指挥的是我，太后。"

"要是寻常之战，你受罚是理所当然，但如果是琼娥公主迫使你，我无话可说。"

"那么，有了此战结果，太后只需看结果来决定后面的事。我就是前车之鉴。"

"郭兴，你也老了。如果能尽力在战场上多打几年，死就不是可怕的东西了。"

"我失败了。"

"尽管如此，你回来了。"

"我为了受死而回。"

郭兴没选择死在战场上，大概是想着要把琼娥公主平安带回燕京。

"别说了，我明白此战情形了。我该庆幸没有失去一个老练的将军。"

"打了败仗，太后。"

郭兴看样子是一门心思求死。就算有琼娥公主在，被人数为半的敌人打得体无完肤，这屈辱大概难以忍受。

武人真是奇怪，这种时候，王钦招吉总是满心不可思议。好不容易能活命，为什么不想在下一次赢回来呢？

"把琼娥公主叫来。"

萧太后的声音在回响。

两名随从跑了出去。谒见厅里空气凝重，萧太后盯着郭兴，好像在说：不许动。王钦招吉想逃离她的目光，眩晕袭来，简直站立不住，而这眩晕来自难以置信的快感。

不知过了多久。

琼娥公主跑进来，打破了谒见厅的沉重。郭兴突然跪下。

"让琼娥公主身陷险境，都是我一人过错。"

"琼娥公主，郭兴在这里说，自己对战败负责，要去死。上了战场的你怎么看？"

"什么？"

琼娥公主一声惊呼。她脱去战袍，穿上了女装，但头发还没整理，只是插了个发饰。太后的女儿，王钦招吉怎么看也不会心动。

"跟敌人是这样对峙的。"

琼娥公主蹲下来，用扇子头在地板上画布阵。

"我军的骑兵在两翼，敌人也是骑兵先出现，人数不多，却像苍蝇一样缠着我们，眼见要攻又离开了。"

琼娥公主尽可能说得仔细，连敌人数量都说了。

"我想，敌人用少量骑兵纠缠不休，是因为步兵还没做好准备，现在想想真是愚蠢，我上了敌人的圈套。郭兴说，绝不能动。"

"那时郭兴在哪儿？"

"队伍中央，步兵在他的后面，我在右翼骑兵里，我们说好，真正开战，郭兴会来到我旁边。我看着讨厌的敌人骑兵，急了，心想，郭兴在干什么？然后就想自己去驱赶敌人，心想只要追赶一会儿，打倒五六个跑得慢的就行。但敌人眼看要追上了，却总追不上。郭兴命令左翼的骑兵冲出来保护我，他还和我并驾前驱，两次叫我折回。跑到山谷入口时，我才醒悟上了圈套。"

之后的情况和郭兴报告的一样，琼娥公主撞上敌人大将，被扔在地上，差点被杀，此时，郭兴率二十骑拼死杀来，两骑从两边抱起琼娥公主逃离战场。

"如此说来，你差点被杀，是郭兴救了你。"

"该受罚的是我，母亲大人。"

"没错。郭兴继续留在将军之位，不许自裁。"

郭兴长跪不起。

"琼娥公主，今后禁止你上战场。"

琼娥公主想反驳，也只能点头。

"话虽如此，宋军真是不容小看，在北平寨这样的小山寨，居然有如此善战的高手。明白了这一点，此战也不算没有意义。"

四

被禁止自裁的郭兴和耶律奚低一起退下。

萧太后瘫坐在王位上，盯着脚下。丈夫早死，自己作为太后辅佐病弱的儿子，儿子又死了，现在，她不得不继续辅佐慢慢能说话了的孙子。

琼娥公主觉得自己比谁都了解母亲的性格。她性情刚烈，却不失眼观全局的冷静，王者意志融在血液里。这样的母亲，也曾在琼娥公主面前落过泪，这是别人绝不会见到的。

"你一起过来，琼娥公主，王钦招吉也过来。"

出了谒见厅，母亲朝离宫走去。一个侍从在前面引路。说是离宫，其实连着宫殿，原先是后宫。辽很长时间没有人用后宫，不知什么时候就叫离宫了，允许男子出入，萧太后和左相右相谈论政事时也大抵在离宫。

母亲进入经常用来谈话的入口处的房间，墙上画着辽国地图，再往里是卧房，不许男子出入。

"郭兴不能再指挥实战了，让他去训练新兵。"

母亲这话是对着王钦招吉说的。老鼠一般的男人在房间一角毕恭毕敬地一拜，说，明白了。母亲认可这个男人的才智。琼娥公主也认为他大概有能力，却不喜欢他，她觉得男人还是应该知道战斗。

"就算是我的女儿，战场上也得服从命令，这才是一军之将。"

"是。"

"王钦招吉，眼下国境上的争斗，在我看来是五五开的形势，要把它变成六四开或者七三开。"

五五开，是因为宋增强了国境的兵力，加固了防守。琼娥公主想，要是再紧逼，他们还会增强兵力。

母亲的目的也许正在于此。如果让宋军把兵力集中在国境，或许能开辟进入中原的道路。母亲视野里不光是国境，总装着中原，她也有着辽是进攻之国的信念。

"可以用计谋，总之要制造对我们有利的形势。"

"是，我尽全力。"

母亲把视线从王钦招吉移到琼娥公主身上。王钦招吉已如同不在，就像尊雕像一样站在房间一角。

"琼娥公主，你还有话要对我说是吧？"

对母亲的这种敏锐，琼娥公主经已不再吃惊。从哥哥死去的一年前开始，母亲常常能看透人心。

"是，在郭兴面前没能说出来。"

"是什么？"

"是宋军的大将救了我的命。"

母亲的眼睛紧紧盯着琼娥公主。

"我被从马背上扔下来，剑戳在我的脸跟前，两个人就那样互相瞪了好一会儿，想杀我的话，够杀好几回了。"

"你的武器呢？"

"在马背上我拿着剑，被扔出去的时候，剑掉了。"

"他用剑指着赤手的你，盯了一会儿是吗？"

"可能他发现了我是女人。女人上战场也并非是完全没有的事，那个大将还是救了我，就算发现郭兴飞奔过来，他也还有足够时间砍了我再跑。他只是看着我的脸笑笑。"

母亲大大叹了一口气。

如果在谒见厅说是宋将救了自己，郭兴该送命了。琼娥公主也能区分该不该说。

"知道了，你把这事忘了吧。"

"忘了？"

"你不能上战场了，就算知恩，也没法回报了。就算你的武艺能胜过些许男人，战场上也未必能活下来，所以，刚才我也说了，今后禁止你上战场。"

之前她数次上战场，没受过一次伤，所以她想，禁止上战场也只是一时的事。

"今后一直这样吗？"

"你还有其他该做的事。"

"是什么？母亲大人，我有其他该做的事？"

"你不是个十九岁的姑娘吗？"

母亲盯着她。

她差不多明白母亲在说什么，说她该嫁人也不奇怪。

"是让我结婚生子吗？"

"除了这个还有什么？"

"但是母亲大人，我没有对象。"

"你不必去找，我来决定结婚对象。"

"这……"

"我觉得适合你的对象是耶律休哥。"

头发胡子都白的可怕男人，而且年纪应该到三十五六了。

"辽军首屈一指的武将，你们生的孩子，将来当辽军统帅也不奇怪。"

琼娥公主许久不能出声。坊间传说耶律休哥全身白毛，简直就是野兽。

就算自己总有一天要结婚，母亲的说法也太唐突了。

琼娥公主沉默着站起身。

"你等等。"

"耶律休哥不是冒犯了母亲大人，被流放到北边荒漠的家伙吗？我不是讨厌他，但结婚对象要自己找。"

"你的婚姻是为了自己，也是为了这个国家。"

"和耶律休哥结婚，为什么就是为了国家？"

"耶律休哥的轻骑兵是这个国家最强的队伍，但他对国家的忠诚心让我有些不安，若他成了你丈夫，就可抹去这不安。"

有哪儿不对，琼娥公主想。母亲不会让一个让自己担心其忠诚的将军活着。

"我不会让你马上答应，也得问问耶律休哥的意思。"

"没这必要，母亲大人。"

　　扔下一句话，琼娥公主瞥了一眼墙角如雕像般站着的王钦招吉，从屋里跑了出去。

　　她径直进了自己住处，让侍女给自己脱下衣服。

　　比起女装，自己更适合穿男人的衣服。她摘下发饰，扎起头发，包上红头巾，还没想剃掉发顶梳成发髻。

　　她挂上佩剑，心情慢慢安静下来。

　　她和耶律休哥见过几面，当时还觉得他的白色头发稀奇。后来他冒犯了母亲，被遣放到北边荒漠。那是几年前的事了呢？从那以后她再没见过耶律休哥。

　　用剑顶着自己，投过诧异的目光，那个年轻的宋将不是更好吗？——琼娥公主想。他的眼睛很清澈。

五

　　北方荒漠的春天还远。

　　雪不多，但狂风呼啸。忍着刀割一般的风，连日反复行军，持续操练，兵和马都强悍了不少。

　　粮草跟去年相比，简直多得吃不完。山寨里不光有营帐，还建了兵舍。

　　为了御寒，士兵们在衣服外加了一层厚布。实战时不需要厚布，不然行动不便。

　　耶律休哥从五千士兵中选出尤其出色的一百人，让他们穿红色铠甲，马具武具也全是红色。

　　这一百人叫作赤骑兵。

　　他们直接归属耶律休哥麾下，担任先锋。耶律休哥以前就想要如同自己手足般行动的兵，现在队伍有了余裕，得以实现。

百名赤骑兵如一头巨兽般行动，耶律休哥对他们进行严酷的训练，磨砺之后的队伍基本令他满意。队伍的行动甚至频繁得让人觉得过度了。剩下的就是在实战中用他们了。

五千大军由副官麻哩阿吉掌握，率领一千人的队长也已培养好。在耶律休哥看来，带领百名兵的小队长也整齐划一。

这是总数五千人的队伍。赤骑兵虽说是先锋，也只是于耶律休哥军中而言，如果和宋军对阵，耶律休哥的整个队伍就成了辽军的先锋。

士兵们敏感地意识到，由于实力，他们开始在辽军中受到优待，这在饭食上也能体现。麻哩阿古巧妙引导，让他们被优待的心情变为自豪。结果，士兵们不怕死了，开始认为自己应该比辽军其他的兵更勇猛地战斗。

兵舍里点火的只有集合用的大房间，连耶律休哥自己的房间都没有点火，不是柴火不够，而是他不想娇惯自己和士兵的身体。

但是，在兵舍的时候，饭食是热的。三天要吃一次生肉，这是为了预防生病。

辽军如今和宋在国境上小战频频不断，他们是通过在实战中演练，来增强兵力。辽的百姓十五岁以上的都接受过军事训练，新入伍的兵也能马上投入实战，这很像萧太后的作风。

看似简单、实则虚虚实实的进军退兵，已经在拉开序幕。

在北方荒漠度日，耶律休哥没有站在现场，但也在收集情报。很多时候，战事胜负取决于情报。耶律休哥雇了三个人收集情报，怕靠不住，没有找更多人。

随从来报，有人来访。

一行只有三人，耶律休哥想不到他们的来意。

他在集合所见了来访的三人。是王钦招吉，从前就听说是萧太后身边的实力派，是个小个子、一脸皱纹、像老鼠一样的男人，在燕京的时候见过几次。

"好久不见了，耶律休哥将军。"

耶律休哥不喜欢这个男人的眼睛，眼里总有一种让人觉得悲惨的光。

"是王钦招吉大人啊，到这么偏僻的地方，有何贵干？"

六

王钦招吉一脸疲倦。他并非武人，从燕京到这里大概花了六天，途中无处住宿，定是只能露宿了。

"先暖暖身子吧，就着火说话。"

"谢谢了。屋檐下的火，能暖到心里啊。这样的严寒，超过了我的想象，将军。"

"这个，兵都习惯了。去年冬天之前，连兵舍都没有。"

王钦招吉来这里的原因，耶律休哥无从猜想，政事背后之人的心思，身为武人的自己无法解读。对耶律休哥来说，若是在战场相遇，会被他第一个斩了的，就是王钦招吉这种人。

所以，作为边境队伍的指挥官，耶律休哥只是直率地面对王钦招吉。

"只带两个随从来到这里，我觉得有点轻率。到了冬天，路也难找。"

"这样的旅途还真是第一次，我倒是经常一个人在各地行走的，也曾用半年时间在宋游走。"

王钦招吉双手捧着盛了热水的碗说道。耶律休哥以前就知道这个男人不喝酒，所以才端上了热水。这里没有茶。

"歇好了就说正事吧，王钦招吉大人，还是今天休息，明天再说？"

"不，我明天一早就走。将军喝酒好了，我喝开水陪你，边喝边说。"

"我也喝开水，习惯了。"

王钦招吉笑笑，脸上的皱纹更深了。耶律休哥想，自己这是第　次见他笑。

"将军在此率领的五千人的轻骑兵，我想，毫无疑问是辽军最强的骑兵。"

耶律休哥不想听文官对军事指手画脚，沉默听着。有不爱听的，拒绝就是。

"本来让将军指挥整个辽军也不奇怪，至少，要请您上前线。"

耶律休哥往火堆里添了一把柴。他让随从退下，屋子里就剩他们两人。

"不试试指挥全军吗，将军？"

"军队的事情有耶律奚低将军统辖，在这里说这个不妥。"

"没错，但如果这是太后的意思，就另当别论了。"

"我待在这边境，应该也是太后的意思。"

"太后行事严厉果断，所以眼下如此，等到情况有变，她会考虑让将军来指挥整个辽军。"

"我不认为辽军有大问题，情况有变是什么意思？"

"就是耶律休哥将军您娶妻。"

"什么？王钦招吉大人是为了劝我娶妻才不辞辛苦而来的吗？"

王钦招吉的眼睛一直盯着耶律休哥，这不是老鼠的眼睛，更像是猛禽的眼，不禁让耶律休哥想：这个目光锐利的男人也许会巧妙地使用各种眼色。

"对象是琼娥公主。"

是萧太后的女儿。耶律休哥听说她还未出嫁，武艺不输男人，有时甚至去参加实战。她有萧太后的血脉，是先帝的妹妹，从地位来说也许比太后要自由得多。

"我还以为你要说什么呢。"

"这是萧太后的意思。"

耶律休哥不知王钦招吉是否奉命来此地，但太后的意思无疑是真的。

耶律休哥又添了一把柴。柴火发出悦耳的声音，熊熊燃烧。

"身为武将，一定想指挥全军吧，将军，这难道不是武将的梦想吗？"

"别说了，王钦招吉大人，我当你什么都没说。"

"将军，这可是太后的意思。"

"不管是谁的意思，我都一样，根本不想通过裙带关系在军中往上爬。军人就该以军功来升级，这也是征战者的骄傲。"

"但是……"

"如果因此触怒了太后，就让我在这边境的荒漠老死吧，我想这才是男人。"

"这样啊。"

王钦招吉垂下肩膀，这反应对耶律休哥来说是个意外，原以为他有萧太后撑腰，言语会盛气凌人。耶律休哥在心里跟自己说：不知道能忍到什么程度，但还是尽量忍受吧。

"路上我一直在想，也许要触碰耶律休哥将军不能碰的东西了。"

王钦招吉低着头，伸手去拿热水喝，发出轻微的声音。

"我是战场上毫无用处的人，但也自以为知道什么是男人的骄傲。"

"既然如此，就当我什么也没听见，可以吧？"

"我也当作什么都没说，不该跟辽军第一的将军说这种事。"

王钦招吉无力地笑笑。

"人心，不，甚至是自己的心，真是复杂难懂啊，将军。如果将军欣然接受，我的心情又会不同。"

耶律休哥沉默着往碗里加了热水。王钦招吉微微点了点头。

"我……"

"到此为止吧，王钦招吉大人。就算是太后的命令，我也不接受，这就是我的活法，仅此而已。"

王钦招吉又喝了一口热水。

"有马奶做的酒，王钦招吉大人知道吗？"

"我听说过，但没喝过。"

不好好喝一回，这个男人就不会知道。凡事都是如此。

"马上就要打钲，到晚饭时间了。不试一试吗？开头可能不好喝，喝惯了还不错呢。"

"我不太喝酒，其实只在一个人的时候喝，但是，恭敬不如从命。"

"那就让他们拿上来，就尝一尝也行。"

王钦招吉点头。

触怒了萧太后，没准儿又要在荒漠的营帐度日了，耶律休哥不由得想，不过这也不坏。

"这个国家很辽阔，有森林，也有绵延到地平线的草原，有荒野，也有沙漠，但是却不富裕。如果能把中原加入领土，就会变成富饶的国家了。"

"为此……"

"大概会打几次大仗吧。宋虽软弱，却有态度强硬的地方。辽坚如钢铁，却有可能折断。我有一点担心。"

得到中原是萧太后的宏愿，耶律休哥不知道这是不是好事，也不去想。他只是时时不忘自己是个武人。

开始打钲，晚饭时间到了。

第六章 双 雄

一

三千人的骑兵队超过杨业想象。从北方买的马无可挑剔，士兵也训练得很彻底。

不知辽那边耶律休哥的轻骑兵是什么水平。耶律休哥善战，杨业和他对峙的时候，初战不露破绽，双方始终在寻找彼此的破绽。两军相撞的瞬间，杨业以为能就势压上，可冲上去的瞬间对手就变了阵形；耶律休哥没再继续压上，而是退兵重新排阵。在再次对峙之前，双方都全军撤退。杨业只留下一个印象：难对付。耶律休哥大概也会同样想。

曾被耶律休哥的轻骑兵戏弄的六郎，和七郎一起竭尽全力历练的，就是这支骑兵队。

"在我预想之上，延平。我没什么要吩咐的。"

"国境线上打起了小战，赶走敌人一次之后，他们不再来攻代州了。"

操练在继续，只有六郎和七郎的骑兵队鹤立鸡群。

看杨家军的操练，就知道以禁军为中心的宋军的操练是多么宽松，不过人多势众，其中也有一部分精兵。

"今年会开始大战吧，父亲？"

"今年大概还不会，不过，辽善于出人意表。"

作战有战机。双方都有时机成熟的时候，如果只是一方成熟，会变成攻城般的持久战，因为另一方只有防守意识。

在杨业看来，战机尚未成熟。辽会把新征的兵派上战场，通过实战来辨别士兵资质，这很像辽的过激策略，之后才让士兵操练。深知操练的重要，也是辽这个国家的特点。

杨业想，要是禁军里再有两三个能和呼延赞、高怀德比肩的将军就好了。先不说曹彬、潘仁美这样的将领站在全军的顶点，有势力的将领几乎只要听潘仁美的话就行了。

潘仁美这个人原本更适合当文官，野心也不小。要说和文官对立的武将，只有潘仁美了。

宋是文官之国，以百姓为重。民富则国富，先帝和当今皇帝很清楚地以这样的国家为目标。军队是为了保护百姓和国家的富裕而设的，所以，眼下是文官的意向优先。但是，打起仗来，还是武将的想法第一。

为了压制文官，想打仗——极端地说，潘仁美有这样的想法。北方的局势有可能被他别有用心地利用。为了百姓避免战争的想法在皇帝心里占上风，同时，他又抱着收复燕云十六州的宏愿，在这缝隙之间，潘仁美的话乘虚而入不可避免。

为了防止代州的形势误传到开封府而建设的通信中继站，某种意义上也是要封住潘仁美的这种举动。

此外还有八王。本来他该成为皇帝，因为还年少，叔父赵光义称帝。八王有着坚定的信念：尽量避免战争，燕云十六州也通过和辽的外交收回，此为贤明。能跟皇帝当面进言，皇帝也听得进去的唯一一人就是八王。

文官都很出色，但没有一人能超越文官特有的价值观，也就是说，无法应急，一切都是反复讨论。民政本该如此，杨业也不能高唱反调。

训练结束后，杨业单独留下了六郎和七郎的骑兵队。

有消息传来，金城一带又有异动，据说辽的新兵在后方训练，精锐已经集结。

辽要攻宋，或夺代州，或插足遂城。既然代州有杨家军，眼见辽军要攻遂城。如果丢了遂城，宋军主力不得不集结在北方。如果辽打败宋军，就能染指中原。

杨业认为，金城的辽军会马上向东移动，去攻遂城。集结在金城是对杨家军的幌子。

杨业用新建的通信中继站，跟开封府联系了三次。三次只用了四天，这在从前无法想象。而且，这边的形势准确传递到了开封府，准许杨家军可以主动进攻，歼灭辽军。

"金城的两万精锐如果开始往东移动，我们也往东边去，就单是三千骑。"

杨业把六郎和七郎叫来说道。延平也受命同往，代州的杨家军总指挥交给了二郎。

"父亲，要通知在北平寨的四郎的三千人吗？"

"终归是作为宋军行动，让他归这边指挥吧，延平。"

"就是让他举宋旗对吗？但四郎是出色的杨家军。"

"这我知道。我想让辽军认为，遂城旁边也有宋军精锐，必须让他们这么想。然后，我们举杨家的旗。这你去跟四郎说，延平。"

"父亲，能再解释详细点吗？我觉得这是把四郎单独划出杨家军了，四郎更会这么想吧。"

杨业点头。虽然点头，却对延平的疑问似有不满。

六郎和七郎默然听着。

"作战得把目光放长远。六郎、七郎也不光要学会指挥，还要学会预料。"

"是。"

二人异口同声。

"辽军强悍，其中最强悍的队伍是哪支？"

"是耶律休哥的轻骑兵吧。"

六郎立刻回答。

"耶律休哥被放在哪里？"

"在北边的驻扎地，还没有消息说他被安排到了前线。"

"对。辽不到最后一刻，是不会拿出他们最强的队伍的。前几天四郎毫不费力地打败了六千敌兵，让辽知道北平寨有精锐部队。萧太后要是知道那是杨家军，也会看不起宋军吧。"

"父亲是说，因为杨家军是宋军精锐中的精锐，所以辽不用警戒其他宋军吗？"

"这个我不知道。萧太后的内心不可能为人所知，想去猜测也很危险，猜错的话，一切都会乱套。重要的是事实，我只想知道耶律休哥被放在哪里这个事实。辽并不想让我们知道，这是看不见的战争。"

"那就得让敌人先动了。"

"为此我们要动，但为了不做睁眼瞎，需要四郎的队伍。"

"我明白了什么是高瞻远瞩之战。"

"你先去北平寨，跟四郎解释情况。金城的敌人没准儿明天就开始行动，延平。"

杨业一直在想，耶律休哥会受命对抗代州的杨家军。即便他什么都不做也势必如此，但他想尽早摸清耶律休哥的实力。

跟耶律休哥对峙上一阵就会明白，他的善战名不虚传。在能相互揣度的地方对阵、冲撞，这也可以说是杨业的打法。

延平出发三天后，金城的两万敌人开始往东移动。

杨业离开国境线，出动三千骑，事实上的追踪只止于派遣斥候。

杨家军开拔第二天，延平从北平寨返回，和大部队会合。

"四郎说，他会高举宋旗，只派三十骑骑兵负责指挥和传令，用三千兵阻止两万敌兵，然后杨家军的三千骑去袭击。他还说了，这里可以。"

延平指指地图上的一点。那里是平原，容易显现兵力差异，也最适合测试骑兵队的实力。

"四郎说这里可以？"

"是。他说要是从现在开始，有很多办法，但只能坚持半天，超过半天会折损兵力，他会退兵。"

光用步兵来阻挡两万敌人，而且是在平原。正常考虑的话，这需要敌人两倍的兵力，用三千兵坚持半天，四郎有这自信吗？照敌人现在的行军速度，再有两天就对阵了。

"四郎有点变了，父亲，虽然我说不上来哪儿变了。"

"没事，就你的报告来看，不是什么糟糕的变化。"

"我也这么想。"

"你在担心吗，延平？"

"他是兄弟中最不会变的家伙。"

杨业有幸有七个儿子,作为父亲教给他们的只有身为杨家男儿的自豪。战争会死人,这理所当然的事,在儿子们身上也会发生。教给他们自豪的同时,杨业也做好了心理准备。

杨业带领全军向国境线进发,形成追踪敌人的阵势。

斥候报告,敌人行动井然有序,杨业猜测是禁军的一部分。辽的禁军和宋的禁军情况不同。

令兵来报,在平原上拉开阻击战的四郎和辽军迎头撞上。

"从这里赶过去要多久,六郎?"

"大约二刻吧,离四哥说的半天时间还很充足。"

"好,本来要分成各一千五百骑的两队,现在我来试着指挥,看看三千骑能有多大的作为。"

即使如此,杨业并不着急。四郎说了,不付代价能坚持半天。

斥候接二连三来报。

四郎看来做好了充分准备以对付骑兵,沙袋堆成墙,长枪从上面严阵以待,来代替鹿砦,敌人要想横向迂回,还会碰上陷阱。

杨业到达战场时,双方对阵已过了四刻。

杨业率三千骑顺势突入敌人背后。三千骑行动敏捷,简直不像是三千骑,杨业甚至觉得自己的身体变成了庞然大物,每个人都如同杨业自己的身体一般随意行动。指挥这样的骑兵队,甚至有阵阵快感。

杨家军把敌人切断、打碎,分成好几截。敌人也拼命重整阵势,行动不俗,却还是骑兵队的速度赢了。敌人眼看要恢复时，如同被风吹过，四处逃散。四郎的步兵也开始行动，乘胜追击。杨业这才把骑兵分开，阻截溃逃的敌人。"杨"字旗在烟尘中高高飘扬。

战场上遍布辽兵尸体，惨不忍睹。尸体重叠着倒在一小块范围内，许是因为骑兵挡住了逃窜的敌人。杨家军杀敌一万五千人，几乎歼灭了敌军。

回到宋的领地，杨业和四郎相对。

"四郎，这一战打得漂亮。"

"刚开始我就知道是父亲亲自指挥六郎和七郎的骑兵队，呈夹击之势，我做的只是聚拢队伍，不让敌人逃散。"

四郎的队伍仅仅牺牲了十四人，和两万人对抗，这数字简直难以置信。四郎做的是吸引敌人，剩下的就是加强防守，一直等待。这并不是意在取胜之战。

"北平寨的驻扎怎么样？"

"反正我挺满意。"

"满意？"

杨业说着，高声笑了。至此，四郎还是受命举宋旗，但他似乎也不讨厌。

"没有啰唆的兄长们，解放了几分是吗？"

"也不是，就是挺满意的。"

四郎留着二十个俘虏，要是从前，他早就杀了。

"那些俘虏何用？"

"那是宋军的做法。早晚我会处置他们的，先拷问出辽的内情。既然我是宋军将领，也得跟他们一样做。"

四郎所向无敌，而且看起来满心愉悦。

二

使者从涿州到来时，耶律奚低简直不相信传达过来的内容，久久发呆。涿州、易州周边的军事统辖由刘厚德将军负责，他的实战经验不多，但善于领兵，绝不会胡乱出兵。

辽军计划以易州、涿州为中心，编成进攻遂城的七万大军，其中的主力就是集结在金城东移的两万部队，但这两万部队损兵折将，几近全军覆没。而且，攻击辽军的只是包含三千骑兵在内的六千宋军。

最先浮现在耶律奚低头脑里的，不是从头重新整编进攻遂城的队伍，而是萧太后盛怒发抖的脸。

耶律奚低只带五名随从，先策马进宫。

谒见厅里除了左相萧天佑、右相萧陀赖，还有王钦招吉。

萧太后闭着眼睛听完耶律奚低的报告，在说到两万精兵几乎被六千宋兵全灭时，她的表情也丝毫没变，这反倒更令人害怕。

"是宋军主动进攻的对吗？"

良久沉默之后，萧太后开口，声音干巴巴的。

"而且，六千人全灭了我们领地内的两万人。"

"是这样。"

"宋军有那么强悍吗？"

"从北平寨出发的三千聚拢队伍，加强了防守，从背后袭击我们的杨家军骑兵是前所未有的强悍。"

"等等，从北平寨出发的三千人和之前打败郭兴将军的是同一支队伍吗？"

"没有骑兵，大概是同一支，归刘廷翰指挥。"

"就是说，遂城守备军里集中了宋的精锐？"

"兵力是加大了，但没有情报说遂城守备军是精锐。"

"我收到的情报也是如此。"

萧太后自己也收集情报，常常和军中的情报对照，以此来消除模糊的东西。

"由此来看，只有北平寨的队伍是精兵。"

"规模三千人，只能认为是偶然配备了精锐的队伍。"

"那我们是偶然两次遭受战败的耻辱吗？两次都是一败涂地。"

"是。"

耶律奚低只能低头。

加上周边队伍，遂城守备军有七八万，其中有三千精兵也不奇怪。

"耶律奚低，你觉得宋军和杨家军经常联系吗？"

"与其说联系，我觉得杨家军是受命出动阻止了我两万辽军。事实上，进攻战是从我军开始败逃才开始的，在这之前敌人只是死守。"

"但他们只有三千人。"

阻止两万人，三千人确实是太少了。要是刘廷翰，会派出大军，这才是他以前的做法。

"杨家军的三千骑兵没问题，当然是精锐，问题是北平寨的三千人。"

确实，考虑到两次战败，那三千人有着很大意义。只是，北平寨呈孤立之势，间谍进去有困难，只知道指挥的是年轻将领。

"确实是刘廷翰麾下，粮草都从遂城运送，据说遂城到北平寨有正式的粮道。"王钦招吉说。

为了在遂城被攻之时从侧面牵制围军，刘廷翰在北平寨配置了精锐，还是宋已经看破辽军的进攻路线在遂城以西？

"可能攻遂城时最大的障碍就是那个北平寨了。"

对王钦招吉这个人，耶律奚低既不喜欢也不讨厌。他原本就没上过战场，若他关于作战说点什么，耶律奚低只是保持沉默，也可以说是近乎无视。

"打北平寨的三千骑兵，也许比攻打遂城还重要，太后。应当立即出兵。"

"这太着急了，王钦招吉，要先好好重整队伍吧。"左相萧天佑一脸不快。

萧太后的眉毛突然动了一下，但什么也没说。

"攻击遂城的大军也要重新编制，太后，再快也要三个月。"耶律奚低说。

"区区三千人，我国就没有摧毁他们的队伍吗，耶律奚低？"

"这还是有的，但考虑到国与国之战，这不是大事。"

"两万精兵束手无策被全灭，也不是大事吗，耶律奚低？你不认为这是整个辽军的败北？"

"那两万人在我们自己的领土上行军，大意了，加上袭击他们的是自去年开始一直在苦练的杨家军骑兵队。"

"所以，不算败是吗？"

"败就是败，但不是国家之败。太后，您不要忽略了这一点。"

谒见厅鸦雀无声。

宋军主力集结在国境线之时，耶律奚低有打败他们的自信。那才是国与国之战。

"耶律奚低，我明白你的意思了，是让我冷静。那就冷静吧，但是，我不能无视北平寨的三千骑兵。"

"这个，我会自己指挥，去歼灭他们。请准许我出征。"

"等等，你对辽来说是重要的将军。再摸一摸北平寨的情况吧。"

萧太后绝对还没冷静下来，耶律奚低想，她心里大概非常愤怒，但还没因此胡乱判断。

意外地，脚步声响起。

飞奔过来一个身穿铠甲的青年，仔细一看，是琼娥公主。

"怎么回事，琼娥公主？我应该说过不许你上战场。"

"但是，母亲大人，我听说歼灭两万辽军的是北平寨的那支宋军，我不能坐视不管。"

"所以你就要上战场吗，已经忘了自己差点送命？"

琼娥公主时常上战场，平素喜欢武艺，用剑的话，能打败一般的士兵。但被郭兴带着好不容易回到燕京也只是不久前的事。

"总之，回去把衣服换了，然后等着我。"

"母亲大人，女儿也想雪耻，您明白这一点吗？"

"你不能把这个和上战场混为一谈。"

萧太后的声音带着愤怒和急躁。王钦招吉大概是在担心事态，全身僵硬。琼娥公主不情不愿地出了谒见厅，萧太后的眼睛再次看向耶律奚低。

"立即开始补充折损的两万部队。这个国家的男子全都可以成为士兵，但也有极限，今后不许有这样的败北。"

"马上出兵吗？"

"不，把耶律休哥叫来。"

听到这个名字的瞬间，耶律奚低有得救一般的感觉。耶律休哥的名字一开始就在他头脑里盘旋，但没能说出口。

"我马上派使者。"

"不用使者，传出兵令，给耶律休哥的所有士兵。叫耶律休哥在南下途中来一趟燕京。"

"明白了。是派耶律休哥去对抗北平寨吗？"

"这还没考虑。对于北平寨，只是要报一箭之仇。"

耶律奚低考虑的是，无论如何都要让耶律休哥去打杨家军。他想：步兵四万和耶律休哥的五千骑组合起来，足够能压住杨家军；只要封住杨家军的行动，无论宋军队伍有多大，也不难击破。

"我给耶律休哥发出兵令。"

"他们的马准备得如何？"

"每个兵两匹，共一万匹。"

"耶律休哥说这就行了？"

"是。以前是每个兵一匹，两匹是和禁军骑兵队同样的配置，马也已经驯好。"

萧太后没再说什么，眼睛像是在看着远处。耶律奚低行礼，退出谒见厅。

他向北方耶律休哥的驻扎地派出了快马。

然后召集了在燕京附近的所有将军。在耶律休哥到来之前，应该找找失败的原因。

然而，什么结论也没有。

如果说阻止两万辽军的是精兵，从辽军背后袭击的骑兵更加强悍。

"宋这不是转守为攻了吗，耶律奚低将军？"郭兴说。

耶律沙一脸不服气地抱着胳膊，脸上清楚写着疑问：耶律休哥被召唤，为什么不给自己发出兵令？耶律斜轸闭着眼睛。其他还有华胜、金秀两个年轻将军。

"进入我们的领土或许就是证明，宋大概想方设法要夺回燕云十六州。"

"我觉得宋如果转入攻势，会派出更大的队伍，郭将军。"

"这才是和以前的宋军不一样之处，杨家军加入后，是不是宋的打法有变？"

"无法这么想。"耶律斜轸依旧闭着眼，自语般地说。

"总之，那支队伍行动机敏，没想到杨家军之外还有那样的队伍。"

和北平寨的三千人打过仗的只有郭兴一人，光听他说，大家不知其厉害。

"找不到失败原因啊，耶律奚低将军。"耶律斜轸终于睁开了眼睛。

"与其这么说话，不如做战事准备。刘将军不久后要来，在他那里，不会有行军准备不足、军纪混乱的情况。"

刘厚德掌管涿州、易州的军事辖区，也是这次召集进攻遂城大军的负责人。他在战场上的军功不多，在队伍编制等方面却能发挥惊人之力，也是辽的难得之将。

第二天，军事会议继续。

刘厚德到了，但没谁能解释失败原因。事先等着的三千人是入侵辽领土的敌人，当然要举全军之力歼灭。当时，对背后的防备也没有松懈。

总之，敌人超出预料地强大。刘厚德在拜谒过萧太后之后心情郁闷，说至今难以相信两万部队被歼灭。

"这样的会，开几次都没意义，该准备作战吧，耶律奚低将军。"

耶律斜轸话里透着焦急，耶律沙也跟他一样。

"出兵令还没有下，只能等耶律休哥。"

"那个白胡子能干什么？"

"慎言，耶律斜轸。让耶律休哥出兵是太后亲自说的。"

两个将军年龄相仿，从前竞争意识就很强，如今耶律奚低在军中地位要高得多。

"但是，做好出兵准备，到达燕京，还得花上五天。"

"那也得等，我想看透北平寨的敌人。"

"耶律奚低将军，我很愤懑。"

"我理解你的心情，但是，这是太后决定的。"

耶律奚低能感觉耶律斜轸、耶律沙这些将军们逐渐控制不住的内心，他们已经四十五岁了。

"还有，要考虑怎么补充被歼灭的两万人。"

"关于这个我有话要说。"

金秀站起来说，华胜也同时站起来。

"能把我们加入攻打遂城的队伍吗？我们自信有精锐的士兵。"

二人都是领兵一万人的将军，目光势在必得。

"那燕京的守备呢？"

"希望禁军的一部分南下代替我们，新征的两万人在北边训练就行了。"

攻打遂城的队伍需要精锐，耶律斜轸和耶律沙理所当然成为主力。

"这也是最快的办法。"刘厚德说。

"你们不要光为了立功，说得轻松。"

"耶律斜轸将军，我们为了这个时候，一直在努力练兵。"华胜站着说。

"好了，我也觉得这想法不错，我问问太后。"

二人点头。

"耶律斜轸，你也有过年轻的时候吧，要认可年轻，然后，守护他们的上进心。"

"如您所言。"

耶律斜轸苦笑。历练了如今居于军中中枢的将军们的人是耶律奚低自己，那时他被人们称为猛将。耶律奚低想，在自己历练的将军们当中，还是耶律休哥最出色。

"会议到此结束，我们只有等耶律休哥，大家各自回营。"

战争在继续，之后大概还要打好几年吧，耶律奚低想。

金秀和华胜的事一上奏，萧太后就准许了。两万大军分别去易州和涿州。

萧太后为了阻止要上战场的琼娥公主煞费苦心，这不是女人能上的轻松战场。

给耶律奚低留下的，只有巡视全军一事。

耶律奚低先从燕京北边的军队开始巡视。军纪不错，也没有装备出乱子的队伍，应该是不会打败仗的精锐。

快马发出出兵令的第三天，耶律休哥到达了燕京。

太快了。有人说他可能之前就在半路上，但耶律休哥确实是在自己的驻扎地接受的出兵令。

来不及和耶律奚低说话，耶律休哥就被叫进了宫。耶律斜轸、耶律沙和几个将军与文官们一起等候在谒见厅。

"太快了，怎么回事，耶律休哥？"

"和快马一样，我没觉得太快。因为我们每人有两匹马，替换着骑，赶过来了。我只带了两百骑，大部队由副官率领，两天后到达。"

耶律休哥身上穿着红色铠甲，带领的一半士兵也是红色铠甲。他们被叫作赤骑兵，耶律奚低听说过传言。

"好，你听说情况了吧？"

"我听说北平寨有精兵三千，和杨家军的骑兵队联手，轻易歼灭了我军两万。"

萧太后丰满的脸庞突然动了一下。

"耶律休哥，你的任务是打败那三千人。"

"只是这个吗？"

"只是？"

"太后给了我五千骑。不管多么精锐，区区三千敌人无须用五千骑。"

"哦？那你打算用多少骑去打？"

"现有的两百骑，足够了。"

萧太后的脸又动了一下。

"只是，我不能攻北平寨，我们也不是攻寨的队伍。"

"那是什么队伍？"

"是野战军。我们一直作为夺取太后想要的中原的队伍在训练，所以在原野奔跑，不打攻城战。"

耶律奚低觉得汗从背上流了下来。辽军里没有这么对太后直言的将军。

"你是在说不想打吗，耶律休哥？"

萧太后的声音变得低沉，大家都知道这是发怒的前兆。

"会打，我就是为此飞奔而来。但是，为了用两百骑去打，希望太后给我创造一个条件。"

"哦？什么条件？"

"我想用一万人的队伍把北平寨的敌人引到原野上，这不是要作战的队伍，不必精锐，作战由两百骑负责。"

萧太后发出了低吟般的声音。耶律奚低想：这不是发怒。

"我明白，作战提条件极其不逊，但我想，队伍各有所长，这一点不该抹杀。我的队伍是为野战而磨炼的。"

"知道了。易州有金秀的一万人，你用吧。"

"队伍的指挥权全权交给我行吗？"

"准许这一次。无论如何，你说的是用两百骑打败三千人，就算擅长野战，敌人也有超过两百骑的骑兵。"

"您不必忧心，请等待捷报。"

"好，我赞赏你的气魄，可以根据这次的战果，承认你今后的独立行动权。如果战败而归，就不用回北边的荒漠了，死在我面前。"

"我是武人，死就像个老朋友。比起这个，我更要感谢太后给我出兵的机会。"

萧太后的脸再次动了动。

退下后，耶律奚低立刻把耶律休哥叫到营舍。

"为什么要逞能，耶律休哥？"

他没说耶律斜轸、耶律沙在暗笑。用两百骑去赢那三千人，只能是无谋。

"今后我们和宋会有大战，我的骑兵队想在战时一直有独立行动权。"

耶律奚低想：耶律休哥这是在说，不想归包括自己在内的所有将军指挥。但不知为何，他没感觉到不快。

"这可是打胜之后的事，耶律休哥。"

"杨家军的骑兵没在附近是吧？"

"没有，据说在代州的荒野反复训练。"

"那就能赢。"

"但是……"

耶律奚低把"区区两百骑"咽了回去。谁都以为要用七八天，这个男人一天半就到了燕京。

"我相信你，耶律休哥。"

"相信我的，现在就只有耶律奚低将军是吧？"

"只要你赢了，谁都会信你。"

"我想在中原尽情驰骋，这才是我的梦想。"

也是萧太后的梦想。

这两人有相互吸引的地方——耶律奚低这么想着。但是，有什么东西在阻拦，所以两人之间没能生成坦率的爱，而是爱恨交加。耶律奚低想：自己如今才看清这一点，如果早点发觉，耶律休哥就是全军指挥官，能身临与宋之战。

他看不清阻挡两人的是什么，是萧太后想继续做太后，还是耶律休哥不愿屈服于女人的倔强？耶律休哥笑了，牙齿白得耀眼。

三

易州金秀的队伍规矩很好，却不灵活。耶律休哥想，大概是因为没有实战经验。

"我只要前进到这个地点，摆成阵形就可以了是吗？"

"这回是这样。"

"叮是，两百骑对三千，这……耶律奚低将军叫我一切服从耶律休哥将军的命令，所以，让我不动的话，我就不动。"

"绝不要动。"

"我就那么可信吗？"

金秀满身力气，却是个平庸的男人。战场上若是一万人严阵以待，敌人就不得不在意队伍什么时候动，所以，不动更好。

"我们一起打过仗吗？"

"没有。"

"那就没有可不可信了，照我说的做。"

"所以？"

金秀眼里明显有愤怒，这在作战时没什么用。

"马上出发，金秀，组成不会被摧毁的阵形。我不会因为你被打垮了就去帮你，因为我只有两百骑。"

"明白了。最后再问一句，如果耶律休哥将军被打败呢？"

"见死不救吧，这是战争。"

耶律休哥回到两百骑身边。

即使是在实战之前，兵马都很沉稳。他们一直在重复超乎实战的训练。

"比金秀的队伍先出发。"

先亲眼看看北平寨，耶律休哥心想。

"马只带一匹，赤骑兵拿剑，其他人拿戟和剑。"

这是真正的轻骑兵。铠甲也是，除了必要的东西一律不带。

上马。"休"字旗在寒风中哗啦啦作响。

北平寨在略高的岩石山上。

岩石斜面起着城墙的作用。要攻的话，需以大军包围，断水和粮道，这样攻打的一方不会损兵折将，只是需要时间。

"走了。"

和出发时不同，骑兵队收起了所有旗子。两百骑，看起来也像人数众多的斥候队。

耶律休哥把两百人分成两队，两次跑到北平寨跟前。敌人不会轻易理会挑衅。

队伍有士气高低，再庞大的队伍也可能士气萎靡，这只能在实战的打斗中感觉。

耶律休哥翻过两座山坡，看见金秀的队伍行进过来，骑兵在两翼，行动井然严密，大概平时没少练。金秀的队伍士气还不错，但远远比不上北平寨的队伍。

北平寨周围是原野，离最近的山坡有两里，若是从北面进攻，五里之内是草原，可以尽情策马。

耶律休哥独自一骑站在山坡顶上，看金秀布阵。北平寨大概也在看着吧。布阵没有空隙，士兵行动也不差。

自己是敌人的话，会怎么办？是一直等着，还是奇袭？

看敌人如何行动，大致可以推测北平寨守将的才能。

金秀布阵结束之后大约过了两刻，北平寨出来一支威风凛凛的队伍，骑兵三百，步兵数百一组，聚拢在一起。

他们摆出了正面正式攻击的架势，然后变幻无常地行动，和耶律休哥想的一样。就这样一万人和三千人对决的话，毫无疑问一万辽军会输——光是从山坡上看动作，耶律休哥就很清楚这一点。

耶律休哥举起一只手。

百骑飞奔出去。对手大概会认为这是别动队的牵制，所以会无视。敌将还年轻，是否擅长虚实进退，能从他是否无视这百骑来预测个大概。

百骑聚成一团，突入敌人前卫，敌人开始动摇。这时，百骑已经脱离敌阵。敌人的骑兵迅速应对，行动敏捷。只是，他们把刚才的攻击视为奇袭，想着先收拾别动队。

耶律休哥把一只手伸平，赤骑兵马上来到他背后。

百骑在被追赶，追过来的也是约莫一百骑，同等数量的对决，意味着对手有绝对自信，但他们的骑兵队也无其他行动。百骑像被什么东西炸开一般，分为五队，追赶的敌人显然困惑了。百骑瞬间折返，二十骑一组的小分队反复从敌人背后袭击，刚击倒了五六骑，又飞奔过来敌人的百骑，那行动不是要帮助溃逃的同伴，而是要歼灭紧追不舍的对手。

百骑往回逃，敌人想从两边夹击，却没完全追上。

"还是年轻啊。"

敌将虽然果敢，还是年轻，没有去看队伍的背后，甚至更后面，对自己的强大过于自信。

逃过来的百骑想再次分为五队，但敌人追得太紧，没能完全分开。

敌人似乎看到了机会，加大了压力，快马横向包围过来，阵形渐渐开始松散。马群穿过山坡之下。等待这一刻的耶律休哥举起一只手，红色集团开始行动。

耶律休哥站在最前面。形势发生了逆转。当敌人明白这一点的时候，百骑已经被切断，撞到另外的百骑。抵抗并不顽强，赤骑兵宛如一条巨蛇在动，挡住敌人的前进方向，一个个击倒。

"原来如此。"

对决的同时，耶律休哥自语。这是精兵，眼下中了自己的计策一个个倒下，但如果是正式对阵，自己的兵大概也会牺牲不少吧。六千敌人被戏弄，两万人被牢牢阻止，那是理所当然，耶律休哥心想。

宋军有如此能战的队伍真是意外。他们和杨家军的打法相似，但和杨业、杨延平又有点不同，和交过一次手的杨六郎也不一样。

打败两百敌人没花多少时间。赤骑兵在对手集中的地方如蛇一般卷起，打倒敌人。敌人已经溃不成军。剩下的百骑击倒奋力突围回自己队伍的敌人。

组成阵形的敌人不到三千，一直没动，大概是认为金秀的一万人在伺机而动。光是岿然不动，也可以说是胆量不小。

突围逃走的敌人大概只有五六骑。

耶律休哥就势让赤骑兵突入敌人前卫，如同巨蛇拨开草丛前进。

他看见了敌人的大将。果然年轻，是个面色白净、看似纤弱的男子，正集中精力补救被赤骑兵击败的自己队伍的破绽。

说是后退，弄不好就是溃逃。如果辽军一万人出动，敌人回北平寨几无可能。所以，敌人在尽力保持阵形。

三千人严阵以待，开始一点点撤退。他们已经损失了三四百，只剩下防守。

耶律休哥把赤骑兵聚集起来。

"旗！"耶律休哥说。

高扬的旗进一步动摇了敌人，一部分敌兵开始溃逃。赤骑兵聚成一团，从敌阵中穿过。敌阵垮了，敌兵却没有溃逃，努力聚拢在一起。聚成一团的赤骑兵又变为二列纵队的巨蛇，拨开敌人前进。耶律休哥在队尾。

剩下的百骑从外侧瓦解敌人。

耶律休哥在巨蛇的尾端，盯着敌人的行动。敌人在一边修补漏洞一边后退，只有大将在前才有这种可能。

耶律休哥继续压上。艰难抵达了北平寨的敌人没有立即躲进去，而是背靠大门，迅速摆好迎击的架势，全军由此完成退兵，没受决定性的损失。

"干得漂亮。"

耶律休哥退下全军。这边的损失仅二十骑左右，敌人估计被击倒了近千。

金秀的队伍欢声雷动。

耶律休哥命令金秀的队伍撤退。

"呀，太惊人了，我只是看着，背都僵住了。尤其赤骑兵的行动，和我以前见过的骑兵完全不同。"

金秀的态度和开战之前判若两人。

不管金秀怎么说，还是损失了二十骑，其中还有四骑赤骑兵，而且，耶律休哥本打算杀敌一千五百，也只杀了不到一千。

麻哩阿吉率领的大部队在燕京以南二十里的地方等着。虽是战斗状态，耶律休哥命令队伍在当地驻扎，自己带着五骑回燕京。

宫里也有人看见耶律休哥，就叫他。他不知传回来的战况是什么样子。

萧太后来到谒见厅。

"打得好，耶律休哥。两百骑对阵三千，杀敌一千，远远超过了我的想象。按照约定，我给你独立行动权。"

"敌人确实是精锐，我明白了辽军为何连续败北。"

"两万被歼灭的败北，你用两百骑打回来了。"

"是一万又两百骑。因为有金秀的一万，才能打这样的战。敌人一直在意一万人的动静。"

萧太后微微点头。

她怎么看也不像是四十二岁。耶律休哥觉得她不过三十五六，和自己差不多。

"总之打败了敌人，而且是用两百骑，损失微小。"耶律奚低说。

耶律休哥不觉得二十骑微小。

"说说你的要求，耶律休哥。现在的五千，增加到一万，不，一万五千？"

"只要补充损失的兵就足够了，太后。五千是骑兵能聚集的最大数目。"

"其他要求也可以，比如想在哪里驻扎。"

"应州。"

"想对付杨家军是吗，明白了。迟早会这样。"

"迟早是什么时候，太后？"

"你这种口气总是让我生气，不过这回就饶了你。天热之前。"

"明白了。"

众人被告知移步去宴席。这样的宴席耶律休哥并不喜欢，但也没想拒绝。他能补充损失的兵，有了独立行动权，和杨家军对抗也成为可能。

宴席结束，耶律休哥走夜路回到驻扎地。

搭了营帐，篝火也不少，从两里外的地点开始有哨兵站岗。

麻哩阿吉在等着。

"损失的二十名，已经从士兵里按顺序提上来补上，赤骑兵也补上了四名。"

"明白了。"

如果有人战死，就在队伍里按顺序提拔士兵。提拔谁，耶律休哥事前已和麻哩阿吉定好。从燕京来的二十名补充士兵，明天应该会到。

"算是大胜吗？"

进到营帐，麻哩阿吉问。

"不，我原来预计，损失两三骑，而且应该杀敌一千五百。"

"敌人果然是精锐？"

"可以说相当精锐。进攻勇猛的队伍辽也不少，而他们的撤退简直让人钦佩，那才是强悍的象征。"

"宋军也不能小瞧啊。"

"看样子，他们没有援军从遂城过来，似乎也没派人加急报信，这是因为有自信独自对付吗？"

"北平寨看起来孤立无援，除了有粮道通遂城以外。"

"总之，我们先在这里驻扎一阵，然后去应州。"

"能对抗杨家军的，只有耶律休哥军了。"

"好了。参加过此战的兵，明天休息。"

麻哩阿吉走后，耶律休哥独自一人，再次从头把这一战在脑子里过了一遍。敌人骑兵的行动超乎想象，步兵阵形一再被打乱，却如同被吸住一般一再聚成一团。

这不是一般的队伍，如果有五千人，定会相当厉害。

短时间内，他的视线不会离开北平寨。那支队伍有一种力量，让他感觉如此。

四

夜深了。

四郎终于回到自己房间，脱下铠甲。疲劳像水一样从全身滴落，他倒在床铺上。

他没有睡。让他不能相信自己眼睛的战场情景再次浮现出来。

是耶律休哥军，但只有两百骑。辽军的一万兵力在北平寨正面布阵，但最终那只是迷惑自己的傀儡。自己的注意力被一万兵吸引，没能完全防备骑兵。

然而，那两百骑中的百骑清一色红色铠甲，奔跑起来犹如巨大的红蛇。四郎只能认为那是个噩梦。他奋力不让阵形坍塌，退回北平寨，但看着士兵们在眼前被杀，四郎无能为力。

回来的兵两千有余，近千人没能回来，回来的兵也有将近半数负伤。

这样的失败，父亲和兄长们能承认吗，也许他们都不相信。他们是战无不胜的杨家军。

四郎给代州派了使者。

四郎加强了北平寨的防守，安排了给伤员包扎，清点武具。做完这些之后，他准许士兵进食，回到自己房间。

在士兵面前，他没有表露动摇，回到房间，动摇异常激烈。

为什么上了挑衅的当？在城门前跑过的两百骑行动敏捷，当时要是看见了"休"字旗，应该会慎重一点吧。但是，摆好阵势的一万人看起来只是加固防守，虽然密不透风，却不是立即能抵挡攻击的阵势。

一切都是耶律休哥的引诱吗？六郎曾和他冲撞，那一战受到的冲击藏不住。自己和那个人对决，而且他现在就在不远的地方。四郎实战经验不少，却是第一次遇到劲敌，让他感觉到近似于畏惧的东西。

代州那边没有马上来使者。

四郎想，也许大家在对自己的战败议论纷纷。三千人的队伍被两百骑赶跑，损失了将近一千，这在杨家军是不容许有的败北。

四郎决意自裁。他自幼就被教育，武人就该如此。他甚至没有想象过会败得如此惨烈，这是没有雪耻机会的败北。

四郎派出使者后第四天，六郎带着一千五百骑来了。队伍没有举旗，四郎没看出来，这一千五百骑是父亲在指挥。四郎以为父亲是为惩罚自己而来，见了面，父亲却只是轻轻抱了抱四郎的肩膀。

"对手有一万又两百人，打得很痛苦吧，四郎。战况我已经从使者那儿听说了，先不论出击的是非，损失不到一千、回到北平寨真不容易，而且你没死。"

"父亲，我……"

"什么都不用说，四郎。耶律休哥只是略胜一筹，这微弱之差到战场上会导致大败，明白了这一点，你就会成长一圈。"

"我被两百骑打跑了，打了辱没杨家军名声的一场仗。"

"听好了，四郎，敌人超过了一万。听说那个叫金秀的将军指挥的一万人摆好阵形没有动，但光是在那里，就起到了一万兵力的作用。"

父亲声音冷静，和平常一样，但四郎从这声音深处感觉到了类似温和的东西。

四郎说不了话。六郎在旁边一动不动。

"听说耶律休哥驻扎在离这里不远的地方。杨家军的一千五百骑兵队来支援了，耶律休哥大概已经知道。"

四郎不太明白父亲在想什么，只是失去了表达自裁决心的机会。把剩下的两千士兵交还给杨家军后，随时都能自裁。

"不要被失败之大打垮，四郎。损失一百、损失一千，都是失败，问题是你是否坚持到了最后。你做到了让两千兵撤回北平寨，就这一点，你赢了耶律休哥。"

父亲在宽慰自己——四郎这么想。父亲的话无疑救了四郎。

"四哥，我们给遂城也派了使者，会有六千左右的增援。我也想再一次和四哥一起去打耶律休哥的队伍。"

自己被允许带领杨家军再次上战场了吗？还是六郎也在安慰自己？

"听着，四郎，作战有胜就有败，不要想着雪耻，同样的败法不要来两次。"

"我还能指挥杨家军吗，父亲？"

"北平寨的两千，你不指挥谁指挥？"

打败了的两千——四郎突然想。让他们败的是自己，让他们重新站起来的也该是自己。

"详细战况，我想听你再说一遍。"父亲说。

在营舍的一间屋子里，四郎指着地图，解释刚开始敌人的行动和自己的应对。

此间，一千五百骑杨家军在行动。使者也到了，说六千增援将从遂城过来。

战斗还没有结束，四郎想。如果耶律休哥认为已经结束，就一定有机可乘。

"四郎，去和士兵们一起，谈谈失败。"

父亲吩咐他之后，四郎来到士兵中间，一个个巡视伤员情况。

"这次战败是因为我指挥不成熟，我引以为耻，觉得对不起死去的士兵。"

士兵死了三分之一，将校是二分之一，由此可见，将校冲在前面战斗。在人数减少的将校面前，四郎低下头去。

"将军，我们一直在讨论战败，绝不是因为将军指挥有误，是敌人太狡猾了。就是这样，这是活下来的所有将校的意见。正是因为我们上了战场，很明白是将军的指挥让两千人得以生还。"

"你们这么说，我恨不得找个地洞钻进去。"

"总之，照定好的次序提拔将校吧，跟他们谈谈。"

有将校战死，就会有士兵提升为将校，次序也已细致定好。

四郎和新提拔的将校们彻夜长谈。

到了第三天，四郎被驻扎在原野的父亲叫去。

"接下来要打进攻遂城的辽军。要是歼灭了集结在易州的数万辽军，遂城暂时就安全了。"

"是，父亲。一定要让我们当先锋。"

"我们加在一起不足一万人，而且六千人还是遂城的弱兵。当然，会让你有用武之地，四郎。"

队伍迅速整编完毕。六千宋军聚在一起，三千五百杨家军先行十里，分成许多小队。

传令往来越来越密。

"你绕到易州北边去。给马穿上草鞋，士兵们屏息凝神，夜里行进，白天潜伏在草原。"

那是和辽的国境边上。

　　照父亲的吩咐，日落之后，四郎越过和辽的国境，在暗夜中前行。地形不甚清楚，只能看星星来辨方向。白天也派出斥候，确认安全之后，两千人慢慢进军，有时在草丛里爬着前进。

　　士兵们都不说话，走了两天两夜，两千人到达易州北边。

　　已经约定，四郎从北边攻击是信号。毫不犹豫地，四郎在天亮之前向辽军驻地发起了攻击。辽军有五万人，大部分驻扎在易州城外。

　　在自己领土上遭到来自北边的袭击，辽军立即陷入一片混乱。同时宋军应该还有七千五百人从南边攻打。四郎有别的任务。混乱的辽军往易州城内逃去，四郎的两千队伍趁机混进城内，四处放火。城门也烧塌了，兵舍流言四起，城内的两万兵开始一齐跑出城外，看样子是敌人攻击集中在城内的流言动摇了易州的指挥官。

　　在城外，杨家军的骑兵已经在纵横厮杀。

　　据称集结了五万人的易州驻扎地已经认不出在哪里。太阳慢慢升高。

　　"四郎，收兵，去把涿州过来的辽军援兵拦在路上。"

　　此前的情报是：攻打遂城的辽军集结在易州和涿州，加起来多达十万。四郎在头脑里画出从涿州到易州最近的路线，虽不知道详细地形，但他知道山和山坡的位置。

　　一路奔跑。四郎在当天傍晚到达两座山相连的地方，在两座山的山腰各埋伏了一千人。

　　涿州援军开始穿过山间是在次日黎明前，大约有两万人。

　　一万人过去之时，四郎下令攻击。各一千人的两队拉开距离，开始俯冲。

周围还一片黑暗。辽军一片混乱，停止进军的一万和折返的一万撞在一起。四郎把两千人的队伍聚拢，在混乱中来回奔跑。

天亮的时候，两万辽军朝着涿州溃逃。杨家军骑兵袭击了逃兵。

"四哥，我们去追敌人，追到涿州。父亲命令，四哥往涿州方向再前进十里，摆好挡住敌人骑兵队的阵形。"六郎跑过来说。

打彻底之战应该是自己的本领，但父亲的彻底远远超过四郎的想法。没时间回想打败了两万敌人，四郎进军十里，在草原中埋伏好栅栏。用绳子一拉，栅栏就会竖起来，而且栅栏用的是一头削尖的圆木。布栅栏用五百个人足够了，另外五百拿着弓，横向排开。剩下的兵在弓箭队对面挖陷阱。不眠不休，很快到了傍晚。

令兵传来通知，耶律休哥的两千轻骑兵追赶杨家军骑兵过来了。四郎立即让数十士兵跑出阵形一里之外，给杨家军骑兵指路。烟尘扬起，杨家军骑兵已经近在眼前，照指示的路线跑了过去。

父亲在队尾，在四郎身旁下马。那是一双沉着的眼睛，四郎想。

"追过来的是耶律休哥的两千轻骑兵，不过是副官在指挥。他们不会轻易上圈套，但多少能给些打击吧。"

"耶律休哥不在？"

"即使这样，动作也很不错。你看。"

烟尘在傍晚的光线里靠近，敌人的两千骑兵动静不大，大概是因为聚在一起奔跑的缘故。

四郎甩掉微微向自己围拢的恐惧。

他举起一只手，往下挥去。栅栏一齐竖了起来。敌军有两三骑被栅栏挂住，轻骑兵的反转令人咋舌。四郎再次挥手，弓箭队一齐放箭。几十骑后退到挖好的陷阱，其余的准确无误地从跑过来的地方退回去。

这时，六郎率领的骑兵围攻过来，即便如此，耶律休哥的轻骑兵逃离得仍很迅速。

"再补上几个栅栏，栅栏外侧点上篝火。"父亲说。

四郎来不及想，三千五百的兵力留在这里是否有胜算。

父亲下令撤退、留下阵地是在深夜。杨家军不是去易州，而是往正南进入宋的领土。士兵们屏息凝神，天亮时越过国境。

留下来的斥候来报，在涿州的辽军和耶律休哥军，总共三万人在天亮前袭击了空无一人的阵地。

"这回的战就这样吧。耶律休哥的轻骑兵虽只损失了百来骑，但给了整个辽军不小的打击，短时间内，攻遂城不会如他们所愿了，"父亲说，"四郎，耶律休哥也不是鬼神。对手确实是一支强悍的骑兵队，但也可以用计来戏弄他们。胜败就是一张纸的两面，一点点小事就会改变方向。"

四郎点头。他简直想不起来开战后做了什么，但神奇的是，对耶律休哥的恐惧消失了。

"四郎，让士兵休息，然后，你也好好睡一觉。"

"父亲是为了洗刷我的失败打的这一仗吗？"

"不是为了洗刷战场上的失败，而是为了洗刷你心里的失败。这次是胜了，但只是一面纸的胜利。从外面看，大概是大胜。"

父亲第一次笑了。

五

燕京一片哗然。

耶律休哥在被召唤之前没有出勤，燕京的情况由部下传达。

简直是让人忍俊不禁的完美败仗。而且，正在涿州附近训练的两千轻骑兵由麻哩阿吉率领，也参战了。

因为过度拘泥于北平寨，上次的胜利被放大了。那次胜利，事实上不过是把三千敌人减为两千，集结在易州和涿州的队伍大概是松懈了。

耶律休哥损失了一百四十骑。

"好不容易逃脱了，追击中伏兵出现时，我一下觉得手脚都被捆住了。"麻哩阿吉沮丧地报告。

"我知道骑兵是杨家军。"

袭击易州、给了辽军重创的敌人进而袭击涿州过来的增援，这在平常难以想象。战败的辽军被追击到涿州，把正在训练的麻哩阿吉的队伍卷了进来。敌人仅有一千五百骑，迎击、追击的麻哩阿吉队伍在草原遭遇了伏兵。

"是杨业在亲自指挥？"

"是，不会有错。"

"他们大概从一开始就盯上我的队伍了，只盯着我的队伍。"

损失一百四十骑，对耶律休哥来说是大败。而且，他们立即去草原阵地反击，敌人已经不见踪影。

整个辽军损失了数万，攻打遂城成为泡影。这战败难以想象，结果是数万禁军南下，填充燕京守备。而敌人，不如说杨业，只是盯着耶律休哥军在行动——他的动作只能让耶律休哥这么想。这是让耶律休哥切肤体会杨业这个武将之恐怖的一战，一场败仗。

等燕京的混乱平息下来，耶律休哥在被命令出征之前，只带着赤骑兵，进入宋的领土。

遂城沉浸在胜利之中，这一点光是跑过近郊就能明白。

北平寨牢牢加固了防守，即使耶律休哥打出了"休"字旗也不为所动，还派出了一千兵，背靠城寨严阵以待，准备迎击，冷静地看着耶律休哥不过百骑的队伍。

耶律休哥敢于只带赤骑兵闯入宋的领土，是因为他得到消息说杨家军的骑兵队还留在北平寨以西五十里的地点。

离杨家军驻扎地只有十里之时，耶律休哥感到一股强烈的气息袭来，起了一身鸡皮疙瘩。原本赤骑兵就如同单骑在奔跑，对手的百骑对耶律休哥的动静立刻有了反应。

耶律休哥往北边跑，跑到一个山和山谷相间的地方，这里马匹行动不便，也不容易遭埋伏，他本能地选择了这里。

眼前有一个山谷。耶律休哥站在能俯视山谷的地方，发现对面山顶有大约百骑，打着"杨"字旗和"六"字旗。耶律休哥也打起"休"字旗，隔着山谷和杨家军面对面。

耶律休哥盯着看了许久，发现杨业的身影在骑兵队中央。

耶律休哥想，自己跑到这里，只是为了看一下杨业。也许杨业也是为了这个，仅带百骑追了过来。

一种近似亲切的情感突然包围了耶律休哥。自己应该与之战斗的对手，自己必须翻越的高山，他心底升起畏惧。这是许久没有过的情感。耶律休哥在马背上坐直身子，这似乎传递到了杨业那边。"杨"字旗微微摇了摇。

耶律休哥从身体深处觉得热血沸腾。他清清楚楚地和杨业视线撞到了一起。似乎确认过了这一点，杨业调转马头。如同被风吹过，马群从对面山顶消失了。

即使如此，耶律休哥如同看残影一般，久久看着天空。

"赤骑兵，回营。"耶律休哥喊道。

往北穿过宋领土，回到驻扎地，宫里的传召令立刻来了。

耶律休哥带着麻哩阿吉出面。

谒见厅里，左相、右相等文官以及军中重要将军们已经在等候。耶律休哥并没等多久，萧太后也来了。

"耶律休哥，你怎么看这次的大败？"

"大败就是大败。"

"对手还是吃人的人，但是，不是耶律休哥军也加入了两千人吗，还是输了？"

"我不辩解。正在训练的我的麾下去追袭击了涿州的杨家军骑兵队，没能追上。"

"那不能说是战败，但也没有胜，那可是仅凭两百骑就赶跑了三千人的你的轻骑兵。"

"两百骑能胜，两千骑也能败，这就是作战，太后。"

"我没在问这个，是问你对大败的看法。"

"有谁要被惩罚吗？"

"不能饶了最初在易州打败的金秀的罪，其他还有易州的三个将军，还有涿州的将军们。"

"战之胜败，就是一张纸的两面。这次大败，我有责任，太后也有责任。"

"又是你的恶语吗，耶律休哥。"

"是太后非要问我，所以我也非要说不想说的话。"

萧太后沉默了。耶律休哥感觉到身边的麻哩阿吉身体僵硬。谒见厅里一片寂静。

"你说吧，把想说的都说出来。"

"没有很多话。太后对北平寨的区区三千宋军耿耿于怀，因为这个，我放大话说用两百骑打败给你们看，这是此次大败的开始。"

萧太后久久没说话，看起来在闭着眼睛，这状态持续了很久。

"是说我们轻敌了吗，耶律休哥，因为你胜得过于完美？"

"不只是这样。辽过于引诱宋打小战了。包括我的胜利在内，此前的胜仗也好败仗也好，无论损失大小，都是局部战斗。我不是说不需要局部战斗，但目的应该是决战。"

萧太后又在沉思，这次没有闭眼，但视线却飘在空中。

在场的群臣无一人开口。以攻打遂城的队伍为主，损失超过了两万人，加上上次的败北，马上重新编制遂城攻击军已近乎不可能。

"我明白你的想法了，耶律休哥。你的口气没变，但说的事情似乎没错。你说的局部战斗，是为了把宋军主力集结到遂城附近。关于北平寨的三千人，确实是我太耿耿于怀了。"

"那支队伍看来和杨家军联系非常紧密，而杨家军的骑兵队实力不容轻视。"

"这我知道。"一切都是代州。谁都知道，却不愿承认，这就是眼下的辽。

"让三万禁军南下到燕京，其中一部分可以尽力守易州和涿州，由此，可尽力重新守卫国境。"

"处罚怎么办？"

"你说得也有几分道理，耶律休哥。关于这次战败，不追究任何人的责任。"

"我想把我的队伍驻扎到金城附近。此前我国的战败，跟杨家军有很大关系。现在，压制杨家军是首要任务。"

"燕京的守卫不会薄弱吗，耶律休哥？"

问话的是耶律奚低。这很像他的想法，过于把重点放在防守上。

"如果燕京被攻，那就是决战，而且是在我领土内的决战。"

萧太后的语气很平静。耶律休哥想，宋攻入辽领土之后的决战其实更有利。宋攻辽时，文官会有不和，军内会争功，如此一来，宋军不会同心合力，指挥也容易生乱。而辽军无论进攻还是被攻，都能同心合力。对于宋这样拥有庞大兵力的国家而言，被攻击而战更好，如果敌人攻入宋领土，宋军也会上下同心来迎击。

但是，萧太后能否接受被攻打的屈辱？

"总之，加固国境。至于耶律休哥，近期会派到应州驻扎。"

她说过在天热之前，不会太远了，耶律休哥想。

散会后，耶律休哥和耶律奚低一起被叫到别处。有左相、右相和王钦招吉。

"我此前计划的决战方式不得不变了。左相、右相，立即增加燕云十六州的百姓，而且是年轻男丁。"

在场所有人都知道，增加百姓意味着增加兵力。萧太后在开始考虑领土内的决战。

脑子转得快，眼光看得远，认识现状的能力也突出。耶律休哥在一瞬间想：要是个男人的话……他无法想象。以前令人目眩的美貌，风韵犹存。

"宋的宏愿是夺回燕云十六州。如果我们变弱，宋就会攻打过来。以前我在等着他们来打，现在想改变这想法。当然，我们不是真的要变弱。"

"我明白太后的话了。但是，把百姓集中到南边，北边的生产就会下降。"

"不是长期，最多几年。萧陀赖，我也明白你的担忧，这种时候尽力，也是文官的工作。"

萧陀赖微微点头，低下头去。

"耶律奚低、耶律休哥，整编一支足够强悍的队伍，轻骑兵和普通士兵能好好配合的五万人的队伍，这是燃眉之急。完成之后，耶律休哥去应州。其间，王钦招吉在宋宫中制造混乱，那个国家的文官和武官不和。"

被点名的王钦招吉惊惧地低下头去，没再抬起来。

"听好了吧，五万人之外的队伍负责国境守备，紧要关头，也可以让北边移过来的百姓拿起武器。"

萧太后想采取能想到的最明智的方法。在谒见厅说的话就是个形式，是一开始就想好的。耶律休哥想，城府真深。这都无所谓。终于能和杨业面对面——这一点显而易见，耶律休哥心里只有近似紧张的东西。

杨家将 · 下册

出场人物一览

杨家

杨业——杨家家长，又称杨令公

长子延平——杨业长子，母亲吕氏

二郎延定——杨业次子

三郎延辉——杨业三子，母亲吕氏

四郎延朗——杨业四子

五郎延德——杨业五子

六郎延昭——杨业六子，母亲佘赛花

七郎延嗣——杨业七子

八姐——杨业长女，母亲佘赛花

九妹——杨业次女，母亲佘赛花

吕氏——杨业原配

佘赛花——杨业第二任妻子

李丽——照顾杨业起居的女子，住在代州府邸

杨家家臣

王贵——杨业亲信，文官

张文——杨家部将

袁良——四郎队伍的副将

田旭——四郎队伍的大队长

陈成清——四郎队伍的大队长

方礼——四郎队伍的大队长

宋

赵光义——皇帝，太宗

赵匡胤——先帝，太祖

八王——先帝赵匡胤之子

七王——皇帝之子

潘仁美——宋军元老将军

潘章——潘仁美之子

高怀德——次于潘仁美的将军

高怀亮——高怀德之弟

呼延赞——将军，原独立于太行山，后归顺宋

曹彬——禁军统领

贺怀浦——将军

田重——将军

杨文虎——将军

刘定——指挥禁军的老将

刘廷翰——遂城守将

赵普——老臣，丞相

寇准——年轻文官

牛思进——年轻文官

黑山——间谍头领

辽

萧太后——皇太后，皇帝祖母

琼娥公主——萧太后之女

穆宗——先先帝，萧太后丈夫，年轻时驾崩

景宗——先帝，名贤，年轻时驾崩

圣宗——皇帝，名隆绪，两岁继位

耶律奚低——大将

耶律沙——将军，耶律奚低副官

耶律斜轸——次于耶律沙的将军

耶律休哥——将军，人称"白狼"

麻哩阿吉——耶律休哥副官

耶律学古——将军

耶律高——将军

耶律尚——有皇家血统的将军

郭兴——统领禁军最年长的将军

华胜——年轻将领

金秀——年轻将领

韩延寿——将军

张黑塔——将军

王钦招吉——萧太后亲信，监军，以王钦之名潜入宋

萧陀赖——右相

第七章　前　夜

一

开封的杨家府邸对七郎来说并不舒服，或者说，也许七郎并不喜欢都城。和七郎一起到都城的五郎经常出入内城的花街柳巷，而七郎出门，不是去骑马就是被八王召见。八王的使者三天会来一次。

八姐、九妹，还有她们的母亲佘赛花都比在代州时穿得华丽。

大哥延平和二郎已经娶妻，三郎和五郎完全无意娶妻，四郎仍在北平寨。

六郎开始谈婚娶，他自己似乎也不讨厌。不管如何，对七郎来说，娶妻还很遥远。

开封府简直没有一点战争的气氛。宋给了为攻打遂城而整编的辽军当头痛击，由此辽会保持守势，几年内不会有战事——这么想的不光是文官，连开封府的将军们也一样。

三千部下损失了一千，在开封，甚至没人知道四郎的败北。

"北边会开战，王大人。传言耶律休哥将被派到应州。我不想在都城醉生梦死。"

七郎只和王贵喝夜酒。从他记事开始，王贵一直在父亲身边，七郎对他有对叔父般的感情，对养母佘赛花却没能如此。

七郎的母亲是延平和三郎的母亲吕氏的婢女，吕氏死后，她和杨业生下了七郎。佘赛花是六郎、八姐、九妹的生母。

"我很明白七郎的心情，但你还是应该好好看看，是好是坏，这都是宋的都城，你也应该了解宫中的情况。"

"我经常被八王叫去，但怎么也不习惯那种气氛。王大人习惯吗？"

"装作习惯就行，我一开始就是这样。军中有人并不喜欢杨家，七郎要用自己的眼睛看清那都是什么样的人。"

代州也已是春天，七郎觉得开封的阳光简直已如初夏。在这样的阳光下，真想尽情在原野驰骋。

"虽然年轻，作为有历练的杨家军骑兵队的男人，七郎和六郎已闻名开封。七郎来到开封府的话，大概有不少人想看看吧。"

"我是给人看的吗，王大人？"

"差不多吧。开封就是如此和战争无缘。如果杨将军没建通信中继站，北边的战事听起来就像是别国在开战。"

王贵这是在教自己，国家里有各种样子。七郎觉得都城没什么可学的。

杨家府邸在出了旧曹门的地方。八王叫他的时候，七郎只带两个随从，从旧曹门去宫里。他总是不走大路，而走兵营排列的小路。

"北边的真是乡下人。"

带着十骑的年轻男子碰上七郎时说。七郎被八王传唤，正往宫里走。

"让路。"

"你们才是，别横着走，竖着往前吧。"

"什么？"

对方随从面露凶相。七郎单骑，两个随从手无寸铁。

"你是叫我让路吗，杨七郎？"

"没叫你让路。我不过是说，你排成一队竖着走，就不会挡别人的路了。"

男人咧了咧嘴角，随从杀气更重了。

"真没礼貌，也是，你是代州山里的猴子嘛。"

七郎没有生气，都城就是这样的男人招摇过市的地方，但他也不想沉默着下马。

"把他打下来，该教教他开封的礼仪。"

对方的两骑突然冲出来，从两边夹住七郎。七郎在对方靠近的瞬间，让马直立起来。他的马站直的时候，对方的马背上已没有了人影。

剩下的七八骑一齐冲过来，有人还拔出了剑。七郎横向移动着马，和一个人对剑，抓起另一个人扔了出去，两人同时落马。和第三个人擦身而过的时候，七郎抓住对方的辔头，让马往下冲，骑着的那人兀自飞了出去。

第四、第五骑冲过来时，七郎夺过刺过来的剑，用剑戳马屁股。只剩三骑了。七郎左右移动着马，若没有足够训练，马不会如此移动。见对方迷惑，七郎策马。三骑仍站立不动，七郎有足够时间去戳马屁股。马嘶叫着疾驰而去。

一人呆呆站着，七郎伸出剑，轻轻抽了两次马腹，马于是开始奔跑。踢马腹的话，对方会看见，用剑去抽对方却看不见。

想调转马头的男人缰绳拉得太紧，提起了马头。马直立起来，等四蹄着地，男人已不在马背。

七郎在兵营的小路上前进，四处有人跟他打招呼。

两个随从已经跟在两侧。如同什么都没发生过一般，七郎穿过兵营前面，往右转。去宫里的时候，他总是从东华门进，这样不用在人群中穿梭。七郎在宫殿门卫前下马。

八王叫七郎去的地方五花八门，有私邸、有宫中的禁军府、有练兵场，也有下级文官工作的地方。七郎明白，八王是想让他看看宫里的一切。

这天，七郎被叫到一排高官办公室，进了个叫寇准的年轻大臣的房间。

"你父亲别来无恙？"

寇准的口气不像是高官，很亲切。七郎说了一阵代州，说了攻金城之战、攻易州涿州之战。听说捷报两天就送到了开封，通信中继站起了作用。

寇准中间被叫出去一次，苦笑着回来说："杨七郎，你来这儿的路上是不是发生了什么？"

"对，和堵着道的十骑言语相争，我把他们打下马了。"

"打下马，也就是把他们从马背击落了是吗？"

"是。"

"什么什么，把十骑从马上打下来？这是你一人干的？"八王插嘴。

七郎只是点头。

"那好像是潘章一行。"

七郎听过这名字，应该是潘仁美将军的儿子。当时若知道他是谁也一样会这么做，七郎心想。

"原来是潘章啊。他要干什么？"

"说把人交出去，让他谢罪。"

"哦？跟潘章说，是要把八王的客人交出去吗？"

"已经说了。他没想到是八王叫七郎来的，红着脸走了。"

八王放声笑了。七郎朝宫殿庭院看。有小小的窗，能看见一点树木。

七郎第一个有好感的文官，也许是寇准。

寇准给七郎详细解释了军费是如何筹措的，七郎也由此对宋军的情形了解了几分。

杨家拥有经五台山往北的盐道权益，以此来维持将近三万的兵力。七郎从没计算过什么军费。

"我认为国即是民，军人也是官员，以民税来养。所以，军人为守民而战，官员为民能安居乐业之国而劳心。"

"辽的男子全民为兵。"

"邻国如此，这是宋的不幸。"

"寇大人讨厌战争？"

"讨厌。虽然有时为了保护百姓不得不应战，但不打仗还是最好的。"

"燕云十六州本来就应该是宋的领土，不光是保护百姓，为了夺回领土，也必须打仗。"

"燕云十六州也是皇帝的宏愿，为了收复，我要让国家富起来。"

寇准在解释军费的同时，表明兵力不过是国力的一部分，这大概没有错。但是，看着开封，七郎只觉得没用的东西太多。国家富裕和没用的东西多，这应该是两回事。

"七郎因为是从战场来到都城，才会这么想吧。"

跟八王独处时七郎说起自己意见，八王回答。

"你不觉得，能有没用的东西，也是富裕的象征？"

"不觉得。"七郎马上说。

八王嘴角浮出温和的微笑。

"你的想法不能说全错，但也不全对。"

"是吗？"

"你和我同岁，但成长和生活都不一样。你在战场上有眼光，我也在都城养成了看各种东西的眼光。作战时，无用是恶，而在安稳的都城，当然会有无用的东西。作战不需要唱歌，但是人会想唱歌，有时会想跳舞。"

"八王是在叫我不要目光狭隘吗？"

"也可以这么说吧。"

"我再想想。在都城也没什么可做的。"

"你不像五郎那样出去玩，是吧？"八王笑着说。

"五哥有时懒惰，有时用常人难以忍耐的办法磨炼自己，那是五哥的做法。"

"那你的做法呢，七郎？"

"我必须时时盯着自己，因为经常会看不清楚。"

"你的活法对我来说真是新鲜。我不会叫你在都城玩，你这样就行。"

八王总是到了深夜才让七郎回去。和代州不同，开封夜晚也有灯火，走路的人也不少。

高怀亮到杨府拜访是七郎到都城两个月之后。他的兄长高怀德将军和七郎见过几次，也参加过训练。高怀亮指挥的是别的队伍，七郎是第一次当面见他。

"失礼了。我要去参加野战训练，七郎去吗？待得郁闷了吧？"

他兄长高大伟岸，高怀亮却是小个子，表情丰富。

高怀亮的训练以步兵阵形为中心。他的战术是，不让骑兵冲散步兵，保住阵地，此时如果有自己的骑兵掩护，就能胜。

训练的内容是骑兵两百对步兵两千。

"我给七郎百骑，另外百骑由我的副官指挥。你们来攻我组的阵形，不用手下留情。"

训练用的棍棒代替了长枪和剑，但如果策马冲过去，也会死人。

七郎用了四刻带着百骑四处走，以摸清骑兵的底细。是一支训练到一定程度的骑兵队。

高怀德的副官是个年近四十的高个子男人，大概事先被告知，由七郎整体指挥。

高怀亮的步兵布阵毫无缝隙，也做好了应付侧面和背后攻击的准备。

"你把队伍分成五十骑一队，从正面交互进攻，我从背后突击。"

"确实，这样就成夹击之势了。"

"我的目的不是夹击，是用一列纵队突击。我看那个阵形外面没有空隙，但内部脆弱。"

"原来如此。那我就用五十骑反复攻击。"

演练开始。副官的百骑分成两队交互攻击。匕郎绕到背后。对手已经知道，加强了背后的防守，防御如铁壁一般。

七郎先用三十骑发起三次波浪形攻击，而且变换着攻击地点。当防御铁壁开始变薄时，七郎用十骑组成纵列突击。七郎开始行动时，剩下的九十骑跟上。七郎在前头突破了防御，骑兵接连攻入阵形之中。阵形从内部被打乱，又从正面被攻击，完全坍塌。

演练了几次都是同样，高怀亮一脸凶相，不停训斥士兵，但总出现让对手攻破的空隙。

"我服了，佩服杨七郎的指挥，也佩服在你指挥下我的骑兵能有如此行动。"

"是一支训练有素的骑兵。"

一天训练结束，队伍搭起营帐，四处点起篝火。七郎喜欢这种野营。开封的队伍连野营的时候都有肉吃。

"我没在训练时输过，骑兵三百也好四百也好，我的阵形都没塌过。听闻杨七郎说过，阵形外部没有空隙，内部有。"

"对阵的时候，我先看士气，士气很足。然后我看士气朝向哪里。高怀亮将军的阵形，士气朝着四面，所以，内部是空的。"

"杨将军的武略，我等都无话可说，没想到七郎也能如此用兵，杨家军之强深不可测。"

"高将军。"

"什么事？"

"我要谢谢你。如你所说，我在都城过得郁闷，今天真是心情舒畅。"

"这么说，我算是邀请对了。"

想来高怀亮确实有试试杨家七男本事的心情，或许还想把他打得落花流水。

"开封也有这样的队伍啊。"

"禁军差一点，其他还有呼延将军的队伍，还有我哥的。"

"我放心了，在代州前线可以无后顾之忧地和辽对阵了。"

士兵们开始闹腾，好像酒也拿了上来。这在杨家军是不可能的事。

二

潘仁美想再增五万禁军，申请被拒绝了。

潘仁美在禁军府里侧的居室里长吁短叹。他想把十五万禁军增加到二十万，文官几乎一致反对，主张应该把养五万兵马的费用花在民政上。

禁军可以说是由潘仁美直辖。虽有好几个将军，但潘仁美从祖辈开始就是元老，众人认可他居于高位。

高氏兄弟和呼延赞的队伍不是禁军。他们确实有实力，却不是土生土长的将军。

宋在北边有辽这个敌人，辽是个全民皆兵的国家，而且显然觊觎中原。宋虽兵力远占上风，但有辽阔的领土要分配兵力。

与辽作战，禁军应该是核心，皇帝北征，禁军也理应是主力。收复燕云十六州也是这个国家从先帝以来的宏愿。

等打完仗再充实民政就可以，如果辽军踏入中原，谈何民政。文官不懂这个，只要眼下不打仗就行。

"八王在巡视禁军府，杨七郎一人陪同。"

八王很明白辽的威胁，也认可文官的工作。皇帝一说起战争就只有燕云十六州，深信宋不会败给辽，大概是征服北汉、统一了乱世的自信让他这么想。他也不讨厌民政。

"杨七郎也一起？"

大约一个月之前，潘章在都城大路上出了大丑。潘章显然有错，潘仁美斥责了儿子，但他对杨七郎没有好感。

"八王现在在哪儿？"

"在东边营舍。"

"好，在中央营舍迎接。"

营舍有东西和中央三个，里面有三万兵。宫内不能安置超过十万的兵。

八王被领到中央的营舍。酒宴已经摆好。

"潘仁美，今天我只是想让杨七郎看看宫内的兵。"

"这个我知道，八王。但您如果过家门而不入，我会睡不着觉，还以为是得罪您了呢。请您稍留片刻。"

只要八王再往武将这边靠一点，就能压制文官，剩下的就只是说服皇帝了。

但是，在席边坐下，潘仁美也说不出口。

"你认识杨七郎吧？"

"前几天我儿子被人从马上击落，他有十骑，却被杨家年轻的七郎随意摆弄，真是丢死人了。错在潘章，我严厉处罚过他了。"

"不，杨七郎也有不是，把战场的粗野之气带回了都城。"

七郎在八王旁边低了一下头。

"你是在代州，而且是在打败遂城攻击军之后，有粗野的气概绝不是羞耻，杨七郎。"

"是。"

"你父亲还在雁门关亲自指挥吗？"

"那是父亲的人生价值所在。"

"武士这个词，说的就是你父亲。"

七郎再次低头。这样看，他还像个孩子，却能参加高怀亮的训练，展现出色的用兵战术。跟他相比，潘章在这方面如同废物，丝毫没有要变强的意愿。

"合并北汉后，辽成为宋真正的敌人，我们还没掌握辽军的实情，只有杨家军参加过数次实战。"

"还有遂城的刘廷翰将军。"

"我知道那里是个棘手的位置，但不能说遂城的兵打过足够多的仗。杨七郎，和辽军打有什么感觉？"

"非常强悍，士兵对作战毫不迟疑。"

"就是这个。文官容易认为兵力决定战事胜败，但决定胜败的还有别的，我不得不担忧。"

"我也并非不明白你的心情，潘仁美。"八王插嘴。"但这个国家完成了统一，现在正在充实国力。"

"寇准大人、赵普大人也说过同样的话。八王，我试着站在辽的立场想过，辽会等到国力真正充实了再进攻吗？"

"这问题很难。先不说灭辽，作战目的单是为了燕云十六州，我觉得也永远没完。"

"即使有点痛苦，但现在是竭尽全力的时候。进一步增强兵力，往北压制辽，让他们短期内打不了仗，然后我们再充实民政。"

"潘仁美这么说，你怎么想，七郎？"

"我也跟潘仁美将军一样想，与其一直作战，不如给他们重击，让他们短时间内站不起来。"

八王没说什么。潘仁美不会因为杨家的年轻小子赞成自己而高兴，但总比说反对意见要好。

"八王，我认为近期应该把政事的重点放在备战上，否则，民政不会真正充实。"

潘仁美没说武人也该参与政事。一旦战事激烈，光靠文官，什么都决定不了，到那时，他们会求着自己参与政事。

"潘仁美，今天我是带七郎来好好看看禁军府的。"

"抱歉，我不禁忘乎所以了。杨七郎，你有在禁军府想做的事吗？"

"没有。"

"是吗，你在都城期间可以自由出入禁军府，如果有什么想做的就跟我说。"

"多谢。"

七郎轻轻点头。身为禁军府头号人物的自己在跟地方军阀的小子说话，对方惶恐也是自然。潘仁美不满意七郎的致意方式，转念一想，他是个乡下人。

带路在中央营舍里走了一通后，潘仁美把八王和杨七郎送走了。

"八王好像很喜欢杨家的儿子啊。"贺怀浦走进里间说。

"大概是因为同岁吧，他和五郎不太见面。"

"杨五郎这小子真是个暴脾气，有次在妓院撒野，听说空手打倒了六个禁军的兵，在开封开始出名了。"

"这些都无所谓。杨家不强就没有任何价值。潘章也是，干了没脑子的事。"

"将军，还在生文官的气？"

"有人和杨家的儿子争执，我生他们的气。"

"将军，在我面前，生文官的气也无妨。"

贺怀浦笑了。

他是潘仁美属下最年轻的将军，会打仗，最重要的是忠于潘仁美。

"总有一天，把那些文官们放到战场上去看看，我觉得这时候不远了。"

"把他们放到战场上？"

"我想，皇帝会派兵去收复燕云十六州，而且是亲征的方式。"

一旦亲征，文官中的一半会跟着皇帝。如此一来，就有机会以亲身经历告诉他们，什么是战争。

寇准、赵普他们吓得一脸煞白来求助——光是想象这个样子潘仁美就高兴。武将在战场上豁出性命，文官没有一点儿牺牲，这样的文官不该压武将一头，至少要在知道什么是战争之后再提反对意见。

"皇帝亲征，这还没准儿呢。"

"是吗？"

"我想，皇帝不会马上派出亲征军，要在经历一场大战之后。"

"那就要在别的事情上先下手为强。"

"别多事，贺怀浦。总有一天皇帝会同意增兵五万。"

贺怀浦也许是在代替潘仁美，经常和年轻文官唱反调。对于土生土长、受文官青睐的将军，他也不怕说坏话，对曹彬将军就是如此。

最近，贺怀浦也经常说杨业的坏话，说他为了建设通信中继站去巴结文官。确实，杨业对待文官的交涉方式和执拗，潘仁美看着也觉不快。但是，中继站建成了。潘仁美想，就算寇准和赵普不行，也有必要拉拢某个高官。

他想的另一件事是，自己没有能干的心腹，贺怀浦也是个眼光并不开阔的武将。

回到府邸，潘仁美从间谍那里收到几个报告。是他放在开封府中的间谍，给他传递开封的传言和风评。

皇帝手下有个叫黑山的间谍头领，手下有两百人。开封以外的情报，黑山足以提供。潘仁美要是想调查什么，也可以唤黑山他们。

人们对他的评价不太高。在禁军里，评价最高的是曹彬。潘仁美想，这也没办法，站在顶点的人，评价不会好。

潘仁美的府邸在靠近宫殿西华门的地方，虽没有皇帝赐给杨业的府邸那么宽敞气派，怎么说也是在城内。杨业的府邸在旧曹门外，本身有"旁系"之意。潘府在内城的所有府邸中是最大的，北边的一部分是潘章在用，仅这部分也比其他将军的府邸还大。

文官住的是简陋的府邸。武将一到作战时，原野就是睡觉的地方，在开封的时候应该住气派的府邸。

情报从代州经中继站传来是在初夏。

耶律奚低的五万人马驻扎在金城附近，与此同时，耶律休哥的轻骑兵移动到金城西边。

皇帝召集禁军的将军，问他们辽军此举之意。有人说是要展开新的进攻，说是防备杨家军的人最多。

说起耶律休哥的轻骑兵，很多人有近乎恐怖的感觉，这种感觉全都转移到了杨家军。

这不是坏事，潘仁美想。杨家军只有压制住了敌人的精锐队伍，才有存在意义。杨家军和耶律休哥的对决也令人期待。

杨家兄弟准备回代州。

本来照例要留下一两人当人质，但旧曹门外的杨家豪宅里有杨业的妻女，她们可以当人质，潘仁美心想。

皇帝把杨家兄弟叫去。

在谒见厅，文官和武将各有十几人。

"耶律休哥的轻骑兵有那么厉害吗，七郎？"

"是，可以说极其强悍。"

"你和六郎一起训练的杨家军骑兵也赢不了他们？"

"正式对决的话，赢不了。"

"哦？"

"战场上，正式对决并不多。"

"你是说，巧妙用兵，也可能赢？"

"战场上，没人想输。"

"嗯，朕真想看一次耶律休哥的骑兵。五郎怎么看耶律奚低的五万部队？"

"光是杨家军就能打败他们，如果耶律休哥的轻骑兵不掺和的话。"

"耶律休哥听说是全身白毛，所以被叫作白狼，朕也想见见他。"

"见到时已经被他的剑顶着胸口了——听说就是这样的男人。我和七郎还没见过他，但父亲和几个兄弟和他交过手。"

之后继续谈论辽军。辽是以战争立国的国家——杨五郎清楚说出了潘仁美想说的话，但文官们似乎不太明白。

皇帝给杨家兄弟各自赐剑，拜谒仪式结束。兄弟俩和八王一起被皇帝叫到私人房间。潘仁美在意的是，有没有文官被叫去。

除了禁军的将军，潘仁美召集高怀德和呼延赞，在禁军府的中央营舍开会。

"辽军主力部队集合在金城周边，现在的情况只是这样。"

"果然和杨将军传来的消息一样，应该注意耶律休哥参战。"呼延赞说。

没有人能清楚地说：五千轻骑兵能有多大威胁？遂城的刘廷翰以前来过有点夸张的报告，说耶律休哥的轻骑兵能匹敌十万大军。

原先的情报是，耶律休哥得罪了萧太后，被流放到边境的驻屯地。现在他杀了回来，比耶律斜轸之流要可怕得多。

潘仁美在考虑借此机会再次申请增兵五万，全部放在自己麾下。

要是不赶跑金城的辽军，燕云十六州只会远离——这个说法对皇帝应该有说服力。

金城此前两次有大军集结，杨业是在打败敌人之后才报告的。这次，敌人只是陈兵，杨业就来急报，还叫回了两个儿子，这大可理解为会在皇帝心里埋下不安。

"这大概是说，光靠杨家军，对决的时候可能无法应付。杨将军这可是急报。遂城的刘将军之前被杨家军救过，却没救过杨家军，也许杨将军是在期待开封府的增援。"高怀德说。

还是需要增兵五万。如果把现在的禁军调五万去北边，开封就薄弱了。

可以向皇帝报告：军中都在希望增兵。借此机会，要一下击碎文官向民政的偏重。

三

战事不远了，杨业想，而且大概是决战的规模。

开封府里，大概是文官在为回避战争奔走，以潘仁美为首的禁军在宣扬主战论。这场较量中谁能胜出并不是问题，问题在皇帝心里。

人们都说皇帝致力于民政，但杨业感觉，他在心底时时记挂着何时夺回被辽抢走的燕云十六州。

所以，何时开战取决于皇帝何时感觉到战机已到来。

为攻击遂城而整编的辽军两次被击败，辽被逼把主力派往应州，还出动了耶律休哥。

皇帝有感觉到战机的急躁，统一了乱世，只剩下燕云十六州待收复，似乎更加煽动了这种急躁。

急躁未必是坏事。错过了战机，辽无疑会恢复气力，这是个民不尽则兵不尽的国家。

"延平，去看新兵训练。"

在北平寨，四郎损失了一千士兵。从雁门关的大部队里抽调补充力量，重新召集了一千几百士兵，以延平为主，儿子们在训练。

杨业在代州府邸过了一段久违的安静日子，身边有李丽细心照顾。耶律休哥被派到应州，辽的态度明朗，杨业在一定程度上安下心来。杨家军吸引强敌的使命结束了。

"什么时候，父亲？"

"三四天内。"

新兵训练结束，杨家军会回到常态。七郎的骑兵队开始有了富余的马匹，四郎听说也和补充的士兵熟识了。

杨业把李丽放在身边，他不觉有个预感：李丽是最后一个女人。他只想抱着年轻的女人。住在代州城郭的七郎母亲风韵犹存，他有时会过去抱抱。六郎的母亲是他现在的妻子，和两个女儿在开封府邸。

延平和二郎已娶妻生子，杨业光孙子就有了三个，但都还年幼。把孩子们抚养成杨家的男儿，是各自父亲的工作，孙子们来杨府，杨业会疼爱，但不会去教育。

"还没怀上孩子吗，李丽？"

李丽十九岁成了杨业的姜，现在已经二十二岁。

"我觉得可能怀上过一次。"

和儿子们的母亲相比，李丽苗条娴静。儿子们的母亲都是身体强壮、性格刚毅的女人，不能说是美丽。被温柔的女人吸引，在杨业这里，李丽是第一个。她的皮肤非常白皙，被抱着会全身潮红，这对杨业也很新鲜。在以前，他觉得抱女人就是为了生孩子。

李丽有两个婢女，但她从不把照顾杨业的事交给婢女。

这次的战事走势如何，杨业看不太出来，这和看不出皇帝内心一样。皇帝经常倾听文官和武官的意见，但他不会让任何人看懂自己真正的内心。他也许会跟八王说些什么，但八王不会轻率地跟别人说。

"听延平公子说，辽的厉害队伍来金城了。"

"没错，战斗会越打越激烈。"

"这样的话，将军就一直在代州，不去都城了吧。"

李丽不会去想杨家军会败。

"你不想去都城看看吗，李丽？"

"我在代州生代州长，所以喜欢这里。冬天荒凉，家里格外温暖，夏天火热，水凉凉的很舒服。春天和秋天非常宁静。"

"都城很华丽呀，饰品、衣服，吸引女人眼睛的东西很多。"

"没怎么想过，我只是喜欢代州这个地方。"

"是吗，小子们有喜欢都城的，也有讨厌的。"

"将军呢？"

"我还是喜欢代州。"

都城累人，甚至让人不安：各种念头交错，会迷失自己。人和人之间的争执尤其麻烦，文官和武官总是对立。

"哪天去一次都城就好，会在心里留下点什么吧。"

在府里，杨业总是很舒服。平日一身铠甲，在府里穿着丝绸衣服。但是，这种舒服的感觉只有两三天，他马上会想身穿铠甲，怀念原野的尘土。

杨业带上五十骑去雁门关是此后不久的事。

雁门关并不是个大的城寨。城寨大了，需要的守兵也多。人少就能守，而且坚固无比，这才是杨业理想的城寨。

所以，杨家军的半数总是在原野上野营，或者住在营帐里。如果有过于舒服的床，就总会想回去。兵就是这样，让兵想回去的，有故乡的家就够了。总有一天能回去，这也是气力的根源。

新兵训练顺利完成。

在这种事上，延平很有本事。他在战场上不算出挑，但在把握士兵方面是兄弟中最出色的。

"听说国境线上时常有辽军出现？"

"他们是在侦察，没有要侵犯国境线。而且，是耶律奚低的队伍，耶律休哥的轻骑兵没有露面。"

有情报说，耶律休哥得到了辽军唯一的独立行动权。如果这是事实，耶律休哥的非凡会立即反映在实战中，他不必取得上层和燕京的准许再行动。

杨业并未从开封府得到独立行动权，不过，因为和开封府有距离，他可以在行动之后再报告。

以耶律奚低为主将的金城辽军再次增强，达到了七万人。辽这个国家，给人的感觉是：无论怎么打仗，兵都会从草原上冒出来。

杨业检查了新兵训练，巡视了杨家军布局。只有在北平寨的四郎的队伍，因为距离太远，只能听之任之。

开封府来了紧急使者。

皇帝通知杨业整编大军。似乎不是武官在和文官的角力中胜出，大概是皇帝心里一直有北征的想法，燕云十六州从没离开过皇帝的心。而且，辽的萧太后一直空着都城上京临潢府，几乎可以说以燕京为都，这也伤了皇帝的尊严。

杨业想，大概是要一口气打到燕京了吧。两次击败遂城攻击军，看来给皇帝打足了气。

如果要挺进燕京，杨家军极有可能要被派去压住金城，这就是和辽军主力对峙了。

只是，大军从开封府出发还要相当长的时间。杨业不打算改变杨家军现在的部署。

"都城那边判断现在有气势了？"

张文来到雁门关说。在杨家军中，他是个经验丰富的将军，都城的难事全都由王贵处理，张文可以一直跟在代州。

"要说气势，我觉得只是杨家军有气势。"

"杨家军不是用气势作战。真要开战，气势最不可靠了，无论耶律奚低还是耶律休哥都一样。"

"根本还是皇帝想收复燕云十六州的宏愿啊。"

"只能这么想了。"

而辽把燕云十六州视为本国的延长线，一旦失去，他们只能被压制到北边的荒野去。

"要来大战了。"

现在开封府开始整编的十五万部队大概是头阵，曹彬任统帅说明了这一点。第二阵的规模将近十万人，应该是潘仁美统帅或者皇帝亲自出马。

"曹彬将军的十五万人里，把几万遂城守备军也加进去了。"

"可以说，原本就是为了这个才增强了遂城的兵力。"

"果然是大战。"

从哪里进攻燕云十六州，是首要问题。从应州一带开始进攻，还是直取燕京？

杨家军自从归属了宋，就一直在和辽作战。在北汉的时候，杨家军的对手大多是宋，而比起宋，辽要厉害得多。

四

宋在整编大军的情报马上传到了耶律奚低耳边，当然也传到了萧太后那里，耶律奚低两次被叫到燕京。

萧太后在猜测宋军的意图。整编大军的目的是为了摧毁整个辽国呢，还是只是为了夺回燕云十六州？

间谍的任务，比起打探宋军兵力和构成如何，更要紧的是调查兵站准备到了哪一步。综合搜集到的所有情报，萧太后得出的结论是：宋的目的是夺回燕云十六州。

耶律奚低觉得现在不是开战的时候，而萧太后从一开始就下定决心：对手就是盯着这种时候。

每次和萧太后说话，耶律奚低都不由得感觉自己开始老了。他的想法总是朝向安全、再安全的方向。他屡屡想到，也许还是辞去辽军总指挥的职位比较好，但现在的情况也不允许。

"萧太后认为，十五万人是第一波。"

回到金城，耶律奚低把耶律休哥叫来。

"当然，十五万人也好，二十万人也好，都是模糊的。我觉得，加上代州的杨家军，会大大超过二十五万人，可能将近三十万人。"

"现在的辽能招架得住这样的大军吗？"

辽军在金城周边忙于训练新兵。当然，都是以前训练过的兵，短期就能练完。

"我觉得是在困难之时要面对大军。"

"不会有问题，"耶律休哥轻松地说，"如果在我们的领土上打，是给宋军巨大打击的好机会。"

耶律休哥说得若无其事，口气就像看到了战事的走向。

耶律斜轸和耶律沙在北边继续拼命整编军队、练兵。即使如此，耶律奚低还是觉得无法抵抗宋的大军。当然，耶律奚低也知道打仗不光取决于兵力。但是，为攻击遂城整编的队伍此前被少数敌兵打败，那大概是杨家军，也无疑是宋军。

"就算是三十万宋军入侵，所有的山河，所有的原野，不都是我们的伙伴吗，耶律奚低将军？"

"你想得轻松，这正说明我老了吧。"

"是立场不同。"

耶律奚低觉得耶律休哥眼里闪过一丝同情的光，于是挪开了视线。在燕京，萧太后也想知道耶律休哥是怎么想的。

"等宋军阵容齐整，燕京那边会频繁发令让我面见，商讨兵力布局等事宜，我想让你同去。"

"这种事就交给耶律奚低将军了。我没准儿会说走嘴，得罪人。"

除非有萧太后的命令，或者耶律休哥同意，否则不能带他去燕京。给予耶律休哥的独立行动权就是如此。

萧太后的女儿琼娥公主和耶律休哥谈婚论嫁一事，不知不觉在燕京流传，又不知在什么时候消失了。

耶律奚低难以想象耶律休哥娶妻。他是独自在原野奔跑的白狼。

"作为武将，我开始老了，如同郭兴将军。我觉得自己在做判断的时候，总在选择确实的东西，这对作战绝非好事。"

"如果您明白这点，就没什么可怕的。"

耶律奚低不知耶律休哥的自信从何而来，是来自培养了无比强悍的傲人骑兵队，还是没打过一次败仗？

耶律休哥的战绩确实辉煌，但自己打过的仗是他的四五倍，也没有过败仗。耶律休哥自从得罪了萧太后，一直在北边的驻屯地专心练兵，可以说数年之间连打败仗的机会都没有。即便如此，自己还是要靠耶律休哥，这不得不让他困惑。

"你老了会是什么样？"

"这个我不知道，但耶律奚低将军不是只比我年长十一岁吗？"

确实如此。郭兴要年长二十岁。

也许自己是早早被衰老袭击了——耶律奚低确实有这种念头。他比杨业还要年轻几岁。

"总之，恕我不去燕京，耶律奚低将军。也没有非去不可的理由。"

"你想经常上战场吗，耶律休哥？"

"那也是武将的梦想。"

"是啊，大概如此，我可能过多牵扯辽的政事了。"

"确实，辽现在是紧要关头。有北汉的时候，能时而和宋结盟，时而和北汉联手，现在只剩下辽和宋了，但不能互相承认，共同生存。萧太后性格如此，宋主也只想着收复燕云十六州。"

"战争是必然的？"

"我是这么想的。现在我觉得，这种时候，我不只是在北边荒漠苦练，而是能指挥有独立行动权的队伍，作为武将这是幸事。"

近来不光是金城附近，连燕京都飘荡着前线气氛，耶律休哥看起来很享受。

"总之，我的轻骑兵能迅速移动到任何地方，如有命令，也可去宋领土。"

"你不是有独立行动权吗，耶律休哥。"

"那只是在战场上。队伍的布局等等，我会听从将军的指挥。独立行动权是为了在实战中避免错过战机吧。"

耶律奚低不太能理解萧太后给他这种权限，他甚至想，若是败局已定，耶律休哥岂不是可以随意逃走。不过，萧太后虽是女人，却有着经验丰富的将军都无法匹敌的军事眼光，而耶律休哥毫无疑问是个军事天才。

王钦招吉来到军营是在宋军准备充分、即将开战的流言开始流传之时。

耶律奚低有详细情报，知道宋军一个月内还不会动。不是集合兵力就行，宋军最少需要维持大军的军粮。

话虽如此，宋军屯集军粮的情况可谓异常，各地粮仓几乎为之一空。据说小麦收成好，稻米也连年丰收，民间有可观的谷物流通，备荒用粮不断变成陈粮。以这次大战为开端，囤积的粮食也许可以用在与辽的决战中。军粮一点点往北运，不断集中到国境上的各地。

"我要去一趟宋，耶律奚低将军，这段时间见不着您了。"

"是太后的命令吗？"

"不，是我向太后申请的。"

王钦招吉可能打算只身潜伏，至少这个男人的警戒本事无人能及。

"在宋我会用'王钦'这个名字，所以将军可能也会听到有关我的行动。"

"王钦，这个名字在宋也不奇怪。"

"宋是文官之国，而且，宋帝也慢慢老了。"

宋帝有个人称七王的儿子，先帝之子八王在宋声望很高，现在的宋帝是先帝之弟，因八王年轻他坐上了王位，所以在宋帝心里，应该有意让位给有声望、资质高的八王。然而，无疑也有想拥立七王的势力。就是说，关于帝位继承，内部纷争一年年在滋长。

事实上，宋帝尚未决定太子人选。

"是吗，王钦招吉要亲自潜入宋啊。"

"间谍难以混入文官之中。"

必须有学识。王钦招吉虽不是大臣，只是萧太后亲信，但即使和辽的其他文官们相比，学识也堪称第一。

"太后的梦想是称霸中原，所以首先要死守作为立脚点的燕云十六州，一边死守，一边削弱宋军，这样就能开辟道路。"

"最大的障碍是杨家军啊。"

"所以要在宋内部孤立杨家军。杨家名声显赫，在宋会被视为异端，以前在北汉就是如此。在我看来，不管宋土如何，杨家融入不了文官、武官之中。"

一年、两年，也不是不行，耶律奚低想。

耶律奚低给了王钦招吉一匹马，两人在国境附近的原野上奔跑，二十骑随从远远跟在后面。

"从这里往北，是满地石子的荒野，往南，是草原。我总是在想，如果得到南方，辽会是多么富庶的国家。"

"总有一天会得到的。就算是为了太后，我也会开辟道路。到那时，将军就竖起'奚'字旗，在最前头前进。"

耶律奚低不知道请愿潜入宋国的王钦招吉心里是如何想的。此前，他对王钦招吉既不喜欢，也没有兴趣。

"将军今后的军功全都取决于白狼啊。"

"白狼啊，不过他有独立行动权。"

"前提是在将军麾下行动。让他尽情去作战好了，他总是自己扑向敌人最强的地方。"

从性格来看，耶律休哥也是如此，而且没有想指挥整个辽军的野心。指挥如自己手足般行动的五千人队伍，对他来说就足够了。

到处可见五颜六色的花，原野迎来了初夏。此后会是炎热的季节，也会下雨，原野也会短暂地充满湿润和阳光。

如果土地再肥沃一点，开垦旱田也不难，但只能放羊，而且要寻找水草游牧。从这儿往南，更狭小的土地能饲养更多的羊，还能收获很多农作物。

"南方真好啊，王钦招吉。"

"再等等，将军。"

耶律奚低在脑子里浮想南方的丰饶土地。

五

北平寨不时被敌人攻击。

却又不是正式攻击。四郎觉得敌人是在试探北平寨的兵力以及士兵实力。

遂城守备军中的四万人加入了曹彬的北征军。遂城兵力变弱，刘廷翰甚是不安，经常往兵力仅有三千的北平寨派使者，也没有什么大事，只不过像是在确认四郎是否一直驻留在北平寨。因为送来的军粮和武具绰绰有余，北平寨现在有五百骑兵，都是良马，四郎不断有了自信，即使对手是耶律休哥的轻骑兵，自己也能坚持一阵。

四郎有更担心的事。

在国境以北二十里的地方，驻屯着一支约五千人的军队。这支队伍和国境之间，有两万人分成三队摆开阵势。

怎么看这阵势都像在保护五千人的队伍，而频繁侵犯国境的也是他们。他们兵分三路，即使侵犯国境被迎头反击，也能保持阵势退兵。

有一次，四郎带着十骑悄悄越过国境，想确认敌人进攻的目的。

在进攻队伍的背后，是五千人的队伍，从旗子只能看出是辽的禁军。五千人的中央，有被骑兵围住的一点，想必那里面的人是带领两万五千人的大将。

四郎在高处看，见那大将是个小个子，却骑着良马，被精兵守着。

四郎不情愿地回想起来，是那个落入自己圈套、差点被打败的大将，是个女人。是女人这事出乎四郎意料，让他错过了机会，敌人的二十骑趁机带走了她。

那支队伍也有苦练过的一队精兵，当时如果正式对决，可能折损不少。

究竟是谁？

这个疑问在四郎脑子里挥之不去。他不是想取上次错过的对方首级，比起与之争斗，想知道她是谁的愿望更加强烈。

一口气打过去、击溃五千人的大本营并非易事。所以，也不能在混乱中确认对方是谁。

辽的萧太后有个女儿叫琼娥公主，据说是个喜欢作战的女将。这只是传言，即使问抓到的辽兵，也弄不清楚。

曹彬的北征军在顺利部署，看集中在国境附近的军粮也能知道这次的北征有多大规模。在四郎看来，这些军粮够三十万大军吃上一年。

但是，四郎并没有大战在即的紧张感。反正宋军会把杨家军用在最危险的局面中，对此，父亲杨业大概会毫无怨言地服从，奋力苦战。

四郎不喜欢宋这个国家，他觉得和北汉一样，杨家军被用得残酷，终会疲惫。

就算杨家军不能自立、建国，也可以和辽联手，先压倒宋，到时就会有建国的余地，就可以建立国家，一点点扩大版图。

四郎没跟父亲说过这种想法。他跟长兄延平说过，延平似乎当他是在半开玩笑。

现在，四郎对辽多少有不同的想法。他想和耶律休哥打一次，不考虑多余的谋略，只是想两军相战。

他曾被耶律休哥打得一败涂地，同时也被伤了自尊。想要一雪前耻，这大概是出自流淌在身体里的武人之血吧。总之，只有跟耶律休哥，他想再战一次。

四郎和袁良一起巡视北平寨的防守。自从被耶律休哥打败之后，四郎把袁良视为副将，因为他痛感一个人的眼睛有看不见的东西。

袁良比四郎年长六岁，是三个大队长之一。袁良升为副将之后，四郎把田旭提为大队长。四郎和陈成清、方礼及袁良三个大队长经常开会，也是在打了败仗之后。

"辽军又在挑衅般地侵犯国境。"

"如果太靠近我们，就出兵迎击，袁良。虽说此前他们都会退兵，但不可大意，要擦亮眼睛看入侵的规模，让斥候队好好打探。"

"已经在照办。"

袁良是个冷静的男人，四郎在和耶律休哥一战时就知道了，袁良在打败仗的时候尤其冷静，拢兵又快又严密。在这之前，四郎觉得他当个大队长就差不多了，但人会有隐藏的能力，这一点，四郎也是在那一战中学到的。

"我想用两百骑去北边转一圈看看，你觉得如何，袁良？"

"是担心那支军队吗？"

"我不会冒失上套的。"

"我觉得他们确实过于执拗，没有什么意义。"

"曹彬将军北征在即，哪怕光知道是哪支队伍，我也想确认一下。"

不只是这个理由，是在意战场上那个女人，但四郎对部下还没到敞开心扉有话直说的地步。

"全军佯动吧，如果四郎将军往北去的话。"

"你没异议吗，袁良？"

"最近实战少，士兵的紧张感可能松懈了，这在训练中看不出来，我觉得该让他们上战场了。"

"对方挺强悍啊。"

"去碰弱旅也没什么意义，四郎将军。"

"好，如果你也赞成，我就试试。给我挑两百骑吧。"

"四郎将军变了。"

"有吗？"

"以前你几乎不征求部下的意见。"

"是因为打败了吧。"

听四郎这么说，袁良微微点头。

两百骑马上准备好了，还有士兵的夜行工具和马的草鞋。要在敌阵中夜行。

"如果什么都没发生，三天后开始佯动。派谁去接应穿过敌阵的将军呢？"

袁良是总指挥，方礼的队伍善于收兵。

"方礼可否？"

袁良似乎猜透了四郎的心思。四郎沉默点头。

深夜悄悄出发。

四郎绕大圈子往西迂回，等到斥候队的报告之后越过国

境，天亮之前朝北走，天亮之后挑石头山的阴影藏身，一路严
格放哨。月亮高照，盯着看，感觉会被吸进去。

两天里一直往北，离敌人大本营还有约二十里。士兵们几
乎不说话，哨兵的信号也只是用树枝轻轻敲打。

等了一整天之后的早上，敌人有了行动的迹象。袁良开始
佯动。

"扔掉马嘴里的草，马的草鞋也脱了。"四郎这才下令。

"大家听好了，一会儿要打的仗不是为了歼灭敌人，是为
了动摇在国境两边和我们对阵却坐着不动的敌人。曹彬将军即
将北征，北平寨也要随时准备往北去，这就是准备之战。"

这不是檄文，四郎原本在战前也不会下檄文。

"好，出发，分成各一百骑的两队冲入敌阵。"

全体上马，扔掉多余的粮食和水。

前进到离敌人背后五里的时候，四郎下令一齐奔跑。马上
就看见了敌人，因袁良的佯动，敌人在出动，五千人的大本营
看似孤立。这是在辽的领土，辽军似乎并不慌张——四郎一边
奔跑，一边如此感觉。

敌人的哨兵发现背后冲过来的两百骑，打起大鼓。这个时
候，四郎已经冲到能看见敌人脸的地方。

四郎切入敌阵正中，没想杀敌，只是打翻阻挡的敌人。

中间有一团骑兵，被步兵阻挠了行动，四郎朝中间切去。

骑白马的小个子大将，四郎只看着她。敌人骑兵的阵形乱
了。四郎和白马并行，伸出胳膊，压住敌将的身体，另一只手
揪下头盔。黑发掉了下来。好看的女人——四郎边跑边想。

敌人的骑兵拼命追过来。四郎把头盔抛向空中，用剑尖挑

住，朝女人看去，微微一笑。女人的眼睛射箭般看着四郎。

"第二次，"四郎叫道，"女人不要上战场。这个，我代替首级拿走了。"

敌人靠近，女人骑的白马离去。方礼的队伍突奔过来，四郎朝着他们奔去。

"有折损吗？"

四郎一边撤退一边问。

"没有，但也没有杀敌。"有人说。

方礼撤退得漂亮。敌人也没有穷追不舍。

虽然没有折损，但也许是奇袭引起了敌人的重视，第二天，他们后退了十里。

"大将果然不同寻常，那一点奇袭，附近居然赶来一万人增援。"

"你说是谁呢，袁良？"

"大概是琼娥公主吧，一直有传言说萧太后的女儿在战场上跑。"

"琼娥公主为什么上战场？"

"不知道，但那支队伍的目标无疑是北平寨，虽然没有发起总攻。"

那个女人是萧太后的女儿啊，那就是和自己最遥远的人了，四郎想。辽王朝和杨家，丝毫不会相容。

在北平寨的居室里，四郎经常盯着抢来的头盔。她为什么要上战场，为什么一直执拗地光盯着北平寨？

即使睡着了，四郎也好几次梦见如黑色花瓣般飘落的头发。

自己这是怎么了？醒来的时候，四郎一直想。

长兄延平带着五千兵来了。遂城有辽军压境，延平这是去增援。四郎久违地见到了"杨"字旗。

"听说你和部下亲近了许多啊，四郎。"

兄弟中四郎只喜欢延平，但他的性格过于宽厚，有时四郎感觉他有点胆怯。

"但你闷闷不乐啊，从小看着你，我很明白，你有这副表情的时候，多半是有什么事。"

四郎不禁想：说一说，没准儿就明白自己是怎么回事了。作为听众，延平最合适，四郎觉得什么都能跟他说。

但那是辽王室的姑娘。

四郎没能直接跟延平说，只说了攻入辽境内时，碰见一个穿戎装的奇怪女人。掀掉女人的头盔，黑发像花瓣散落一样落下，现在还时时想起——他只能说这些。

"我可能是累了，大哥。我很在意战场上碰见的女人，是因为她是女人吧？"

延平盯着四郎。

"你还会跟那个女人见面吧，四郎？"

"不知道，也许还能见，到那时，我会毫不犹豫地砍下她的头。"

"说什么呢，不能那样，不管如何都要把她抓回来。"

"抓住吗？"

"当然，不要伤着她。辽的女人，你总会在意几分，这样也是没办法。"

"这是怎么回事？"

"你自己没注意到吗，你小子，这是恋爱了，也就是说，你被那个女人迷住了。"

"不会吧。"

"她是敌人，你心里不愿承认，所以才会闷闷不乐。敌人也没关系，女人嘛，只要抱住了，没有敌人也没有自己人，就成了抱着的男人的人。"

"我在恋爱吗，大哥？"

"没错。这事跟谁都别说。抓住她了就告诉我，我不会害你的，知道了吧。"

延平的口气像在跟小孩说话。

虽然没全都说出来，但四郎跟延平说完，很奇怪地，心里痛快了。

第二天，延平出发去遂城。

自己在恋爱——四郎只想着这个。心疼，这大概就是恋爱吧，四郎想。

六

耶律奚低很郁闷。

琼娥公主以两万五千军和北平寨对峙，被一通搅乱。虽然没有折损，琼娥公主却受了被夺走头盔的耻辱。

被紧急叫回燕京想来是因为这个。夺走头盔如同取人首级。

此刻宋正在整编北征军，他不想被这样的事情困扰，这是耶律奚低的真实心情。

只着带二十骑，耶律奚低进了燕京。

进到宫里，他被带到的不是谒见厅，而是里面的房间。

萧太后在桌上摊开地图正看得入神。地图上写着将军的名字。

"让禁军主力南下，耶律奚低。"

萧太后从地图上移开眼睛说。

"这和琼娥公主有关系吗，太后？"

"琼娥公主？"

"听说她又和北平寨的军队撞上了。"

"并没有折损，眼下的辽，不该去管什么琼娥公主，她要是想死在战场上，就让她死吧。"

萧太后盯着地图，直言不讳。她没有很生气，口气像是在说，还有更重要的事。

"那让禁军南下是？"

"当然是为了和宋打仗。"

耶律奚低不禁探头看地图。对于宋的北征，萧太后看来是打算先发制人，但看样子是防守的阵形。

"耶律斜轸三万，耶律沙两万，耶律高两万，耶律学古两万，金秀、华胜、韩延寿、张黑塔各一万，总共是十三万兵力，加上你的四万。"

"一共十七万，一半以上在燕京吗？"

萧太后判断，曹彬的北征军将用十五万人直接攻燕京。

"没看见对耶律休哥的安排。"

"没加在你的队伍里，跟耶律休哥说，他可以照自己的判断来行动。"

这是进一步认可了独立行动权。

"曹彬整编的是十五万的军队，听说潘仁美又开始整编超过十万人的军队了。"

"近三十万大军要一口气进攻我大辽吗？"

"就算让禁军南下，你的军队也还是主力，从金城往东移一点吧。"

"不管杨家军了吗？"

"让杨家军踏进我们的领土。十七万无法阻止三十万入侵，我们的防线很长，宋军大概会聚拢成一团攻打过来。"

"明白了。"

耶律奚低再次仔细看地图。他很清楚，这是要让宋军攻到燕京，在燕京决战。

"耶律休哥说了，只要把敌人引到我们这边，山河森林、所有的地形都是我们的伙伴。"

"我也这么想。"

"太后请移驾到上京临潢府。看这个地图，我很明白太后期待的是怎样一场仗，我绝不会让太后失望。"

"我就在燕京，我在这里可以鼓舞士气，而且宋军也只会盯着燕京。"

"明白了。"

"你再看一次地图上写着的部署，我想听听你的意见。"

"决战战场可以在燕京，我会往东移到能和北平寨对峙的地方，再远就赶不上决战了。"

"还有呢？"

"关于耶律休哥，还是在一定程度上掌握他的行动比较好。"

"那个人就不用管他了，他的行动令自己人都无法预测，才能对敌人形成巨大威胁。"

确实如此。耶律奚低心想，比起站在军中顶点的自己，萧太后的意志要更坚定得多。各个将军的部署，从防御角度来看也相当了得，但是随处可见缝隙。

"只是防守，这个布阵的目的只是如此吗，太后？"

"不愧是耶律奚低。辽的北边只有荒地，进攻是我们的命运，攻不能转为守，守势没有意义。"

到那个时候，耶律休哥轻骑兵的行动也许能决定胜负。萧太后的眼睛离开地图，似乎看向远方，眼里有燃烧的火焰。

"耶律奚低。"

"在。"

"打起精神，赌上一切去战斗。我看着你已经老迈，这个样子可站不稳辽军顶点。"

"我会尽心。"

耶律奚低觉得全身汗如雨下。从战略到看人的眼光，她都有让人哑然的非凡才能。如果不是太后而是男人，这个国家会拥有堪称英雄的皇帝。

"禁军南下之后，上京临潢府怎么办呢，太后？"

"让郭兴将军指挥，在那里，大将需要的是判断力。"

这也是合适的部署。

"把你叫到燕京不只是为了给你看部署，希望你好好看看带领一支军队的年轻将军们的训练，提出各种建议。你马上去办吧。"

耶律奚低行礼退出。

在最靠近燕京的地方训练的是华胜的队伍，出了宫殿，耶律奚低马上往那边赶。

一匹黑马在狂奔。

是琼娥公主。耶律奚低立即阻止了她的胡乱奔跑。

"为什么拦我，耶律奚低，你知道我被北平寨的武将夺走了头盔吧，是因为马太老实了。谁都不给我牵好马过来，所以我要自己选，我不想骑光是好看却会被敌人追上的马。"

"公主为什么纠结于北平寨？"

耶律奚低意识到了一点，听说指挥北平寨的将军还年轻。两次品尝屈辱，也许反倒会滋生别的感情，这在年轻男女之间是有可能的事。只夺走了头盔的敌将似乎也有什么异样。

"我不该骑好马吗，耶律奚低？"

"不，但那是一匹悍马。"

"不是女人骑的马？"

"我是说，不是一军之将骑的马。"

耶律奚低知道要是把琼娥公主当女人看待，她会异常愤怒。在宫中还好，在城外的军营和阵地，她会极端厌恶。

"先不说太后看见公主这个样子会如何想，大将不该骑悍马。如果作战时突然跑起来，就谈不上指挥了。"

以大将论事，琼娥公主一脸扫兴，沉默下来。耶律奚低把华胜叫过来，大声训斥，说他不管琼娥公主。

"各军在各自训练是吧，以军队为单位进入模拟战。你们先奇袭附近的张黑塔的队伍，不要跟张黑塔说。"

华胜一脸惊讶，看看耶律奚低的脸，叫喊着开始集合士兵。

"怎么了，耶律奚低，突然让他们袭击张黑塔的阵营？"

"辽军进入了实战标准的训练，琼娥公主。宋这次举国整编大军，我们不能打马虎之战。"

"这我知道。"

"公主的马可以和耶律休哥商量，他会给公主挑一匹善马术、速度快的马。"

"为什么要跟耶律休哥商量？"

"他最懂马，而且好马都在他的军队里。"

华胜的队伍开始整列。听见华胜在高喊："出阵。"

"耶律奚低将军，我们现在出阵，傍晚之前能结束奇袭。"

"你们就势和张黑塔军会合，接着夜袭耶律高的队伍，一切按实战标准。"

华胜的表情再次紧张。实战标准的训练，自然会死人。

耶律奚低给耶律沙的军队发令，命他袭击耶律学古的队伍，然后会合，吞并金秀、韩延寿的队伍，袭击耶律斜轸的军队，然而回到原先的阵营。下一次，从耶律斜轸的军队开始行动，加上金秀、韩延寿，袭击驻屯在西边的耶律奚低自己的队伍。所有训练在十日内完成。

"真是虐待士兵啊，将军们也会心有不满吧，开战之前，就会人倦马乏。"

"琼娥公主，有时候逼一下将士也是必要的。如果宋的北征军出发，我们辽国就是被逼上绝境了。马术的练习，公主就和在燕京的同伴们练吧。"

"你说马术的练习？"

琼娥公主脸色一变。

耶律奚低很明白怎么对待琼娥公主。她从小就经常来兵营，停留三四天，学习作战。让她指挥带兵，水平能和禁军的将校比肩。只是，因为她是萧太后的女儿，战场上的护卫费神又费兵力。

"你说我干的只是消遣的游戏吗？"

"怎么会？公主有足够的能力指挥军队，但公主也是太后的女儿，上了战场万一有个闪失，不是我的一个脑袋能解决的，所以公主的警备不得不用万人的军队，而敌人也会盯着这个。"

"你是在说，有我在会妨碍作战是吧，耶律奚低？"

"请公主站在我的角度，或者带公主上战场的将军的角度想想。如果公主无论如何都想上前线，要有太后的允许。"

琼娥公主低下头去。她从小就又厉害又聪明，好好跟她讲道理，很快就能明白。萧太后光是由上打压，让她的厉害转为了排斥。

耶律奚低等着华胜的队伍结束训练，琼娥公主爽快答应了远离前线。

训练报告一个个传来。

耶律奚低很清楚，全军紧张感在高涨。为袭击自己的队伍，耶律斜轸、金秀、韩延寿的五万人往西移动，途中被耶律休哥的轻骑兵捉弄，阵形大乱，这是唯一超乎耶律奚低预想的事件。耶律斜轸以十倍兵力，也没能打败耶律休哥。

"之后也会继续训练，随时保持阵形，以备袭击。"耶律奚低召集将军们说。

有消息传来，曹彬率领的十五万北征军开始北上。

第八章　遥远的战野

一

从开封府出发，全军在初夏的阳光下到达雄州。

曹彬在国境线布上三万人，大本营放在后方十里。他们到达雄州两天后，与遂城来的四万人会合，变成十五万人的大军。

北征军不止这些。

潘仁美率领的十五万将由西北上，和杨家军会合。关于这支队伍的用兵，皇帝的意愿起着很大作用，曹彬没有插嘴的余地。

杨家军本来想加入这支队伍，由西往东，压制燕云十六州。两面夹击太过于性急，然而若非八王制止，皇帝可能亲自出征。众人再次知晓，收复燕云十六州的宏愿在皇帝心里是多么强烈，这也是和帝位一起从先帝那里继承的宏愿。

对于潘仁美担任西部攻击军主将这一点，曹彬不太痛快。他觉得潘仁美有重视自己立场胜过战事胜败的倾向，而且，精锐的杨家军也加入了潘仁美那边。曹彬这边加入了高怀德、怀亮和呼延赞的队伍。

总指挥是自己，但潘仁美大概会指手画脚，也可能在开封府留下心腹去左右皇帝。就算分成眼下的东西两支大军，兵力也足够支撑战斗，但三十万大军杀向燕京也是皇帝的一个想法，潘仁美的队伍要在途中加入。

这一点让曹彬心事重重，他不觉有个想法：可以的话，把总指挥让给潘仁美。潘仁美的越权有目共睹，在军内的势力也明显是自己占下风，只有资历是曹彬居上，潘仁美无法与他匹敌。在宋统一天下的战事中，曹彬的资历也是闪闪发光。

宋制服北汉完成统一之后，曹彬采取了有事就和文官商议的态度，因为他认为自此进入了民政时代，而潘仁美选择了与文官对立的道路，两人在军内的势力关系发生变化就始于这个时候。

每天都是军事会议。

在临时搭建的营舍，曹彬不厌其烦地不停查看辽军部署。

"虽然防守加强了，但兵力不多，能看见好几个漏洞。耶律奚低果然是强于进攻弱于防守，辽的将军都是如此。"呼延赞说。

"辽还是进攻型的国家吧，但最近被杨家军狠狠收拾了。"说话的是高怀亮。

这都是明摆着的事。曹彬想早点儿出击，但在潘仁美的队伍到达太原府之前，他们要按兵不动，这样就能盯住在西边布阵的耶律奚低的四万部队。

因此，曹彬想从雄州一举攻下燕京，只有这样，军功才明显。

"潘仁美为什么不抓紧，他比计划晚了三天，这样一来，北征军兵分两路岂不是失去了意义？"

催促的命令发了好几次，但潘仁美就是不着急。曹彬想，他这是在主张自己是真正的总指挥。

曹彬被选为总指挥是因为有文官的支持，潘仁美大概对此有所不服。皇帝无法理解武将之间的对立感情，他只对文官和武官的天生对立有所认识。

"杨家军已经做好了战斗准备，杨业将军一直就有这样的心理准备。"

呼延赞的意见也是杨家军应该加入东侧攻击军。

潘仁美的军队到达太原府是在东侧攻击军进入雄州的第十六天。

在此期间，辽军没有改变部署，在反复进行小规模训练，在此之前，他们也以两三万人为单位在训练。

一个看似炎热的黎明，曹彬下令全军出动，十五万人从四个地方越过国境。

辽军的部署，西边是耶律奚低，往东有七支一两万人规模的队伍，背后是耶律斜轸的三万人。辽军很好地利用了地形，宋军不能因为人多就贸然进攻。

呼延赞做侧面掩护，先打韩延寿的一万人，曹彬不想把战线分散成几个。

韩延寿的一万人发起了意外的抵抗。宋军大力压上，五里外的金秀、张黑塔的队伍出动，去打压宋军，耶律学古的队伍又出动了。曹彬判断辽军的战术是这样的佯动，决定先按兵不动。

宋军用了数日，一点点压着金秀打，到了第五天，金秀放弃阵地，和张黑塔会合。宋军压退了敌人二十里，双方尚未有大的折损。

宋军和耶律高对阵，辽军又开始佯动。除了呼延赞，宋军还有四名将军加入侧面掩护，十万制敌，五万掩护。耶律高也在第三天后退，和耶律沙、耶律学古等人组成了六万人的防卫线。

作为西侧攻击军先锋的杨家军正朝这边前进。耶律奚低摆好阵势迎击杨家军，但杨家军背后有潘仁美的十万大军。

宋军突破六万人的防卫线之时，战斗终于激烈起来。因为有占据高点的队伍，战斗如同攻城。宋军压制了两座小山坡，打败了两万人马，折损不少。终于，耶律斜轸的三万人开始出动。

只要击破耶律斜轸，燕京就触手可及。无论耶律奚低如何咬牙切齿，也只能对抗杨家军和背后的潘仁美了。耶律奚低的后卫只有华胜的一万人。

辽军以耶律斜轸为中心调整了防卫姿势，曹彬也重新布阵。跟前方敌人冲撞时，假如耶律奚低、华胜的队伍一起退却，宋军就有可能形成夹击之势。

宋军用十万人攻打燕京，辽军后退集结的话宋的兵力反而不如辽军。潘仁美拥兵十万，却打得太过轻松。

两军持续对立。宋军说是十万人，准备夹击的五万人在后卫，而辽军也没有贸然强攻。

"潘仁美在干什么？早该一鼓作气拿下耶律奚低了。"

众将压制着焦躁的心情，但在军事会议上还是冒出了这样的话。

"耶律奚低一直在往东退，似乎是杨家军没有彻底进攻。"高怀德说。

有人来报：不是杨家军没有彻底进攻，而是潘仁美的大部队没有迅速行动击退耶律奚低。报告不日将会送到开封府的皇帝那里。杨业建设的通信中继站如今给自己也派上了用场。

"杨家军作为先锋，不能离大部队太远吧。"呼延赞说。

他总是在帮杨业说话。曹彬想，就算离开大部队一点儿，早点儿击退耶律奚低就行。他对杨家军也有不满。

"比起这个，我有一事担忧，"田重说得似有顾虑，"军粮好像快见底了。"

曹彬猛然全身一惊，觉得背上渗出了冷汗。

军粮应该绰绰有余。万事俱备的北征，最先筹备的就是军粮。军事会议人声嘈杂，管理军粮的指挥官被叫了过来。

"这几天，军粮没能如期送到，好像在运送途中被抢走不少。"

"为什么没早点报告？"曹彬怒吼。

"还没到彻底不够的地步，四处都有集中在国境的军粮，正在寻找别的运送路线。"

"斩了他。"曹彬说完闭上眼睛。

忽略了什么，一开始考虑的东西里，所有人都忽略了什么。是什么呢？曹彬睁开眼睛，突然想起一个名字。

耶律休哥。他应该在耶律奚低的队伍里，却没有任何行动。不，不对，五千轻骑兵不正为切断宋军的粮道在行动吗？

"从侧面部队分出一万人，去保护军粮运送，由杨文虎指挥。"

用一万兵力去保护军粮运送，这简直匪夷所思，但对手是耶律休哥，一万兵力也还不放心。

十五万大军的军粮是个庞大的数目，而且潘仁美的十几万人也要加入进来。

"军粮的运送路线不要只有一条，田重，你在后方盯着粮道。"

"我吗？"

田重似有不服，曹彬没去介意。如果真是耶律休哥的轻骑兵在行动，就能看到辽军的作战全貌了。他们要从让近三十万大军挨饿开始。

大意了，不如说，后方深信控制住了一切，因为一直牢牢压制着辽军。曹彬全身颤抖。

二

耶律奚低摆成铁阵后退。压过来的是杨家军，不知什么时候会猛攻过来。只是，眼下他们还没有从潘仁美的先锋位置冲出来行动。大部队行军缓慢，先锋也不能狂奔。

后方有华胜的队伍，加起来刚够五万人。

马上就能和以耶律斜轸为核心的燕京防卫军会合了，届时兵力将有十七万，如此一来，兵力不至差距过大。

辽军下定决心，只此一战。近三十万宋军兵分两路侵入，耶律奚低要让他们汇成一路，为此，自己只是保持阵形后退。耶律奚低丝毫没有考虑攻击，等十七万人聚齐了，再去考虑攻击办法。

耶律休哥不见踪影。刚开始耶律奚低大为光火，不久就明白了他的行动。轻骑兵在断敌人的粮道。间谍也来报，曹彬的队伍开始军粮不足。

耶律奚低认为这行动属实，是因他知道了田重和杨文虎两个将领负责防御军粮的运送路线。田重还担任着先锋。

断大军的粮道，这可以说是常用的招式，前提是有可能。从曹彬进军的确实性考虑，这一招只会无用。但如果是耶律休哥就有可能，耶律奚低想。他的行动之快，远远超过敌人预测。

只是，耶律休哥上前线的意欲强烈，耶律奚低没想到他会自己选择这种派给二流将军的任务。

耶律奚低组成彻底的防守阵形，继续后退。一动就有缝隙，这最需要警戒。哪怕有一点点缝隙，杨业也会攻过来。

耶律奚低终于和后方华胜的队伍顺利会合。

耶律奚低对着东西两面摆好阵形。他们处在受夹击的位置，但这位置也可以夹击曹彬。双方进入收缩兵力对阵的状态。

耶律奚低还不能决定何时让宋军会合。他知道曹彬大军的军粮不足，但对潘仁美大军的军粮状况没有把握。潘仁美的军队在缓慢进军，可见军粮有保证。

"耶律斜轸将军那边损失也不大。曹彬大军为确保粮道分出了三万兵力，防卫薄弱了许多。"

华胜这是在说，现在全力进攻的话能打乱敌军。然而，届时会背对杨家军。眼下杨家军看起来是在听从潘仁美指挥，但如果曹彬大军有危险，杨业想必会行动。

"先在这里看看形势。华胜，传令耶律斜轸，让他按兵忍耐，战机还没到。"

耶律奚低花力气去打探宋军兵站的情况。潘仁美大军看来也开始军粮不足了，运往曹彬大军的军粮在途中被烧的情况多了起来。到这一步，耶律休哥大概也已没时间夺取军粮，他貌似在兵分两路行动。

再过多少天，宋军军粮会事态严重呢？耶律休哥发出传令询问，但情况不容易掌握。

在真正严重之前，宋军想必会行动。辽军是否能先发制人采取行动，第一个较量就在于此，只要让宋军在这个时候会合就行。

然而，那是近三十万的大军。一次决战就让辽军溃灭，也不是没有这种可能。

耶律奚低想，过于在军粮上逼近，不是取胜的上策。萧太后要求的不是赶跑宋军，而是明确的胜利。

耶律奚低愈加在盯着敌人的同时盯着自己。他生于辽这个国家，为辽这个国家而战，觉得自己没白活。死在战场上也不奇怪，但不知为何，他活了下来，如今率领十几万人，和宋这个大国对阵。这像一个男人的人生。

然而也有疲倦。他想，这样回顾自己，也许也累，从前，只看前面。

三十万大军当前，对此的恐惧，也消失了。可能这就是平静的心境吧。在战斗之中活过来，所以要一直战斗，直到战死，自己能做的，除此无他。

"耶律斜轸将军的前卫遭受了夜袭，损失轻微，阵形也没变。"华胜来报告。

曹彬似乎在内心深处认为，自己率领的十五万人就是全军，所以他不指望潘仁美，选择了夜袭这种方式。曹彬看起来布阵沉稳，却很孤独，而且有些焦急。

他们下一步会怎么行动？

"华胜，全军迅速往北移动，马上。给耶律斜轸发传令，让他会合。"

"往北吗？"

"眼下论进退，我们该往上。"

曹彬和潘仁美必定不和，这表现在夜袭这种方式上。这两人将会合在一起，变成近三十万大军，而同时，粮道仍然不稳定。三十万人马的军粮不是小数目。可以说，耶律休哥的作用真是有效。

"全力奔跑，你自己殿后。"

敌军要追过来的话，就是杨家军了，靠不住的殿军会被打散，派华胜大概不会错。

全军往北奔跑。

耶律奚低在中军前进，万一有情况，他随时都可以做华胜的后卫。

有消息传来，杨家军的三千骑兵队正以惊人的速度追来。耶律奚低紧张了，此前有情报说杨家军练成了相当强悍的骑兵队，遂城攻击军遭受痛击的时候也有骑兵队的猛烈行动，据说不亚于耶律休哥的轻骑兵。

耶律奚低改变中军位置，绕到华胜的后卫。他全身被紧张包围。

然而，杨家军骑兵队的追击在途中停止了，因为耶律休哥的队伍突然出现在殿军前面。从传令兵那儿收到报告之时，耶律奚低才切身体会到耶律休哥的独立行动权是什么。

再次往北奔跑。

跑了一天，耶律奚低终于到达耶律斜轸聚拢的队伍中突出一支的地方，马上准备好了迎击的态势，而华胜的队伍也若无其事地追了上来。

"没有和敌人正式冲撞，耶律休哥将军也是，但他帮我们充分搅乱了杨家军的骑兵队。两只骑兵队的交错，看着就心惊胆战。"华胜一脸兴奋地报告。

耶律奚低马上召集军事会议，决定了自己的队伍在右翼、耶律斜轸的队伍在左翼的布阵。敌人有三十万。

曹彬和潘仁美大军会合的报告传来是在第二天早上，此时，耶律奚低已经完成新的布阵，摆好了万无一失的迎击态势。

耶律休哥带着五骑来参加军事会议，他自己来参加会议，在此战是第一次。带五个随从，这不是将军而是上级将校的规格，但耶律休哥并不在乎这些。他看样子是一路奔波而来，风尘仆仆。

"你看来在四处行动啊，耶律休哥。"

耶律斜轸的口气有几分讽刺。打乱全军平和，这是不容忍耐的，但不管如何，萧太后给了耶律休哥独立行动权，耶律斜轸能做的无非只有讽刺两句。这两个人年纪相仿，都是被看好要站上辽军顶点的将校。从升上将军之后，两人差距拉大，但耶律休哥正在成为特别的存在，这和地位是两回事。

"总之，敌人并成一支了。"

耶律休哥对耶律斜轸的讽刺毫不在意。

"如果分成十万一队的三队，仗就难打了。"

"现在已经够难打了吧。"

"但已经把他们引到我们的领土内，补给线延长了。我想，真正的战斗在后面，耶律斜轸。"

"后面，你的轻骑兵和我们一起战斗吗？"

"怎么会？"

"什么，怎么回事？"

耶律斜轸紧张起来，耶律休哥没去理他。

"我是来跟耶律奚低将军说的，现在光是防守阵形，我希望最少划五万人来摆进攻阵形，整体也该采取攻守两面的阵形。"

"对我的布阵有异议是吧？"

耶律奚低第一次开口。对布阵提出异议，就如同作为武将被人否定，但耶律奚低还是沉着地等着耶律休哥下面的话，他的眼睛确实在牢牢盯着自己看不见的东西。

"我不是说要马上变化阵形，现在的布阵，不会输，也不会赢，应该花时间一点点转换成攻击阵形，先从这个开始。"

"我也在考虑这个。已经把敌人引到这里，就这样等着敌人回撤也无济于事，最后应该为了胜利而战。"

"那就好，那就花十天以上，慢慢移动阵形吧。"

"你是说不加入这个阵形吗，耶律休哥？"

"我带的只有骑兵队，还是不要加入的好，耶律斜轸。"

"所以你就只带着五个人，晃悠悠地来了？"

"我本来想一个人来，副官不同意。"

"耶律休哥将军的军队好像在宋军南边的区域行动，是吧？"华胜说。

掩护耶律奚低往北移动之后，耶律休哥马上绕到了敌人南面。

"在我眼里，总有一天会转为攻势，因为太后期望的不是敌人的撤退，而是胜利。"

"如果能确认这一点，我就归队了。"

"别着急，耶律休哥。"

"现在这个时候，我的队伍也在来回跑，有替换的马，才能这么做。"

"有什么需要的吗？"

耶律奚低不禁说。耶律斜轸一脸不悦，别过脸去。

"没有。告辞。"

耶律休哥离开了军事会议。

"见鬼，他在想什么？"

"慎言，耶律斜轸。到目前为止，耶律休哥轻骑兵的行动还没有过彻底的败北，是不是？"

"确实，但是……"

"我终于理解了给他的独立行动权的意义。如果你觉得不痛快，就当没看见，军纪这样的字眼，不要放在他身上。"

"明白了。"

耶律斜轸也是个出色的武将，没有再说什么。

三

曹彬和潘仁美经常在军事会议上对立。

平日温厚的曹彬也经常激动起来。潘仁美进军慢了，曹彬坚信因此错过了攻击的时机。

统帅纠结于一个想法，大军就危险了，何况这想法不是关于作战，而是关于之前的人际关系。

"这是怎么了？"

呼延赞经常来找杨业。杨业也没有办法。这是在战场，但却不是战场的问题。

"军粮滞留，有些队伍开始不够。耶律休哥的轻骑兵在南边行动，也不让去扫荡。"

就算是耶律休哥，也不能切断三十万大军的所有补给，但部分队伍军粮开始不足也是事实。

曹彬对此有危机感，潘仁美却很乐观。眼下，宋军派了三万人去守护补给站，但耶律休哥在巧妙攻击宋军的裂缝。

"太过于自恃是大军了，杨业将军不这么想吗？照此下去，军粮不足严重起来，士气下落，就有可能败给兵力只及我们半数的敌人。"

此时被派任务的，是杨家军、呼延赞等外来队伍。这样的待遇，杨家军从北汉之时就已习惯。

杨业清楚看到了老练的耶律奚低的目的，他是在等着大军疲惫。光是如此倒还有办法，麻烦的是耶律休哥。从此前的情形来看，他果然被赋予了独立行动权。

不知会出现在何处的五千轻骑兵，其威胁能匹敌五万兵力。

"呼延将军，在此要收紧自家队伍，一有情况要能迅速应对。"

呼延赞和其他将军都知道自己该做什么，但整个队伍正在迷失应该做的事。

曹彬说等军粮充足了就开始攻击，而潘仁美主张应该暂时退到国境线。如此一来，宋军不可能开始总攻。史无前例的大军也许不久就要开始挨饿。

杨业认为要把三十万人分成三队，从三个方向攻打燕京。他委婉地跟曹彬提起，但会合也是从皇帝那儿传来的命令，这个命令让曹彬变得顽固，让潘仁美迂腐。原本两人不应该争斗，而是应该竞争，这一点也不能由新来的杨业对皇帝说。杨业只是象征性地参加北征的军事会议，会上决定的是杨家军常任先锋。

杨业把六郎叫来。

"让骑兵队做好在外行动十天的准备，我会去见曹彬、潘仁美两位将军，拿到允许你在南面行动的文书。"

"把其他骑兵队也派出去吧。我觉得让三万迟钝的队伍护卫军粮，不如出动一万骑兵更有效，不，应该出五万兵保护整个粮道，让一万骑兵机动行动。眼下，大军的燃眉之急是确保粮道。"

"我不是统帅，六郎。总之，你和七郎的骑兵队只要在南边抵挡耶律休哥的轻骑兵，军粮的情况就会好转。"

"明白了，我和七郎提前做好出动准备。"

杨业参加每天召集的大本营军事会议，会上讨论的只是什么时候开始攻击之类毫无结果的话题，几乎不谈为了攻击眼下必须做什么。

军事会议上，杨业坐在左侧的上席。右侧上席坐着潘仁美，之下是土生土长于宋的将军们，左侧坐着外来的将军。潘仁美会同样向两边征求意见，但曹彬会本能地转向右边。

这一天，杨业提出出动杨家军骑兵队，请求军事会议的许可。军事会议上的所有发言都会被记录，下命令时会有文书。

"杨业将军，骑兵队不是为了战时当先锋的吗？"一个仰仗潘仁美的年轻将军说。

"没错，但现在战还没打起来，对阵之后已过了十几天，敌人的别动队耶律休哥在南边大肆行动，可以说，不同形式的战斗正在进行。"

曹彬和潘仁美都明显对杨业的提议感兴趣，一方支持，另一方有可能反对。

"请各位将军说一下自己队伍的军粮情况。"

军粮充足的是曹彬和潘仁美麾下的七八万军队，其余都存在各种问题。

将军们之间开始窃窃私语。

"我的队伍，必需的军粮一半都没到，"高怀德大声说，"如此下去，大军有可能败于饥饿。"

将军们的耳语越来越大声。自家军粮不足的将军占大多数。

"就算出动了杨家军骑兵队，能确保粮道吗，杨将军？"

"这是让我们去做三万人守着都做不到的事吗，曹彬将军？"

"这……"

"比现在多少能好些而已。"

"我认为杨业将军所言甚是，这样下去，再有十天我们就自灭了。"呼延赞说。

在曹彬和呼延赞做决定之前，军事会议的众人由于呼延赞的话而一边倒，曹彬和潘仁美只能附议，两人也没表示反对。

"帮大忙了，呼延将军。"散会后，杨业说。

"哪里的话。照此下去，宋军就烂了。杨将军不只是在考虑军粮的事吧。"

不愧是呼延赞。杨业想让骑兵队在南边行动，多少给耶律休哥一点打击。

到了这一步，皇帝的性格不允许宋军不战而退，原来他甚至想亲征。要用全军打一回，到那时，耶律休哥的行动有可能决定胜败。耶律奚低虽沉稳却平庸，耶律斜轸还年轻，杨业想：只要想办法对付了耶律休哥……

"不，只是军粮的事，不然的话，杨家军的行动得不到允许。"

"彼此辛苦啊。但这燕云十六州会如何呢，皇帝还是不能放弃吗？"

"这恐怕不行吧，燕云十六州已经不是宋需不需要的问题了。"

"是宏愿啊。"

"对了，呼延赞将军的军粮如何了？"

"相当糟糕，一天的军粮分三天在用。"

"如果骑兵去了南边，杨家军从代州运过来补给就容易了。"

"多余的给我，这个我心领了，我会忘了自己的兵挨饿就是宋军挨饿，那两人根本没意识到。"

杨业只有点头。呼延赞像个武将。回到军营，杨业叫来六郎和七郎，命令他们出动十天。

四

六郎感觉自己被解放了。

自从在代州和潘仁美大军会合之后，他就郁闷得不行。行军太慢了，说的都是废话，而且，和大部队会合后的对阵简直是堕落。

兄长们也在羡慕地看着出动的骑兵队。这是三十万人中的三千骑，但六郎有自信，这三千骑的作用能超过三万人。

"六哥，还是在原野上跑舒服啊。"七郎说。

骑兵队如同重生。

"这可不是训练，七郎，别说得轻松。"

他们要面对的是耶律休哥的轻骑兵，但这种紧张感比让人堕落的对阵好多了。

他们先往西跑了二百里，在那儿从代州来的辎重队拿到了补给，并派出了斥候。不能在原野上漫无目的地搜寻，耶律休哥的目标是粮道。

第三天，斥候来报，一支两三千人的骑兵队正从国境线往北跑。耶律休哥的队伍据情报说分成了两队，斥候找到了其中一队。

此时是傍晚，六郎立即出发。夜间移动也许更有利，士兵们衔草而行。

"是耶律休哥指挥的队伍吗，六哥？"

"我希望是这样。"

六郎心里还残留着对耶律休哥的恐惧，他也想着抹去。

骑兵队一直前进，直到快要天亮。

斥候报告，前方十里是敌人的野营地。骑兵队马上做好出发准备，六郎叠好地图，上马。

"扔掉夜行衔草，军粮也集中到一处。出发。"

兵分两队，另一队由七郎指挥。耶律休哥的队伍也分了两队，但只找到一队。

斥候来报，六郎放慢了进军速度。近了，两千五百米，敌人在前方丘陵对面。

"六哥，我先冲上去。"

"好，我看清敌人行动再压上。"

没时间考虑战术，对手是耶律休哥。

"没看见赤骑兵。"斥候再次来报。

虽然是耶律休哥军，但不是他自己指挥。

"七郎，去吧。"

七郎点头，举起一只手。一千五百骑冲上山坡。敌人应该会避开俯冲的攻击。

六郎也在七郎后面出动自己的队伍，但冲上坡顶的只有七郎。五个斥候趴在沙地上看着敌人。七郎从斜后方俯冲而下。

敌人行动巧妙，纹丝不乱，缩成一小块，先往前冲躲开俯冲，然后反转过来面对七郎的队伍，两次冲撞之后又离开，行动十分巧妙，一点一点占领高处，七郎防不胜防。

六郎耐心等着。现在出动自己的队伍，敌人又会跑了。马力几乎相等，六郎的位置，如果出现耶律休哥的队伍，很容易诱敌。

七郎奋力战斗，几次阻止了想尽力占据高处的敌人，但敌人还是慢慢占领了高处。

六郎一直忍耐着，直到敌人完全占据高处。终于，敌人完全背对着六郎的位置，对面是七郎。这不是能有效俯冲的距离，但十郎承受的压力着实不小。

六郎上马。

他拔剑向前指去，越过坡顶，后面跟着整个队伍。这是能让俯冲足够有效的距离。敌人没有慌乱，半数朝向六郎，但在他们调整好姿势之前，六郎已经扑过来。

不管多么强悍的队伍，只要一乱，就会崩塌。朝向六郎的半数敌人对抗了一阵开始崩塌，雪崩似地朝下面的半数压去。下面的半数遭到七郎攻击。杨家军没给他们跑的机会。

六郎没有让队伍陷入混战，把队伍分成五百一队的三队，反复俯冲。敌人眼看着减少了。

一部分敌人抵抗住了攻击，开始逃跑，剩下的继续混战。六郎一马当先，开始追击，他让最强悍的队伍充当殿军，追击中杀敌百余骑。

六郎集合士兵。敌人顾不上马会累死，溃逃而去，再追下去，自己这边的马也要废了。

"清点折损，然后收集敌人留下的马。"六郎叫道。

报上来的折损，自己一百一十，杀敌八百，还得了七百匹马。

"好，可以说赢了头一战。七郎，现在移动，让马跑慢一点，之后再休息、进食。"

在原野上相互隐藏藏身之所而战，这就是眼下之战。虽然给了半数敌人痛击，但还无损耶律休哥的大本营。

"耶律休哥不足惧。"七郎说。

六郎明白了，对于必须全力与之战斗的对手，不必无意义地恐惧。他的恐惧心可以说已经完全抹去，士兵们也开始充满自信。

五

麻哩阿吉吃了一记痛击。

是杨家军的骑兵队。杨业没有行动的迹象，所以大概是杨六郎在指挥。耶律休哥清晰地想起了杨六郎的样子。

"面对奇袭，想站起来，这就是败因。"

麻哩阿吉一边听耶律休哥分析，一边点头。耶律休哥会合过来之时，脸色大变，现在面无表情，两眼发直。

"直接的败因是这个，真正的败因是什么？"

"这个……"

"是被他们发现了。因为你被发现，才遭受了奇袭。这不是侦察懈怠，是只侦察前方，缺乏对旁边和后方的注意。"

耶律休哥也不太侦察旁边，只是在感觉有情况时侦察。所以，这不是真正的败因。他们习惯了在敌人后方活动，这可以说是真正的败因。但是，耶律休哥觉得目前可以让麻哩阿吉照自己的想法行事。

"折损多少？"

麻哩阿吉的眼睛第一次看向空中。

"八百是吧，麻哩阿吉？"

可以说是惊人的折损。麻哩阿吉连奇袭过来的对手都想打败，这就是结果。

"伤员也有两百，让他们回北边营地。马上重编队伍，这里是战场，折损是常事，不要总纠结于战败。"

"是。"

"和以前一样，分两队切断敌人粮道。重编不光是人数，重编的队伍要能分成像样的小队。"

还好，麻哩阿吉没有失去气力。

麻哩阿吉用了四刻整编了两支各为两千人的队伍，这让耶律休哥也比较满意。他只在两队里替换了几个小队。

"都过去了，麻哩阿吉，你就认定已和这里告别，出发吧。"

麻哩阿吉行过礼，跳上马背策马而去。

耶律休哥给耶律奚低发了传令。既然杨家军出动，他就不能像现在一样切断粮道了，可以说，耶律奚低出场的时机提前了。

耶律休哥尽可能地消去野营痕迹，带领两千人出发了。

他们搅乱了一条粮道，烧了大量军粮，活动半日后，到了夜晚。即使是夜间，他们也在缓慢移动，耶律休哥天亮才下令休息。

耶律休哥马上派出斥候。敌人如果行动，天亮时的可能性最大，至少现在要确认方圆十里没有杨家军。

士兵们开始睡觉。

耶律休哥把辽军和宋军的配置画在地面上，看得入神。

耶律奚低在慢慢开始摆好攻击阵形，但还没到让宋军充分警惕的地步。整体情况没有变化，但杨家军三千骑兵的南下，实际上让形势发生了很大变化。耶律奚低想，战场就是如此。区区三千人的行动，能大大左右胜败，杨业正是因为明白这一点，才让骑兵南下的吧，也就是说，对峙正在转入下一阶段。

话说回来，六郎、七郎的骑兵队成长真是迅速，麻哩阿吉被作弄，丢了将近一千士兵，若是被普通骑兵袭击，很难相信会有如此大的损失。耶律休哥清楚认识到，那支骑兵队就是冲自己组建的，既然如此，他也得好好打。

太阳升高时，耶律休哥让士兵进食，下令出动。已经在四面派出斥候，目前周围没有杨家军。

对手想必也在拼命寻找自己的位置。白天的移动容易被对手发现，但并不意味着在被对手追赶。自己对奇袭有心理准备，就不会被对手奇袭。

耶律休哥在引诱杨家军骑兵队，虽不是以露骨的方式，却也并非在避免撞上对手，是微妙的引诱。宋军的粮道，有机会就去搅乱，自己在敌人南边活动的目的就在于此。

耶律休哥选择在山坡之间前进，看起来很隐蔽，却容易被意外发现，尤其容易被从坡顶观察周边的斥候发现。

耶律休哥就这样前进，直到傍晚。附近似乎没有宋军的粮道，最近，宋军在频繁改变粮道。

第二天早上出发之前，耶律休哥从斥候那儿得知有异常情况，说是深夜看到在坡顶有东西在动。有半个月亮，原野也没有被包围在黑暗中，很有可能是杨家军的斥候。然而，耶律休哥对行动没有犹豫，并叫回了所有斥候。

耶律休哥从背后遭到奇袭是在太阳高高升起之后。

耶律休哥带领百名赤骑兵，朝大部队的反方向奔去。奇袭过来的敌人大约有一千五百骑，这大概是杨家军骑兵队的半数，剩下的一半不知在哪个地方，麻哩阿吉因没有马上判断出这一点而遭到了袭击。

大部队的两千骑看准了奇袭，不是正式接招，也不是信马由缰乱跑，而是反击之后再逃跑。如此反复，意在一点点夺取斜面上方。

耶律休哥带领赤骑兵冲上山坡，来回奔跑。

大部队应该可以顺利夺取斜面高处，但是，剩下的半数敌人将会理所当然一般从背后袭击过来，如此一来，防不胜防。

耶律休哥冲下山坡，登上另一座山坡时，发觉事实果然如此。耶律休哥给赤骑兵发出纵队的暗号，冲下山坡，登上另一座山坡。在他眼前，大部队被夹住了。五百骑朝这边对阵，耶律休哥只管俯冲突围，把五百骑切成两段，前方只剩下背对自己的敌人。耶律休哥发暗号让队伍向旁边扩散。赤骑兵的行动如同自己身体一般，在切成两段的五百敌人反转之前，以横列突入敌人背后。敌人乱了，大部队横向行动。

耶律休哥再次发出纵列暗号，把敌人干脆地切成两段。大部队反转进攻，耶律休哥再次冲出去。

敌人开始跑，节奏很是出色，但耶律休哥捕捉到了，这是他无论如何都能收拾的状态。

耶律休哥想在这里多杀敌人，如此，杨家军骑兵队就不得不撤出南边区域。至少，他想击倒一半敌人。

耶律休哥在奔跑。敌人的马也是好马，但距离在一点点缩短。耶律休哥击落了三四骑敌人的殿军。敌人在混乱中跑了，耶律休哥还没来得及排出追击阵形。

他看见杨六郎出现在殿军里。

"真年轻啊。"耶律休哥一边跑，一边自语。这下也能收拾杨六郎了。

耶律休哥翻过两三座山坡，他清楚地看出，杨六郎准备牺牲自己让大部队逃跑。四目相对。那是一双年轻的眼睛，甚至让耶律休哥感到羡慕。耶律休哥用眼睛说，我要拿下这颗人头。

六

压力巨大。虽然敌人只是百骑赤骑兵，却瞬间突破了与之对阵的五百骑。六郎背后受敌，奋力想改变局面，但此时已被牢牢压制。

六郎决定让尽可能多的士兵逃脱，但追击比想象的更紧迫。一想到这样下去殿军会被摧毁、大部队也会被包围，六郎策马加入殿军，一边奔跑，一边回头。最前面的是赤骑兵，眼看快追上杨家军，耶律休哥在中央。六郎立即抛弃了逃命的想法，只想着尽力把大部队和耶律休哥分开。

六郎左右移动殿军，想改变赤骑兵的追击方向，但没能见效。只要大部队在赤骑兵的视线之内，就无济于事。翻越山坡时两军拉开了一点点距离，但赤骑兵马上跟了上来，没给杨家军任何时间。

特意训练的骑兵队就这样被消灭了吗？六郎心里有自嘲般的念头，但又转念想道：还没败，还没死，只要还活着，就没有败。

六郎回头，耶律休哥就在后面，辽军的白狼。如果自己要死，就让耶律休哥也被鲜血染红——六郎想的只有这个。

在哪里回转，去跟耶律休哥直接冲撞呢，自己站在斜面之上的时候吗？但这时赤骑兵戒备森严，耶律休哥前面有五六骑，是训练有素、令人咋舌的队伍。只能和冲下斜面的耶律休哥相撞了，互刺的话，对手俯冲的压力也能被自己利用。

山坡。六郎冲上去，冲下来，回头看。聚成一块的赤骑兵如红花开放一般，开始扩散。

他们形成了对殿军的包围之势。耶律休哥，在哪里？

在赤骑兵的后方指挥。这样就无法和他直接冲撞了。耶律休哥是感受到自己的杀气了吗，连自己的舍命攻击都不许吗？如果死在这里，就是白死，不能给敌人任何痛击，只是白白死去。

六郎快马加鞭。敌人的马确实是好马，但自己的马也没输给敌人，而且，敌人的扩散慢了一步。

六郎跑着，看见先头的七郎开始爬上右边的山坡。怎么想都该从左边绕，但六郎也没法告诉他。七郎是想在坡顶反转以俯冲来反击吗？不，反击不了，连摆上架势的时间都没有，那就是来救自己一个人了，六郎想。别干这种傻事，现在应该去多救几个兵，但这也没法传递给七郎。这么想着，六郎也冲向右边山坡的斜面。七郎没在坡顶停留，是想到了别的办法了吗？

六郎爬上坡顶。

六郎凝视。"杨"字旗在飘扬，是父亲。三千步兵牢牢摆好迎击阵形。阵形摆在山坡下面，虽是危险之处，却准备了拦马的栅栏，阵形可以左右移动。

六郎从坡顶跑下来，来自背后的压力消失了，他跑入阵中。七郎已经开始重整骑兵队，六郎终于在先头位置停下马。

能看见坡顶的"休"字旗，两千人的骑兵队一字横向排开。

耶律休哥在赤骑兵中央，六郎能清楚地确认这一点。他喘了一口气，懊丧涌上心头。

耶律休哥露面只在那一瞬间。

如同一阵风吹过，骑兵和坡顶的"休"字旗一起消失。

"追击。"

杨业制止了下令的六郎。看着"杨"字旗，六郎这才确认了父亲的身影。

"那就派斥候，至少要掌握他们的地点。"

"没用的，你以为那耶律休哥会在暴露地点的情况下跟你打吗？如果是那样，我们掌握的地点就是陷阱。"

六郎沮丧不已。

打败了。虽说是遭遇战，确实是自己先掌握了敌人的地点，然后发起奇袭。六郎觉得没有漏过敌人任何一个行动，赤骑兵的行动也摸清了，防备的五百骑也切断了，尽管如此，还是束手无策地被打败了。

这大概是重新整编的耶律休哥军的一半吧，是不是由耶律休哥指挥，赤骑兵在不在，居然如此不同。

父亲没有解散阵形，自己来到后方，让人搬过马扎。七郎下令让马匹休息。

杨家军应该是宋军的先锋，不能从前线离开。这是被撤下了先锋吗？

"不用担心，六郎。我现在还在前线，因为替代我的人有好几个。这里的三千不过是来领代州过来的补给的兵。"

是兄长中的一人在替代父亲啊，但父亲为什么要自己带领补给兵力呢？

被打败的念头过于强烈，六郎无法思考更多，全身开始因屈辱而发抖。

"损失如何？"

"一百五十左右。"七郎回答。

六郎咽下一口气，同时咽下的是"这么多"几个字。他还以为顶多损失了四五十人，对自己感到无地自容。

"现在正在重新编队。"

"好。耶律休哥的队伍减少了一千，这数目不小。继续在这块地方行动，军粮的情况在一点点好转，呼延赞将军、高怀德将军也说是因为你们在这里行动。"

关于战败，父亲什么也没说。六郎想，不如被责骂更轻松，他只能认为失败完全是因为自己想采取和上次同样的战术。上次赢得太完美了，从发现敌人的时候开始，就应该考虑不同的打法。

"幸好我来看看情况，三千人没白带过来。"

"父亲，我……"

"六郎，你从刚才一直在为失败懊丧。"

"我打败了，败得一塌糊涂。"

"你差点败了，而你深信这是败了。"

"如果父亲没来，就败了。"

"不对，避免打败的是耶律休哥。我在这里，就胜败来说，是你的运气。如果你就势进攻，就能打败耶律休哥了，虽然他不容易对付。"

如果说父亲在这里是运气，确实是自己运气好。战斗有时候也会被这种运气左右。

"六郎，你是个爱惜士兵的大将，所以，死了一百五十人很难过吧，但这就是战斗。"

"是。"

自己带领着骑兵队，今后也会带领，别想多了，六郎对自己说。大哥延平也总是这么对自己说。六郎抬起眼睛看着父亲，再次点头。

七

杨业带领三千人迅速回到阵营。杨业不在的期间，延平替代着他，没怎么出过营帐。

六郎这样会没事吧？第一次对决赢得太完美了，传令中通报的内容也令人鼓舞。杨业立即带上三千人绕到南边地区。年轻的六郎，想必会被耶律休哥作弄一次，杨业想把届时的损失降到最小。

杨业巡视了阵营，随后听了敌阵情况的报告。他不在的期间，敌人阵形在一点点变化，转成攻击阵形。

杨业交叉双臂，陷入沉思。

第二天，他去了大部队。这几日，都是延平替他参加每天召集的军事会议。

"奇袭？敌人还有这么干的余裕吗？"

听杨业说完，曹彬转过脸去。潘仁美也只是嘴角笑笑。

"我不明白杨将军的话，如果发生奇袭，应该是先锋阻止，不对吗？"

"真正的奇袭会避开先锋，如果我自己能阻止，就不用在这里说了。"

"就算发生了奇袭，我们也能设法对付。奇袭的话，几千，顶多也就是一万人吧，包抄歼灭就是了。"

潘仁美轻松断言。大家都开始对战争感到疲倦了。其他将军都沉默着。

"我们不知道敌人奇袭的目的是什么，还是要有备无患。"

曹彬觉得费事。杨业沉默。他觉得，这个大军只能败一次之后再看。

其他将军报告，军粮情况有所好转。

"是杨家军骑兵队的功劳。"有人似乎在调解。

杨业只是闭着眼睛。

军事会议结束后，呼延赞追了过来。

"你说敌人可能会奇袭，根据是什么，杨业将军？"

"没有根据。"

"但总有什么让你感觉如此吧。"

"他们的防守阵形一点点变成进攻阵形，又变成防守阵形，我觉得那是为接收奇袭结束回来的士兵做的准备。"

"原来如此。"

呼延赞思考良久。

"要说的话，现在确实没有加强防守的理由。但是，要是奇袭，他们的目标会是哪里呢？"

"要知道这个，就不是奇袭了。"

"确实。"

杨业觉得一丝徒劳感袭来，虽没有表现在态度上，但他也没心情去说服呼延赞。呼延赞也有几分对对阵开始疲倦的表情。

"总之，我会好好管理自己的军队，说实话，其他也管不过来。两个统帅，无论做什么，光是让他们行动就筋疲力尽了。"

呼延赞说的是真心话。他似乎想说：就这样的军队，光是人数庞大，就能战胜敌人吗？

回到自己阵中，杨业先下令强化斥候。但是三十万大军阵容庞大，如果往自己负责的区域之外派出斥候，有可能被误认作敌人，侦察还是要有界限。

"真的会有奇袭吗，父亲？"

"大概不会有错。你怎么想，延平？"

"六郎行动出色，兵站正在恢复，要看辽军对此如何看待了。"

"就是这个。"

大本营的传令下达是在当天深夜。

杨业出了营帐。战斗气息尚未传来，而天空一片通红。传令的内容，只说了有敌人骑兵队奇袭。

杨业把自己队伍的守备交给延平，带着五百骑兵赶到大本营。有些凌乱，但已经不见敌人踪影。着火的是后方。

谁也没能解释情况。杨业暂且担起了大本营的守备任务。

曹彬终于一脸不悦地出来了。白天的军事会议上，他刚刚驳回了杨业的奇袭说。

"安静。敌人只是用骑兵队搅乱了我军，在易燃的东西上放了火。"

实际损失不大，但火势更大了，有不祥之感。

"曹彬将军，大本营的军粮都在一个地方吗？"

"什么？！"

"可能这火……"

"灭火！在干什么？赶紧灭火！"

曹彬开始慌张。

杨业清楚地知道辽军的目标。是大本营的军粮。唯一充足的大本营的军粮被点燃了，火焰熊熊燃烧。

夜晚过去，随着天亮，情况慢慢清晰起来。

数千敌人骑兵突然在大本营里奔跑。据说骑兵队不是要攻击什么，只是在来回奔跑，此间，几十个军粮贮藏地点着火了，数千规模的步兵也趁乱入侵，任务只是点燃军粮，守备军粮的士兵们看见他们身背油桶。

因为是浇油放火，大火直到早上还没熄灭。没有准备防火的水，军粮甚至没有分散放置。

士兵几乎没有伤亡。

但是，大本营的军粮可以说是全毁的状态。杨业悔之莫及，如果自己能意识到奇袭目标是军粮，就不会遭受如此大的损失，不，只要军粮分散放置，损失也会不同。

"这下，长期对阵有困难了。"

军事会议上先开口的是潘仁美。

"如果昨天能认真听取杨将军的意见，就可以预防。此次之事，责任在于军事会议。"

说是军事会议，总之是曹彬的军事会议。潘仁美自己也反对了，却说是这次军事会议。

曹彬红黑着脸，一言不发。显而易见，他无论说什么，潘仁美都会反驳。

"现在我们能做的，就是在此一口气进入决战。马上进攻的话，军粮不是大问题。"

"但是，长期远征，兵马疲乏，潘仁美将军。"

"高怀德，我们来这里不是游山玩水。军粮被烧，敌人认为给了我们痛击，此时反攻，他们不会想到会被攻击。"

"你怎么知道，将军？"

"他们执拗地盯着军粮，这是让我们挨饿，把我们赶回去的策略。我是这么判断的，所以才要现在进攻。"

潘仁美大概在静待自己掌握总指挥权的机会吧。将军们开始纷纷陈述意见，杨业交叉双臂，一动不动，闭着眼睛。

辽军的目的只是让宋军挨饿、把宋军赶回吗？如果是这样，他们没有彻底切断宋军的兵站线，投入的只是耶律休哥的轻骑兵。

"大家等等，安静，"曹彬站起来，环顾在座的人，红黑的脸显得更黑了，"我是这支大军的统帅。"

杨业想，曹彬内心有什么东西毁了。深思熟虑是曹彬作为武将的特质，这种特质现在爆发了。

"不能打。"

"你说什么。曹彬将军？"

潘仁美大声说。这像是火上浇油，潘仁美没有意识到这一点，越说越激动。

"闭嘴！"曹彬一拳打在铠甲上，"是因为有你这样的人，才打不了胜仗。你只是装作服从命令，不断在拉我后腿。我曾一度退兵到国境线，但并不是撤退。皇帝想必也知晓此事，幸好从代州有通信中继站，两天能将消息送达开封府。"

"这是说，来到这里，要放弃一切是吧，曹彬将军？"呼延赞说得沉稳，"没打大仗就到了这里，我也觉得是中了辽国的圈套，退到国境线是要重整态势。"

在此立即进攻，成了半对半错，曹彬和潘仁美两个将军各自主张其半，也就是说，大军的阵营分割成了两个。

"曹彬将军，你说因为有我才不能作战是吧？"

"对，我说了。"

"无视我主张进入决战的意见，说要因此放弃一仗？这是统帅干的事吗？"

"没说放弃。我决定在下次战场一决高下，我只是不想到时候和你这样腐朽透顶的武人在一起。"

潘仁美站了起来。

两个将军手持剑柄，怒目而视。

"我不会听漏你的话。"

"好，你别听漏我说的每一个字。你作为武将，是最让人鄙视的家伙，害群之马说的就是你。我先问，到现在为止，你对全军的行动有多大的阻碍？你带着十几万大军，没打像样的仗，为何与大本营会合迟到了十几天？因此错过了总攻的机会。不，不许你反驳，谁都能一眼看出，你是在故意迟到。"

身边的将军们抱住想拔剑的潘仁美，制止了他。

杨业在想，皇帝不会允许后退。万事俱备，只待攻辽，本该充足的军粮不够，这样的理由皇帝不会信服。显而易见，该下令总攻，现在的曹彬缺乏判断力。

对于曹彬先退兵、把大军分成三四队重新进攻的想法，杨业不能反对。三队近十万人的大军进攻，对辽会是巨大的威胁，但宋军已经错过时机。

结论是，等待皇帝的决定，没有结果的会议就此散会。

剩下的就是等待皇帝的命令从开封府送达。命令进攻，这大致不会错。

回到自己队伍，杨业让将士准备战斗。重物全都扔掉，让马歇够、吃饱。除了做完这些之后等待，杨业别无他法。

全体宋军已经准备撤退，潘仁美也不能独自下定决心去攻打辽军。

厌战情绪开始飘散。没做撤退准备的只有杨家军，他们被留在前线的局面形成了。

八

辽军从间谍的消息判明，宋军开始准备撤退，但据说这不是决定，而是不觉之中的气氛。

耶律休哥向耶律斜轸传达了这一情况，但在军事会议上什么也没说。

耶律奚低只是在等待耶律休哥或者他的手下来大本营，首先要分析宋军南边被占地区的形势，无论如何，耶律奚低意识到自己希望听到耶律休哥的意见。

耶律休哥比预料的早，在收到间谍消息的第三天，就带着五六骑来了，还是轻装简行，不像个将军。

"听说你损失了一千骑？"

"希望能补充上队伍，在北边营地开始训练。杨家军的骑兵队训练有素，精干难敌，今后之战还是以杨家军的行动为轴心考虑为好。"

"那杨家军到现在连撤退准备都没做。"

"杨业大概已经猜到，军事会议会反复变化，我也不认为宋军会就这样什么都不做就撤退。"

"同感，虽说如此……"

奇袭烧掉宋军大本营军粮一事，耶律奚低只跟耶律休哥商量过。为此，约两百名辽兵作为收拾粪尿的搬运工潜入宋军，每五个尿壶里装上一壶油。近三十万大军，粪尿数量也相当可观。从杨家军骑兵队往南边行动时开始，宋军的兵站逐渐恢复，从那时开始准备奇袭也是耶律休哥的主意，耶律奚低默然采用了他的策略。

"宋军会打过来一次吧。"

"我们后退二十里吧，应该从能利用地形的地方开始反攻。"

"我明白，但是离燕京太近，而且一旦让大军有了气势，后面就麻烦了。"

"赌一把了。"

耶律休哥语气轻松，他这大概是在说，要想大胜，就要大赌。

"如果他们什么都没做就撤退，我们就全力攻击。"

"先锋杨家军会就势成为殿军吧，到时候我就绕到敌人大部队的侧面去攻击。"

"好。"

耶律休哥不是在请求允许,只是在告知。他有独立行动权,跟耶律奚低商量了预料的几种情况,预料的情况并不多,谈话很快就结束了。

耶律休哥没有参加军事会议就策马而去。

第二天,耶律奚低让大本营移动到宋军正面,紧跟前卫之后,士兵的行动不错。耶律斜轸的队伍也是核心之一,被配置在左翼。耶律斜轸对形势变化少言寡语,这可以说是作为将军的好品质。现在他居自己之下,对耶律休哥心怀抵触。如果站上辽军顶点,大概也会有认可耶律休哥这样的男人的度量吧。只要给耶律休哥五千骑兵,让他自由自在,就能起到匹敌五万人的作用,作战就是耶律休哥活着的意义。

辽军斥候的数量增加了一倍,来自间谍的消息也多了起来。进攻也好撤退也好,宋军无疑在准备行动。

"耶律休哥的位置不甚清楚,这有点让人不安。耶律奚低将军的阵形,我很明白。"

在能远望宋军部署的坡顶,耶律斜轸和耶律奚低策马齐头并进时说。

远处,斥候队的马跑过,扬起烟尘。到了很少下雨的季节,虽然寒冷,但辽军更能忍耐这种寒冷。

"耶律休哥确实是个优秀的武将,我也很明白轻骑兵在敌人后方的搅乱效果有多大。但是,身在军中,这样就可以吗?"

耶律奚低很清楚,耶律斜轸这话并非只是出于抵触。耶律休哥的行动不符合耶律斜轸所想的武将该有的样子,这也情有可原。耶律奚低想,他的行动也不符合自己的想法。

"不要定死武将应当如何，不能有别的看法吗，耶律斜轸？比如力量情况。"

"力量情况？"

"如果把耶律休哥的轻骑兵编进大军，力量无论如何都会削弱，他的骑兵队只有在允许他们自由行动的情况下才能发挥所有力量。为了能用好他们，要放宽想法。说实话，对耶律休哥的特别行动权我也有过抵触，但现在却认为，只要他们不严重扰乱军纪，就可以认可。"

耶律奚低想，耶律斜轸虽然恼火，也会认可耶律休哥吧。辽没有时间用军纪去压制有能力的人，只要站上辽军顶点就会明白这一点。

"要开战了吗，将军？"

"不管对手如何行动，都要打。在这里清清楚楚取胜，会慢慢看见中原。"

只能胜利，打胜这一战，才能英武地结束自己的武将生涯。

宋军开始行动是在几天之后。

显而易见，他们正在摆好攻击阵形。

耶律奚低从间谍的消息中得知宋军军粮严重不足，心想：即使这样还要面向决战，是有一股力量在驱动。

耶律奚低暂且要考虑如何应对宋军的攻击阵形，他不认为宋军开始释放的士气只是威吓。

"我听说将军命令两万后军准备后退。"

耶律斜轸勃然变色，飞奔到大本营。到了临战状态，决定了迎击方针，现在大本营不经军事会议就发出了超越决定的指示。

耶律奚低沉默地指指地图上的一点。

"将军考虑在此决战吗？"

"还有其他地点吗？"

从现在的地点后退二十里，这是耶律休哥说的地点，耶律奚低每天晚上看地图，也拿定主意，只有这个地点。

"想大胜一场，耶律斜轸。"

"这不是后退，而是诱敌啊。关键时候改变主意，这个我做不到。"

耶律斜轸面泛红潮。

"别乱了军纪，全军后退之时，也要迅速整齐。"

宋军何时开始行动？耶律奚低只盯着这一点。他已经不再犹豫。先冲撞一次，再让全军后退，虽然危险，但能做到，他对此坚信不疑。

传令的马匹来往奔驰。军粮已经开始往后方运送，耶律奚低不想给宋军留下一粒粮食。

宋军开始行动。

耶律奚低站在坡顶看着。大地在震动——这一形容恰到好处。大攻势开始了。

九

曹彬的命令，是全军一齐攻击。如此一来，杨家军就不过是先锋的一部分了。

对于曹彬准许撤退的请求，皇帝来自开封府的回复很是严厉：做了如此准备的大军，不许不战而退，口气强硬。收到回复，曹彬马上决定发起总攻。在军粮不足的情况之下，不能拖延时间，也难以推敲复杂的战术。

判断皇帝不会认可撤退的杨业可以马上转入攻击，但在全军压上的战术中，不能独自突出。

宋军全军压上。三十万大军一齐攻击，其力量真是地动山摇。在即将相撞之时，辽军开始后退，但不是溃逃，而是整齐地后退。

辽军后方二十里，有一片广阔的丘陵地带，显然辽军要在那里反攻。如果自己是辽军指挥官，会这么做吗？如果被破，将会被一口气攻到燕京。

耶律奚低在赌。

宋军上套，在某种意义上说是没有选择余地的办法，也就是说，宋军在追击的同时，也在被逼迫。

杨业想，哪怕只有杨家军能突破，这样也能确实摧毁辽军，进攻到燕京。

宋军压上二十里。不出所料，辽军在丘陵地带摆了防御阵形。

"守势很厚啊。"

杨业跟身旁的延平说。辽军只在杨家军对应的地方摆了五道防御线，其他地方是三道。

就算突破也需时日，此间如果同伴被攻陷，杨家军可能会孤立于敌阵，但设想同伴失败也是愚蠢。四处已经开始对打。

"打。"

杨业对延平说。

延平大叫，杨家军一齐开始攻击，冲撞。他们的对手是耶律奚低亲率的队伍，还有华胜和张黑塔的队伍。

杨家军凝成一团。他们可以随机分散成三队到九队，但现在是全力迎击正面敌人之时。

杨业在仔细留意耶律休哥的轻骑兵朝哪一处袭击过来，只要能防止这一点，就能突破正面的敌人。辽军整体呈防守阵形。

杨家军攻破了敌人的第二道防线，但仍有三道。其他地方情况时好时坏，但曹彬的队伍推进了不少。杨业判断宋军眼下推进了一点，但无法进一步推进。辽军事先在丘陵地带准备了栅栏之类的防御物品，面对栅栏之间戳过来的长枪，杨家军也束手无策。因为是全军进攻，不能纵横绕圈奔跑。

对攻持续了将近四刻。虽是从缓坡下方进攻，随着时间过去，兵力开始发挥作用。对攻在丘陵一带，烟尘中看不见远处。如此宏大的战场，杨业也没有经历过。不管哪一方崩塌，会是哪一种方式呢？是全体被波浪击碎一般崩塌，还是某一点崩塌，无法避免地扩散到全体？杨业想，还是某一点被突破更加失败，在被突破的瞬间，被压制的方向变成两个，力量互角之时，如果有来自别的方向的攻击，就会无法避免崩塌。

耶律休哥带领轻骑兵，为了找到这一点，此时一定在某个地方盯着战况。杨业想，成败就在于耶律休哥发现这一点之前，杨家军能否突破前方的敌人。

但是，还有三道。辽军栅栏做的防御线，第二道比第一道坚固，第三道比第二道坚固，后面还会更难攻。

"六郎、七郎，临到撞上之际绕到旁边，掩护延平。"

六郎高叫着应声，骑兵队一齐开始奔跑。正面突击的骑兵队飞速往旁边移动，趁此一点点空隙，延平的队伍在栅栏上撒网，拉倒。敌人的第三道防线眼看着坍塌。

"走了。"

杨业朝麾下的百骑喊。就此杨家军全军上阵。这是敌人的第四道防线。杨业自己先从正面冲撞，横扫戳过来的长枪。带钩的网从马背上撒向栅栏，一部分栅栏被拉倒，以六郎为先锋的骑兵队突进，第四道防线被骑兵队切断，延平击败了敌人。

最后的第五道，逃走的敌兵再次集合，防御更厚了，但是，能击破。

"延平，步兵压上，切断一处，就让骑兵队突入。"

杨家军发动进攻。即使在混战中，步兵也在延平的指挥下整齐集结，压上。以六郎、七郎为先锋的骑兵队待机而动。

"听好了，一切断敌人，马上反转。只要打垮耶律奚低，敌人就会全垮，我们就能乘胜追击到燕京。"

"是，父亲。"

悬念只有一个：耶律休哥的轻骑兵在哪里。眼下，还没有他加入战线的气息。

"好，大哥，再压一次。"六郎大叫。

右翼发生了别的动摇。是潘仁美部队所在的一带。动摇明显传到了杨业所在的地方。

杨业咬着嘴唇。还有半刻，还有一次进攻。眼下传过来的，是同伴败走的气息。

十

曹彬瞬间无法掌握发生了什么。右翼混乱了，是潘仁美、高怀德为首的九万人。混乱甚至传到了居于中央的自己的队伍。

左翼是呼延赞，杨家军在中央稍稍靠左翼的先锋位置。杨家军果然勇敢突入，突破了敌人。自己全力压上，潘仁美虽慢了一步，也在奋力开始压上。是最前头的混乱。

"发传令！在干什么呢？再压一次！"

曹彬怒吼。杨家军在敌阵中收拢队伍，以呼延赞为首的左翼大举压上，发起进攻。

"给杨家军也发传令！收拢队伍想干什么？迅速突破敌阵！"

副官同样大喊。

曹彬让大本营继续前进。潘仁美如果落后，就不管他了。

"再压上一次，反复挤压，压上去！敌人就快撑不住了。"

右翼情况变得更加奇怪。曹彬咋舌。潘仁美到了这时候，还在战场引起混乱，拖自己的后腿。

曹彬脑子里想的只有打完仗后彻底追究潘仁美，在皇帝面前列举所有事情弹劾他。这样的将军，宋不如没有。

他看见杨家军聚成一团，正在返回。

"杨业在想什么？都快突破敌人了，朝这边跑过来，是要造反吗？"

想到如果是这样，曹彬感到起了一身鸡皮疙瘩。如果现在杨家军正式攻击过来，就算超过十二万人的大军，也招架不住。怎么办？在思考之前，曹彬又起了一身鸡皮疙瘩，在马背上睁大眼睛。

右翼的潘仁美完全沦陷了，而且，辽军正从右边袭击过来。曹彬大本营后方的三万人立即朝向辽军。

曹彬终于明白，右翼遭到了奇袭。想必是来自横向的猛烈奇袭，奋力向前的潘仁美对旁边来的攻击没有防备。

"杨家军来的传令，请曹彬将军迅速撤退，殿军由杨家军来担任。"

"说什么？战斗还没结束。"

曹彬大喊，但他看到的却是难以置信的情景：朝向右边的三万人眼看着被击败。他看见了"休"字旗。那是耶律休哥的轻骑兵啊。刚想着"就凭这一支队伍"，他又看见了"休"字旗后方的"斜"字旗，耶律斜轸的队伍也在后面。

"将军，从这里撤退吧。"副官大喊。

"休"字旗追到了身边。曹彬觉得像是被长枪戳中了肚子。

"不能撤退，坚守阵地！"

"不行，将军，右翼已经溃逃，正面敌人也在增强攻势。"

在开始后退的军中，不管愿不愿意，曹彬都在动。他切身感受到了辽军攻势之猛烈。

不知什么时候，曹彬被三百骑围着，不停奔跑。他脑子里一片空白，只有身体骑在马上，这种感觉再三出现。

"将军，就这样跑，能逃出去，我们在周围护着您。"

副官的声音也远了，眼前是没有一个士兵的原野。这是梦，不过是个噩梦——曹彬一边跑，一边对自己说。

十一

潘仁美被逼到了绝境。

耶律休哥想：曹彬被层层士兵保护逃走了，潘仁美却落入了辽军之手。

漫长的等待。不管辽军如何被压制，耶律休哥就是不动轻骑兵，继续忍耐。他要先看清杨家军的行动，然后看宋军整体的均衡。攻击总会有突出，也会有落后，耶律休哥要全力向前，追击落后的宋军，这是用奇袭击败敌人为数不多的机会之一。

耶律奚低用麾下的精锐组成了抵挡杨家军的五道防线，杨家军的破敌方式让人难以置信。要是五道防线被攻破，此战必败，绕到辽军背后的可是杨家军。

但是，千钧一发之际，右翼的潘仁美开始发力，与他交手的是耶律斜轸，没有轻易被压制。潘仁美不停进攻，耶律斜轸开始一点点后退，潘仁美大军有了一点点松弛。

运气在辽军这边——耶律休哥心想。他没放过这一点点运气。耶律休哥疾驰到潘仁美大军的侧面，以纵列突入，意在切断大军。他的队伍在大军中来回奔跑，如同一条蛇在巨兽腹中翻滚。耶律斜轸看准时机再次压上，潘仁美大军从前卫开始坍塌，如此一来，整体上都变得脆弱不堪。耶律休哥击败潘仁美大军，继而盯着中央的曹彬，却没能够得到，他马上反转，突入分散的潘仁美大军的核心。

潘仁美在那里。宋军还聚集着约一万人，抵抗耶律休哥的攻击。辽军每次攻击只能击落数百人。这时，耶律斜轸的队伍杀到了。

"取潘仁美首级，耶律斜轸。"

"不会让他逃走。"

耶律斜轸以包围之势发起攻击。潘仁美的队伍眼看着减少，只剩下两三千人。

潘仁美的队伍承受着耶律斜轸的攻击。步兵包抄和骑兵攻击不同，有一种近乎残酷的彻底，被包围的潘仁美身边的士兵不断倒下，如同衣服被一件件剥去，只剩了一千人，还在确确实实地减少。耶律休哥盯着潘仁美军中有数千人之处，一个个击破。

耶律斜轸队伍突然开始大大动摇，耶律休哥明白了包围圈正被从一个地方切断。耶律休哥想，是杨家军，然而，作为中央的殿军，杨家军此时正聚成一团。

是高怀德的队伍，其弟高怀亮也在，正不顾一切地想要突破耶律斜轸的包围。潘仁美的队伍已经减少到数百人，但还是在坚持。

耶律休哥这才看见高怀德。高怀德甚是果敢，毫不畏惧地冲入绝境。潘仁美似乎也意识到了高怀德的救援，数百人开始使出所有力气。

"麻哩阿吉，整体战况如何？"

"中军的曹彬溃逃，殿军的杨家军阻断了我们的追击，左翼的呼延赞也开始溃逃。"

左翼也坍塌了，宋军就此毁灭，现在可以全军发起追击了。耶律奚低的队伍加大攻势，一次次对杨家军发起攻击，不让他们喘息。

高怀德的队伍眼看就要突破包围，耶律休哥带领一半人马，突入高怀德的侧面，"高"字旗的活动范围变小了。耶律斜轸也包围了高怀德的队伍，瞬间形成两个包围圈，但高怀亮还想救潘仁美，拼命前进。

耶律休哥杀死了高怀德，用枪尖挑着他的首级，炫耀一般在烟尘中举起。

继续前进的高怀亮也用尽了全力，他的首级也被长枪挑起。

就此，潘仁美的败死也近在眼前。

这么想之时，整个辽军受到了冲击，耶律休哥感觉这冲击绝非一般。

是杨业。杨家军一边持续承受耶律奚低的攻击，一边改变后退方向，耶律斜轸的队伍开始被退过来的杨家军挤压。杨家军后退的势力似乎在逼迫耶律奚低加大推进的力量。

"见鬼！真能借我们的力，那种打法，我是头一次见。"

耶律休哥对来到身边的麻哩阿吉说。

"马上攻侧面，你去防备杨家军骑兵队的行动。"

杨家军的行动却是让人佩服，但同时也给了辽军歼灭杨家军、取杨业首级的绝好机会。他们这是奋不顾身。

由于杨家军的后退压力，耶律斜轸的队伍开始分裂。

耶律休哥朝着"杨"字旗冲过去，却碰上了什么坚硬的东西，那是一种自己从未经历过的坚硬。

五千杨家军摆齐枪尖，阻止敌人进攻，五千人分为两道，交互冲在前面，行动精准。

"先击败那五千人。赤骑兵继续，其余从正面挤压。"

赤骑兵突入枪阵侧面，但侧面也有长枪。耶律休哥想，这明显是分析了自己队伍的行动，能应对各种攻击。

赤骑兵在混战之中发力，但杨家军夹在耶律奚低和耶律斜轸之间，形成了稠密的阵形，他们利用来自前后的压力，用于侧面的防备。但总会有缝隙，只要能冲击这缝隙一次，摧毁杨家军就不是难事。

耶律休哥一边奔跑，一边寻找缝隙。两千赤骑兵在杨家军侧面拼命发起波浪状攻击，却感觉像是被弹了回来，五千杨家军纹丝不动。但是，在旁边，耶律休哥看见了一点点缝隙，飞驰过去。赤骑兵就像他自己的身体，聚成一块，飞奔过来。两军相撞的瞬间，耶律休哥觉得不祥的预感袭来。赤骑兵轻飘飘地突入杨家军，紧接着就撞上了坚如岩石的东西。耶律休哥无法后退，退路被堵住了，然后，他的眼前出现了"杨"字旗。是杨业。冷汗流了下来。自己如此压上，把杨家军逼入绝境，但实际上自己成了孤军——耶律休哥清楚明白了这一点。那一点点缝隙，是诱饵。

"后退！"

耶律休哥大喊。堵着退路的杨家军也重新组成坚固的阵形，击破他们并非易事。拼死一搏。赤骑兵从马背上斩落四五人，但只能后退。耶律休哥反复横向行动，向前方突围，奋力想逃出包围。

知道耶律休哥被困住，杨家军两千大本营把攻击的矛头转了过来，阵形有了松弛。耶律休哥终于冲出包围之外，赤骑兵损失了二十余骑。

麻哩阿吉带领的队伍在疾驰。

耶律休哥明白了，自己转为攻击的瞬间，杨家军的骑兵队冲了出来。麻哩阿吉确实防着杨家军骑兵队，但追过头了，除此之外似乎还有什么。

他看见了约五百人的骑兵队切断耶律斜轸的队伍之后前进，这明显是杨家军骑兵队的别动队，但离耶律休哥所在的地点太远，他只能看着。耶律休哥咬着嘴唇。

"这是杨业之战吗？"

他自言自语，止住了身体的震动。

十二

七郎只看着一点。

六郎引开了耶律休哥的一半轻骑兵，七郎带领的五百骑目的只有一个。

潘仁美被包围了，七郎要穿过敌阵，救出潘仁美。

剩下的轻骑兵、赤骑兵，都有父亲对付，自己只要不停奔跑就行。

是耶律斜轸的队伍，七郎以纵列切断他们，要冲破阻挡，没有比纵列更好的办法了。七郎一马当先，拼命保护跟着自己的士兵。他冲过敌阵，看见仅剩数百的潘仁美队伍，马一匹都不剩，眼前的士兵几乎都负了伤。

"潘仁美将军，上马。"

空着的马只有三匹。潘仁美、潘章、贺怀浦上马。

"我们杨家军带将军冲出包围之外，绝不要从我们身边离开，不管发生了什么，都要抓紧马鞍。"

潘章屁滚尿流，哭了起来。七郎只看了他一眼，马上排好逃脱阵形。

"没有马的士兵跑在骑兵队突围之后，那里能活，不要想着继续作战，只需要使劲跑。"

七郎大喊一声，策马而去。

他在头上挥舞着从敌人手里抢过来的长枪，一路奔跑。包围圈很厚，但几乎没有骑兵，只要突破，就能逃脱。七郎大喊不止，阻挡的敌兵听到七郎叫喊，背过脸去。敌兵简直如海，看不到尽头。十骑骑兵冲了过来，七郎策马突入，瞬间击落先头的四骑，跟在后面的兵击倒剩下的六骑。敌兵在一刹那有所松动，但包围还是很厚。跑到哪里才能脱身呢，大概已经有折损，但七郎没有时间回头。

长枪断了，七郎抓住戳过来的敌兵长枪，一把夺下，挥舞而进。飞溅的血染红了马匹，七郎一边挥舞长枪一边想：自己大概也是如此吧。

到了极限，但不知为何，此时却没有紧迫感，七郎不知这是好事还是坏事，只知道能好好看周围了。

包围圈眼看就要被攻破。七郎突围之后，才知道敌兵以为自己是后卫，因为没有把握整体战况的指挥官。面对突如其来的杨家军，敌兵目瞪口呆。

七郎逃脱了。

跑到了原野上，七郎继续奔跑，终于能回头看看。五百骑损失了一百。战斗就是这样，七郎不由地想。还是没有紧迫感，他只是在想，无疑到了极限，但总算是熬过来了。

"举起潘仁美将军的旗。"

又跑了一阵，七郎停下马。有残兵，看见旗子会集合过来。

"七郎将军，还是接着跑吧，保护潘仁美将军是第一。"贺怀浦说。

"再跑下去，马会累死。为了防备追击，也该集结士兵，组成阵形前进。"

"贺怀浦，照七郎说的做。"

"是。"

潘仁美的旗被举了起来，众人一边举旗，一边前进。五骑、十骑，散落的士兵聚集过来，也有步兵，终于，队伍超过了一千骑，步兵也超过了五千。

"潘仁美将军，兵力集结了，请组阵前进。"

"你是七郎？"

"杨家军是殿军，我必须回前线。"

潘仁美发出呻吟一般的声音。潘章紧紧抱住马脖子，放下心来。

潘仁美咋舌，开始自己下指示。士兵虽然疲惫，还是组好了阵形。这个样子前进，散落的士兵会集合过来。

"将军，告辞了。"

"杨七郎，"潘仁美盯着七郎，"别死了，我想在开封府再见到你。"

"是。"

七郎聚拢了杨家军，不到四百骑。

七郎在原野上往回跑。有一处烟尘滚滚，杨家军的位置在那儿。

战场情况完全变了。耶律奚低、耶律斜轸全军压上，宋军里只有杨家军缩成一块，一边后退，一边应战，其他队伍已被击溃。只有杨家军坚守阵地，宋军还没到全军溃逃的地步。

七郎和六郎会合，指挥骑兵纵横奔跑，牵制敌人。这样后退了八刻，渐渐变成仅剩杨家军的局势。太阳落山了，借助月光，杨家军彻夜奔跑。如果不在夜间逃脱，他们承受不住天亮之后的大攻击。

倒下的士兵只能就此留下。

父亲让骑兵不停在周围奔跑，七郎明白了这是在警戒耶律休哥的轻骑兵。救潘仁美也必须封住耶律休哥的行动。在夜晚悄悄抢先行动，耶律休哥的轻骑兵能做到这一点。

大败。近三十万大军如天塌一般，顷刻之间溃不成军。这崩塌也无法预防，这大概就是战争之走势吧。七郎让一个负伤奔跑的士兵抓住马镫，伤兵多少能轻松一点儿。

十三

北平寨往北六十里的岩山，四郎越过宋、辽的国境，侵入了二十里。

这是埋伏，兵衔着草，马蹄穿着草鞋，一路前进到了这里，埋伏了一昼夜。从前日傍晚开始，如地动一般，宋军的兵往回跑过来，看溃不成军的样子，就知道他们是在逃跑。

听闻北征军有三十万。如此庞大的队伍，士兵不停往回跑，一直持续到深夜。逃跑的士兵之中，当然没有人爬岩山，如果有，就算是宋军的兵，四郎也打算杀了。这是战时的埋伏，不光是敌人，自己人也不能知道。

"逃跑的士兵中，不会有杨家军混在里面吧，袁良？"

"不会，杨业将军应该知道我们埋伏在这里。"

四郎把袁良当作军师，但他的沉着冷静常常让四郎生气。这种时候，四郎想的是：袁良格外小心，自己在教训他。四郎觉得，袁良是战场上最可信赖的部下，但有点儿过于猜透自己的心思了。

"一切战斗准备都做好了吧，田旭，骑兵和步兵不能放在一起。"

三个大队长中，田旭最为年长，四郎把他从征募的士兵中磨炼出来，他的经验对四郎来说很宝贵。

"一切就绪。"田旭的话总很简短。

"我觉得快要来了。"

天快亮了，几乎没有逃过来的士兵了，只有伤兵互相搀扶着经过。

"看见了。"田旭说。

四郎没能马上发现，过了一会儿，微暗之中，看见龙卷风一般的土烟升起。

"好，进入战斗状态。在我发声之前，绝不能现身。"

骑兵队靠近。没错，是六郎、七郎的骑兵队，完全没有溃逃的气息，感觉是朝着这边急行。

过了一会儿，又看见了烟尘，这次很大，大概是杨家军大部队。

天亮了，骑兵队通过岩山下面，反转过来，迅速调整态势。

大部队一边对付追击过来的三万敌军，一边靠近，离他们很远的后方，庞大的队伍掀起了烟尘。

"父亲这是突出到了敌人的前卫，引敌人过来。"

"把敌人拉到这里，由骑兵队来逆袭，杨家军由此能越过国境。让我们埋伏在这里，是因为杨将军有别的担心。"

"这个我知道，袁良，你闭上嘴，好好看着耶律休哥的轻骑兵会不会从哪儿冒出来。"

四郎不知道父亲此前如何和敌人周旋，但这是教科书一般的殿军，并非承受敌人全军的压力在后退，而是把敌人的数万前卫单独分离了出来，然后有时间摆好用骑兵队逆袭的态势。

"真完美。"四郎不禁想。对于父亲，四郎有着复杂的感情。战场上，父亲有让人倒吸凉气的魄力，如果他是敌人，会令人全身起鸡皮疙瘩。

但是，大部队如果被耶律休哥的轻骑兵从侧面攻击，也会支撑不住。如果父亲是考虑到了这点让自己埋伏在这里，他的周到也令人吃惊。

大部队靠近过来。

远处又升起了烟尘，迅速地，眼看如同戳出的长枪一样靠近杨家军大部队侧面。

遭受侧面攻击的大部队开始坍塌溃逃，但还没有完全坍塌。耶律休哥的轻骑兵也差点儿完全进攻过来，他大概知道在杨家军大部队的后方，骑兵队已摆好了逆袭的态势。

一支队伍离开大部队溃逃过来，延平带领士兵们穿过岩山下面，重新聚集组阵。

四郎觉得沉闷。延平组成的是防御阵形，他们要在这里坚持到底，如果坚持不住，就无法返回国境——他们要让敌人知道他们的想法，但这也是陷阱。令人目眩的进退在烟尘之中交替进行。

辽军加大了压力，尽管如此，杨家军大部队还是一边奋力支撑，一边后退过来。在岩山下面，先是杨家军大部队通过，然后是辽军通过，耶律休哥的轻骑兵摆好列队看着。

辽军再次压上，六郎和七郎的骑兵队果敢地突入，一路追赶的辽军眼看着坍塌，杨家军大部队从后面进一步攻击，数万辽军开始溃逃。像是看准了这个机会，耶律休哥的轻骑兵行动了，想绕到杨家军大部队的背后。

"好，取耶律休哥首级，全军尽力扑上！"

四郎叫着，一踢马腹冲出去。这是俯冲。想在杨家军大部队后方制造夹击的耶律休哥军结结实实地遭到了来自侧面的俯冲，坍塌了。在大部队后方的延平也等待良久一般反转过来，开始攻击。耶律休哥轻骑兵的马接连倒下。

四郎寻找耶律休哥，他看见了，"白狼"，正在把赤骑兵聚成一团，奋力防止溃逃。

四郎不顾一切地奔跑，击落了撞上的几个赤骑兵。耶律休哥朝这边过来了，"白狼"，眼睛在燃烧，如同别的生物。

四郎朝耶律休哥冲去，耶律休哥也想朝四郎冲过来，但被赤骑兵挡住了。

杨家军不停压上，耶律休哥迅速逃离了战线。

延平说：收兵。

不管大军怎样压上，宋军整体是在溃逃，杨家军首先要考虑的是撤退。如果辽军大部队追上来，不知会有多大折损。

整整齐齐地行军，一边行军，一边整理队伍，根本不像是战败的殿军。杨家军整齐地越过国境，回到宋的领土。

"四郎，"四郎被父亲叫去，"你帮大忙了，打得好，根本不像是三千兵力。"

"是。"

不知为何，四郎心想：如此，一切都好。他也想着，这是生平第一次，父亲这么温和地跟他说话。

父亲微微点头。

"兵、马、武器的损失，清点好了马上报过来，四郎。"延平来到四郎身边说。

收拾好了骑兵队的六郎也来到旁边，微微笑着。其他兄弟们大概还在忙着活动吧。败军尚未集中，宋军整体还在混乱之中。

"回见了，大哥，还有六郎。"

没有送行，四郎跨上马背。北平寨的士兵几乎没有折损，但杨家军损失不小。

三千队伍举着"宋"字旗，静静前进。败兵绵延了几里地，这就是战败。

北平寨不远了。

十四

耶律休哥被认定军功第一。

据说不只耶律奚低，连耶律斜轸也赞同。耶律休哥觉得没能打好自己的仗，留下了被杨业戏弄于股掌的懊丧。

燕京因捷报而沸腾，并且是大胜，宋军死者多达七八万。萧太后也从散布在各军的监军那里收到了详细战报。

辽军在极其危险之处下赌，因而取得了巨大胜利，这点确实把握得很好。

将军们排在谒见厅，台上除了萧太后，还有琼娥公主。

被问到希望的奖赏，耶律休哥只说了补足损失。

"军功第一的人这样，让其他人为难啊，耶律休哥。"

萧太后一直盯着耶律休哥，说。

"那就加一条，请准许我继续持有独立行动权。这是军中不该有的，但耶律奚低将军和耶律斜轸将军都没说什么，给予了承认，因此我才能照自己的想法行事。能继续持有这权力，对我来说胜过任何褒奖。"

"是吗，那就再给你一项权力，可以随意在辽军中挑选军马和士兵。队伍的规模，五千够了吗？"

"这是最适当的规模，在此战中也实感到了。"

萧太后点头。其他将军的奖赏相当可观。

散会赴宴之时，耶律休哥被琼娥公主叫到外面。

"我听说有北平寨的队伍。"

"是，那里的年轻将军在最后截断了我们的追击。确实是个果敢的男人，意在取我首级，他笔直朝我冲过来，那双眼睛让我忘不了。"

"是吗？敌人的殿军是杨家军，北平寨的队伍不是从一开始就加入此战，是吧？"

"截断追击，他们的使命好像只是这个。"

"和杨家军什么关系？"

琼娥公主遭到过北平寨队伍的痛击，耶律休哥感觉她似乎被那个年轻将军吸引住了——这也是有可能的事。琼娥公主一脸还想打听什么的表情，盯着耶律休哥。

"那将军在宋军中出类拔萃，但没被重用。让他指挥五万人也不奇怪。"

耶律休哥只说了这些，低下头去。

之后，耶律休哥花了四天补充新兵，挑选马匹。耶律斜轸并没表示抵触，反倒积极帮他推荐好马。

"你要在北边训练吗，耶律休哥？"

"狼适合在北边的荒地。"

"是有了你的作用，此战才能胜，这点我不会忘记。"

耶律奚低引退之后，耶律斜轸会站上辽军顶尖的位置吧，耶律休哥心想。

往北出发之日，耶律休哥被萧太后叫去。

"这个在好几年前就准备好了，我想给支撑辽国的男人。"

耶律休哥被赐了一把剑。房间里只有文官和耶律奚低。

"去掉了所有谁都会喜欢的装饰，所以不能说是宝剑，但我觉得这是一把像样的剑。"

拿起的瞬间，耶律休哥觉得剑成了身体的一部分。他觉得自己年轻一点儿的时候曾经想要这样的剑，是注入灵魂的剑。

"我会用此剑守护辽国。"

耶律休哥行了拜礼。他没觉得自己被赐予了宝贵之物，用一把剑守护国家，那是魔法。尽管如此，还是有什么东西传到了耶律休哥心里。

第九章　我们只有骄傲

一

杨业被叫到东京开封府。

仅带着二郎和几个随从，杨业一路奔跑，进入旧曹门外的府邸，见到了久违的妻子和女儿们。她们的穿着还是有几分花哨，但在开封大概算是低调的了。

杨业派使者进宫报到，自己在府邸等待。关于战败，皇帝想必会下传处罚。派出了三十万大军，遭受巨大损失而归。

"听说你回来了。"

当夜来访的是八王。在客厅见面，杨业先就战败谢罪，八王微微摇头。

"通知传到之时，龙颜大怒。现在已有时日，我想，皇帝也基本准确把握了是什么情况导致的战败。"

"我无地自容，八王殿下。"

"哪里话？因为有杨业，损失才止于七万，若非如此，辽军就长驱而入直攻中原了。皇帝也这么想，千钧一发之际，是杨业守住了。"

"作为先锋，我没能除掉敌阵，我想这是我力不能及所致。"

"杨家军已经攻到了最后一道防线，如果此时潘仁美没被击垮，我们就大胜了，但在战争中不能这么说，战争只有结果。"

"如您所言。"

"这次败仗，皇帝没想追究谁的责任，他平静地说：曹彬一度请求我允许撤退，是因为他认为无法取胜，尽管如此，我还是拒绝了他的撤退请求，对此我很后悔。"

"是吗，不会有人被问责，是吧？我有心理准备，大败其实如同命运一般。"

"比起这些，我更担心的是别的事。"

"是什么？"

"皇帝在重新召集兵马，已经给文官下了征兵令。"

"真的吗？就算如此，这不是为了弥补此战的损失吗？"

"征兵十万。"

"这……"

比起补充新兵，现在更重要的是重整军队，新兵的补充如往常一样，一万左右就够了。

"十万的话，我想相当困难。"

"皇帝说，困难用文官的努力来解决。如此勉力而为，皇帝从没有过。"

"皇帝明显在考虑亲征，他的结论是：这次大败的主要原因是曹彬和潘仁美的对立导致的指挥之乱。"

"他是想用亲征来彻底解决吗？"

"派出了三十万大军还是大败，不如自己亲征，皇帝这么想也是当然。他还没说亲征，所以我只是对征兵十万提了反对意见。"

"应该避免亲征。皇帝很着急吗？"

"我觉得是。他一直把收复燕云十六州视为宏愿。"

辽还在死守燕云十六州，想从那儿染指中原。宋越是在意，辽也越跟着在意。杨业一直认为，加强国境线的守卫、让国家富起来才是最好的途径，但他无法对皇帝说。人会抱有宏愿，甚至会为之舍弃一切，杨业承认这是人的美德之一，也只能承认。

"能阻止亲征的只有八王。"

"不，我也无能为力，这就像是让皇帝改变活法。"

"太危险了。"

"我想请你向皇帝启奏。"

"我会跟皇帝说此事危险，但不能阻止，因为也许会胜。如果注定失败，我会舍身阻止。"

杨业不得不承认皇帝的宏愿，如果皇帝让他一起战斗，他只能去战，可以说杨家军就是为此而存在的。

也许是预料到了杨业的回答，八王数次轻轻点头。

"八王很在意亲征吗？"

"嗯。最近，七王身边出现了奇怪的人，他学识渊博，这点很好，可他在极力建议亲征，七王有事找陛下必说此事。"

"这人是？"

"不知是什么人，名叫王钦，除了建议亲征，还有正经的论法，文官中不少人被他驳倒。我只是觉得讨厌，心想，如果是思虑过多那还好。"

七王是当今皇帝之子，八王是先帝之子，皇帝的侄子，众人一致认为八王是下一个皇帝，七王当然有所不满。而且，八王辞去了皇太子之位，这是现实。

皇帝疼爱兄长之子八王，也认可他的才智过人，所以即使八王辞去皇太子，也没有立└王为皇太子。杨业很明白，八王是害怕皇统之乱引起纷争，才辞去了皇太子之位，杨业对此不够满意，觉得八王缺少霸气。

杨业被召进宫是在第二天。

有将军之名的人几乎全都在场，共五十八名。杨业和呼延赞挨着，排在外来将军的第一列。

曹彬独自站在将军们之前，见皇帝出来，拜礼中突然下跪。

"撤退回来了。"

皇帝先是说了这一句，对跪拜的曹彬只是瞥了一眼。

"朕不知北征军是何等的腐朽。朕命令继续作战，因为既然是举国之战，理应如此。北征军绝不能腐朽。"

曹彬仍然跪着。据八王说，皇帝甚至把握了详细战况，也许是因为监军数量众多。但大军规模之大，连监军们也无法完全掌握全军状态。

"我在想，是什么原因使大军腐朽，并且派了人调查。潘仁美的队伍迟到了十几天才会合，这是所有一切的原因。如果照计划完成会合，大军的整体气势也不会减弱。"

皇帝环视所有人，沉默许久。

"潘仁美军的先锋是杨家军。进军有那么艰难吗？"

杨业想，第一个问题冲自己来了。

"不，并不难。"

"杨家军先行，等待大部队数日，如此反复，对此朕不理解。"

"辽军几乎没有抵抗，敌将耶律奚低是统帅，毫无抵抗地后退，潘仁美将军也许对此有疑问。"

"盲目前进会落入陷阱，是吗？"

"正因为是大军，必须要警戒。"

这是在尽力庇护潘仁美。行军迟缓，只能被视为对曹彬的抵触。

"朕不这么想。朕命迅速会合，潘仁美没想听命。"

"这……"

"住嘴，杨业。如果朕是曹彬，过了约定的日期，会单独开始攻击。曹彬不知变通地遵从朕的会合命令，有愚直之罪，却可饶恕。迟到的潘仁美不管如何狡辩，罪不容赦。"

"但是……"

"战场之约为绝对，朕命亦然，违背二者的潘仁美，被斩首也是理所应当。"

宫殿大厅一片寂静，旁边的文官们也伫立不动。

"我想，陛下也有错。虽然陛下说不知大军之腐败，但多少知道几分，却无视而下令继续战斗。"

是八王。有几人明显倒吸了一口凉气。皇帝闭着眼睛，这四五年，他老得惊人，闭眼时明显得令人痛心。

"确实，曹彬来报军内有乱，因此请求撤退，但这是朕的大军，不允许如此之乱，如果一乱就可撤退，将无能战之兵。"

皇帝睁开眼，恢复威严之光。

"潘仁美死罪，但战败的直接原因在曹彬，愚直坚守朕命的曹彬也是死罪。对此，朕不忍，故此次留潘仁美一命。潘仁美要以重生之心勉力于军务。征兵十万，谁都不许对此有异议。关于战败，朕向你们宣布的就这些。"

皇帝起身离去。

潘仁美跪下，发出低吟一般的声音。

没有任何处罚，将军们各自奔回任命地点。各地会派发新兵，首先要开始训练。

杨业在出发回代州前夜被皇帝叫去，除了八王，只有文官寇准。

皇帝说的都是慰劳之词。杨业只说了亲征的危险。

回到府邸，杨业觉得有点疲倦。虽然皇帝什么也没说，但杨业明白皇帝亲征的意愿很强烈。皇帝认为只要自己在，军队就能凝成一团，杨业不得不承认这是事实。

"我以为潘仁美多少会受惩罚。"

杨业独自一人时，王贵进来说。王贵在开封府的工作，是躲避来自潘仁美的压力，确保杨家军的独立性。其他的事别人也能办，这一点非王贵不可。

"将会是一场恶战，王贵。"

"会在什么时候呢？"

"新兵训练要花一年。"

"听说这次我们接收的三千人都是精兵。"

高怀德、高怀亮兄弟战死，高军没了着落。杨家军从中接收了三千人，作为补充有些过多，也没多少训练的必要。

"我们算是好的。"

"呼延将军他们似乎并没得到补充，大概是皇帝认为他们此战不够努力？"

"比起这些，你要留意潘仁美今后的行动，王贵。"

"新捡回来的命，他又要用在权术上了吧。"

"还有，七王身边有个叫王钦的，那个人的行动也别漏过。"

"王钦，我知道，虽然出色，但我还没看透他的本性。七王身边没他那么有学识的人，所以很得重用。"

"没让你看清他的本性，要盯紧他的行动。"

王贵点头。

杨业接着和王贵继续谈论这个国家的情形。潘仁美主张以军队为中心治国，以寇准为首的年轻文官们认为应该以文官为主导，他们的对立不会消失。如此一来，根据皇帝采纳哪一方的意见，双方的力量比对在不停变化。眼下，为了征兵十万，也就是为了军队，文官不得不竭尽全力。

"将军如何打算？"

"只有专心磨炼精锐，只要杨家军强悍，潘仁美也不能干涉。"

想和文官处好关系的杨业大概对潘仁美来说相当碍眼，但只要杨家军保持独立性，潘仁美就没办法。

"寇大人终将会和潘仁美彻底对立，杨家保持独立，一切都好。我就这样避开文武的对立，只等着这个国家的形势稳定下来。"

"这样就行，不，只能这样。"

"话说回来，作为武将是二流的潘仁美，和文官争斗倒是能干。"

"比起作战，他原本就更适合政事。"

假如潘仁美是文官，这个国家的情况也许又会不一样，从某种意义上说，他也是个有才能的人。

独处的时候，杨业思量着代州。十天前他刚刚离开，可是已经想念那片原野血一般的土地的颜色。

二

立刻反攻宋领土的气氛，比刚开始冷静了一些。

因为萧太后什么也没想说。萧太后似乎也听了萧陀赖等文官的意见。被三十万大军入侵的辽国国内，即使是大胜了也相当凋敝，尤其是农作物居多的南方成了战场。

而且，虽说灭了七万宋军，辽军也损失了两万，恢复兵力、增加国力都很有必要。

但是，在耶律奚低看来，萧太后的沉默不止于此。一定还有其他。

耶律奚低把麾下交给副官，自己带着百骑，巡视辽军各队，光巡察就花了两个月。

他赶往北方时已是隆冬。

有雪反倒让人感觉温暖，北风呼啸，北方多是积不了雪的荒地。耶律奚低第一次在冬天来到这里，严酷超过他的想象。

耶律休哥选择了这里作为冬天营地。现在的耶律休哥想选择哪里作为营地完全自由，但他却顽固地把五千人和一万匹马封闭在严寒之中，而且据说一个月里有一半时间在野营。

"挑了这样的时节过来啊，耶律奚低将军。"

出迎的耶律休哥正在自己照顾马匹。将军亲自伺候马，这令人吃惊，可这在耶律休哥身上却会发生。对骑兵队来说，马就是命。

"今年冬天很轻松，不管怎么说，有五千头羊，羊吃的草也备足了。"

据说食物不足引起生病是大敌，更甚于严寒。他们宰杀活羊，生食肉和内脏，如此，没有蔬菜也不会生病。耶律休哥说，一滴血也不会浪费。

在营舍里，除了客房，生火的只有大会议间，连耶律休哥的房间也没有生火。即便如此，有了营舍，还是比起以前轻松了许多。以前在粗陋的营帐里，他们也熬过了冬天。

"兵马都会变强，我好像明白了，耶律休哥。"

"这并不是最强的，只是我的方式。"

"用你的方式练就了辽军无敌的骑兵队。"

"时常被杨业摆布。一想到假如他是宋军指挥官，我就后背发凉。"

"你也这样吗？"

"我也想和他正式打一回。"

冬天，耶律休哥的白色头发、眉毛更加清晰。

耶律奚低不能从火堆旁边离开，他不由觉得身心都变软了。他坐的椅子上甚至铺了毛皮。

这天，耶律奚低巡视了军营，耶律休哥招待了他一番。

耶律奚低无论如何也吃不了生肉和内脏，耶律休哥让人把肉烤熟了。据说要是整个冬天都吃烤过的肉，不少士兵会生病。

十天左右的话没问题，耶律休哥笑着说。从上京临潢府过来，确实花了五天才到这里。

到了晚上，两人交谈。

耶律奚低被安排在客房，屋里燃着柴火，还端上了马奶做的酒。

"萧太后在盯着什么，不知这会持续多久。在此期间，我盯着全军。文官们正努力让国家凋敝得以恢复。"

"这是好事，因为遭受了三十万大军的进攻，军队也会在看不见的地方变得脆弱。"

"休养之后，就让军队重新训练，新兵只是补足缺少的部分。萧太后没说要组织大军，我最害怕的是这个。"

再勉强征兵，将使国家陷入极端凋敝，萧陀赖等人一定在拼命说服萧太后。

"我现在在想辽军的将来。如今我统领辽军，还有五年吧，再长就勉强了。"

"五年之间，情况会显现出来。"

"我看见了一件事，确信萧太后也不会反对。"

"哦？"

耶律休哥的眼睛盯着自己。

"不是有耶律斜轸吗？"

"原本是你和他比肩。"

"如果看见的是我，那就大错特错了，耶律奚低将军。有一点我能确确实实地说，不能把我放到辽军顶点。"

"我料到了你会这么说。"

"我只有带着骑兵队，才能发挥力量，也就是说，我该被放到第三位、第四位，而且，一到作战时，要给我独立行动权。这么用我，才是最聪明的方法。"

耶律奚低明白这些，但耶律休哥拥有的难以言表的东西，还是有很大吸引力。最近耶律奚低常常想象，假如耶律休哥统领辽军会怎样，也许辽不光能吞并宋，还会征服西域甚至更西。

"你没有过梦想吗，带领所有辽军？"

"梦想和现实不同。"

"那你做过梦吗？"

"梦见我征服了国家的一切，那是冬夜的梦。"

"这样啊。"

"接替耶律奚低将军的不应是我，为辽国。"

如果他已经考虑了这么远，就没什么可说的了。

渴望做英雄，就算有这念头，但在国之顶点，以自己的才智来思考则过大。连萧太后也未必想得这么远吧。

"这个国家会走向何方呢？"

"和宋之战终会停歇，因为有民才有国。"

此后许久，两人谈论了宋军形势。耶律休哥身在边境，对宋军了如指掌，令人吃惊。

这个男人如此即可，耶律奚低想。五年之内，也许会出现年轻将军，假如是耶律斜轸培养的，辽军将坚如磐石。

耶律奚低在耶律休哥的军营停留了两天，巡察了上京临潢府的禁军军营后，回了燕京。

久违地被萧太后召见是在年后过了一个月之时。

被叫来的只有耶律奚低一人。

耶律奚低被带到里间，萧太后身旁还有萧陀赖一人。

"我有话要和统帅军队和主持民政的人说。"

"是。"

萧陀赖也一脸紧张。

"大胜之后马上进攻，是辽这个国家的做法，因为辽是进攻之国。"

耶律奚低点头，心想：她大概要解释为什么没有马上进攻。

"我在忍耐，今后也想继续忍耐。"

"这个……"

"忍耐也是进攻，我决定要这么想。"

渴望中原的萧太后在说按兵不动。耶律奚低想，其中必有原委。萧太后的声音平静却充满意志。耶律奚低心底升起畏惧一般的东西。

"我想一次决战得到中原。"

耶律奚低没说：有这样的办法吗？萧太后从不说做不到的事。

"取宋主的首级，然后乘势攻下开封。"

"宋主在开封。"

"宋此前以三十万大军攻辽，没能成功，宋主大概认为是因为没有统一大军。"

"宋军确实分成了两块，我们抓住了这点。"

"宋军想要凝成一团，必须有中心，任何人必须服从的中心。"

假如这中心是宋主，如何取他首级呢？

"宋主在开始考虑御驾亲征。确实，只有宋主在，宋军才会凝成一团。耶律奚低，你怎么看？"

"收复燕云十六州，是宋主继承自先主的宏愿，派出了三十万大军还是不行，也许他确实会考虑御驾亲征。"

"会有人阻止，但七王强烈主张宋主亲征。"

七王是宋主儿子，评价甚高的八王是先主太祖的儿子。七王这是起了念头，想以此在皇太子之争中占据优势。

这是有可能的。假如八王略为年长，现在的皇帝无疑会是八王，七王的焦急心情也能理解。

"太后认为宋主亲征决心坚定吗？"萧陀赖说。

"我想他定会考虑亲征，也许要再花些时间。"

"在此之前不和宋交战吗？"

"大概只限于国境上的相互摩擦吧，耶律奚低。"

萧太后看起来相当有信心，她是从哪里得来的情报呢？

耶律奚低想起了平时总在这间屋里、像摆设一样的男人的身影，矮个、寒碜、用胆怯的眼神看人。

他来道过别，只身潜入宋，大概是做好了不复返的心理准备。

王钦招吉，如果是他，也许能侵入宋的中枢。他的学识非同寻常，一定会有人想用他。

这个人是七王也不奇怪。

"让士兵们做什么呢？"

"专心养兵吧，要锻炼他们，不能经不起挑衅，但即使是小摩擦，也要尽全力，要继续让敌人觉得辽强大。"

"知道了。"

宋令人害怕的，除了杨家军，还有组织超过十几万人的大军那样的时刻。如果是国境线上的小摩擦，辽可以用完全压倒之势收场。

"我等着，等着宋主自己攻入我国，等着辽更加强大。"

耶律奚低基本上确信，王钦招吉在活动，而萧太后相信他。可以说萧太后没有完全相信过谁，可是不知为何，她相信王钦招吉。

总之，自己有了时间，耶律奚低心想。

三

骑兵队的训练完成了。只是，马匹刚刚够，只能从北边慢慢购入良马。

以补充形式加入的三千高怀德军不愧训练有素，只需让他们习惯杨家军的方式即可。

代州府邸里有延平的妻子和两个儿子，但他常在野营地度日。

杨家军现在一分为二，反复训练。一支由父亲指挥，二郎、三郎跟着，延平这边是五郎和六郎、七郎的骑兵队。四郎独自在北平寨。

开始训练过了半年，其中经过了一个冬天。再过一个冬天，新兵们大概也会像样了。

去年的大败，延平只能当作是场噩梦。军内有许多失败的因素，但身居如此庞大的大军之中，事实上很难觉得会败。延平亲身体会了什么是人多势众。

杨家军损失不小，但延平有着单独阻止了辽军进攻的自负。当时，如果整个宋军就势溃逃，辽军也许会攻入中原，开封府也会陷于危机之中。

"大哥，终于到了两百匹马，再有两个月，另外三百匹马也会到。"

七郎来到延平的营帐说。骑兵队起到的作用超乎期待，只是补充马匹损耗相当困难。杨家也经营起了牧场，从中每年能补充两百匹马，三年后能增加到三百匹马，但生一匹马要花一年以上。

眼下只能依靠饲养数千匹甚至上万匹马的北方牧场，这些牧场独立性很强，辽也好宋也好，只要给钱就卖马。

辽也无意摧毁领土内的这些牧场，因为牧场的存在能让辽富裕。国家经营的牧场，光延平知道的就有六个，各自饲养着至少一万匹马。

南船北马，这老话现在也在用。

"马可以了，已经安排好。五郎，加上六郎、七郎，我有话跟你们说。"

"是关于下次北征吗？"

"父亲在想，皇帝会亲征，如此一来，在作战之外就会有别的问题：如何保护皇帝。"

"真是麻烦啊，亲征什么的。"

"七郎，慎言。"

"作战交给武人就好了。"

"结果是去年的大败。皇帝想必也左思右想吧。"

"不就仅仅是曹彬和潘仁美愚蠢吗？"

"不许这么说，杨家军一直是宋军的先锋。"

"我知道……"

这是之前重复了许多次的对话。

"七郎去北边，完成我之前命令的事。"

"这不是已经谈完了吗？"

"是六百匹马，不能在国境交接，所以要你去安全运回来。"

他们和辽的一个大牧场谈好了，条件是去牧场取。很有可能在途中遭到袭击。

"你能带去的兵是百骑，夜里前进，白天隐身。"

"交给我吧。"

延平想，交给七郎是最好的。如果能一次补足六百匹，加上之前的补给，就会相当轻松。

宋军也已经开始做大战准备。

军粮被集中在国境线沿线。

和上一次不同，数量庞大的军粮不是集中在几处，而是分散在许多地方，补给线的数量也由此增多，就算被切断几处，也不会出问题。

兵力也在慢慢向北边的国境附近集结，不再像上次那样把大军编成两部分，所有一切都在以上次大战为教训。

训练很单调，大多是在重复同样的内容，但这在战场上能救士兵的命。杨家军虽是大败的殿军，损耗却比别的队伍小，这也是训练的成果。

延平常常代替父亲参加开封府的军事会议，基本上是和父亲轮流参加。内容几乎都是分析敌情、各军成果报告，最后大家拿出各种北征战略，相互讨论。皇帝列席军事会议，开封府也被战争氛围笼罩。

尽管如此，大家都说北征会在两年之后，谁都认为现在致力于军事是大败之后的重振。

八王经常到代州来。

也许是年纪相仿，八王尤其喜欢六郎的骑兵队，有时他会把名叫千里风、万里风的两匹骏马带过来参加训练。

"杨家军的训练是最好的，我参加一下，觉得神清气爽。"

"八王别累着了。"

"杨家的兄弟们都成了可靠的武将啊。在开封府邸的八姐、九妹，武艺也不输给男人。"

宫中有立八王为皇太子的动向，八王待在开封府就很心烦，有事必称应当立七王为皇太子。

关于继位，皇帝少见地优柔寡断。延平想，皇帝是在让自己儿子七王继位的想法和罕见英明的侄子八王之间摇摆不定吧。

国境的各个城郭附近，兵力在慢慢集结，这是以强化国境警戒的名义进行的，是皇帝亲自下的指示。

"是这样啊，这事情本身没错，但皇帝亲征的意思至今没变，我担心的是这个。"

八王来一次代州，就要住上十天左右，不难想象七王和潘仁美等人对此会作何想。但八王来了，延平高兴。

"六郎说，想把骑兵队增加到五千骑。"

"这是参照了耶律休哥的轻骑兵吧，但在杨家军，三千是恰当的数目。"

"辽是马的产地啊。"

禁军的骑兵队也就是一万骑左右，原本宋军也不善于马战。

士兵们扛住了夏日的酷暑，死于训练的士兵止于十名。

秋初，八王又来了。

"皇帝要去五台山参拜呀。"

皇帝说过，要去参拜，闭关三个月。去五台山参拜是先帝之愿，现在终于能实现了。只是，建造行宫、闭关三个月，这事让人担心。

从五台山往北前进，马上就是辽了。

"禁军的警备没问题？"

"当然，现在计划是两万人，其他随行的还有文官等人。"

"关于国境的守卫，杨家军可以承担一切。"

八王的表情不甚明朗。本来，先王——他父亲的愿望得以实现，他应当高兴。

延平想：皇帝参拜五台山有内情。但只要八王不说，他就不能主动问。

已经给集结在国境线上的队伍下了指示。一片紧张，是皇帝有可能亲自巡视的气氛。

"听说八王见了我父亲，他说什么了吗？"

"杨业说，没办法。"

八王和父亲能深入交谈，但父亲正在雁门关南边训练。

八王只停留了五天就回了开封府，五天里饶有兴趣地看着六郎的骑兵队训练，自己却没参加。

延平让队伍继续野营，自己久违地回到代州府邸。父亲叫住了他。

"听说皇帝的五台山参拜定在一个月后。"

父亲的表情和平常没什么不同，李丽在一旁照顾他。战场上什么都亲力亲为的杨业，在代州把一切都交给李丽。李丽比延平的妻子还年轻得多。

"御驾出行，警备的有两万禁军，入代州之后，特命你也随行。"

"带兵吗？"

"除了六郎的骑兵队，带兵一万。"

"这……"

这基本是杨家军的一半兵力，父亲身边留下一万三千人，剩下的就是北平寨四郎的三千人的队伍了。

"五台山参拜到底是怎么回事？"

"皇帝还没跟任何人表明内心，跟八王也是。"

皇帝在考虑开战，这是有可能的。他选择了杨家军在麾下。

如果是这样，五台山参拜实际上不就是亲征的行军了吗？在那边停留三个月，如果是出于等待春暖的目的，也就可以理解了。

"父亲，我反对把杨家军一分为二。"

"这很难。"

父亲难得露出陷入沉思的表情。

"要分割的话，单用四郎的三千人就足够了，自己人也几乎不知道那是杨家军，起着杨家军伏兵般的作用。"

"但是，难。"

似乎是父亲的吩咐，李丽端上酒菜。和父亲二人对饮的记忆，延平只有两三回。父亲不太想在儿子们面前喝酒。

"我想，皇帝的本意，是想让杨家军全军做先锋。"

李丽斟酒，两人开始喝。

"但是，御驾亲征的先锋如果是杨家军，宋军土生土长的将军们就不会平静了，皇帝会顾及这些方面吧？"

如果父亲已经思虑周全，自己就没必要唱反调了，延平想。但是，把队伍一分为二，就等于兵力变成了一半，能作战的范围变小，冲击力与整体为一的时候相比也会不一样，战斗力会下降到一半以下。为了宋军的统一，这也没有办法，父亲似乎如此作想。

"外来的人，真难啊。"

"喝吧。"

父亲亲自给延平的杯里斟酒。

没有反对。延平没有反对皇帝的决定，却突然生动地理解了父亲的温和。无言以对，延平只是一饮而尽。父亲又给他斟了酒，依旧是陷入沉思的表情。

四

国境附近经常能看见辽军。

一万人左右的队伍，看样子在窥探遂城，也似乎想攻打北平寨。

这是去年宋军大败时成为撤退路线的国境线一带。和做殿军的杨家军事先商量好、一直埋伏在岩山的是北平寨的队伍，这大概已经为人所知，只是人们还不知道那是杨家军，指挥官是杨四郎。

"听说指挥的是琼娥公主？"

一直在监视敌军的是袁良，四郎觉得他报告时有揶揄自己的口气。

战场两次相见，第二次挑飞了敌人头盔，替代首级。四郎已经知道那是辽国萧太后的女儿。

"怎么办？如果是琼娥公主，可以布好陷阱把她捉住。"

"杨家军会打捉女人的仗吗？"

"但是，那可是带着一万人的队伍啊，先不说耶律休哥，是辽的年轻将军们带的兵力。"

"反正是玩，有别的将军跟着吧？"

"耶律尚跟着，他跟王族血脉相近，也许是琼娥公主的丈夫人选。"

袁良的说法总带有让人讨厌的意思。四郎只命令他继续监视，转过脸去。

虽然在意，却没有出兵理由。

就在这时，七郎悄悄请求他支援。七郎要运六百匹马，国境线上的一万辽军无论如何都是障碍。

四郎听说了七郎去买大量马匹，直接运到代州有危险，他大概因此选择了稍稍偏东的路线。

"全军出动，越过国境入辽。"

四郎下令。袁良浮起带几分讽刺的微笑。

四郎训练了五十骑的骑兵队，这和北平寨的骑兵队不同，是四郎直接指挥的部队，马的品质统一，士兵训练也最为严格，练成了精兵，如同耶律休哥的赤骑兵一般。

四郎只带着这五十骑先行，大部队的指挥交给袁良。

四郎听了间谍的报告，派出斥候，在夜间小心地越过国境。

敌人是否知晓六百匹马的移送，这首先是个问题。七郎已经来到国境附近，一定是避开了辽军驻屯地，隐藏在山间偷偷行进而来。从四郎听说他去买马，时间已经过去一个月。

借着夜色，四郎把五十骑埋伏在岩山，因为他研究了地形，预料七郎会从岩山下面经过。当然，他也通过放在外面的间谍告知了七郎，但不能确认是否已经传达到。七郎说是障碍的一万敌军由带大部队的袁良引开。

四郎等了两天，夜间收到袁良的传令，说七郎到了岩山以北三十里的地方，而一万辽军在岩山以西十里的地方搜索敌人，也就是说，辽军刚刚注意到了马匹移送。

辽默认把马卖给宋，但这是在商人之间，除此以外，辽几乎没有能卖了换钱的东西。但此前顶多也就是两百匹，而且要在国境接收从辽的牧场运来的马，到手的未必是理想的马匹。七郎运的是亲自挑选的六百匹，辽军不会忽视。

"辽军开始行动了。"

斥候来报。四郎按兵不动。

袁良行动出色，袭击了想往北去的辽军，成功把他们全体引向南边。

一万辽军不停压上。耶律尚眼光周到，不光看着左右，后方也不敢大意，各派了一千人。

四郎只有五十骑，但对他们的精干很有自信，这是一支如同自己身体一般能传达心意的骑兵队。

四郎能做的只有一件事：突入敌阵，冲击敌人指挥官所在之处。

被挑飞了头盔、捡回一条命的琼娥公主又上了战场，四郎对她有一丝近似生气的感情。如果那还没能惩戒，下次就割了她的头发——这么想着，四郎意识到自己没想割了她的首级，瞬间有点困惑。

烟尘靠近。袁良一边后退，一边自如地运用骑兵和步兵，阵形没有大乱。

有没有缝隙能突入敌阵呢？对面是山坡，敌人会通过山坡下方，但那里并无山谷一般的狭窄地带。

四郎看见自己的骑兵奔上对面的山坡。四郎的队伍有骑兵五百，袁良指挥他们全都上了山坡。两千五百步兵一边使着削尖了一头的圆木对付敌军骑兵，一边在山坡下方后退。

对面山坡上的骑兵队发起了猛烈的俯冲，四郎在岩山上也能感觉追过来的辽军整体在动摇，几乎所有的骑兵都在迅速行动，躲避俯冲。

"走！"四郎跳上马背，大喊一声。

这边的斜坡比对面的山坡陡峭得多，四郎想：骑马冲下这样的斜坡，平时练得都快吐了。辽军动摇得更厉害了，他们应该没想到从斜坡上突然冲过来的只有五十骑，看起来像是有二三百骑。四郎撞上了敌人。

四郎扑倒了五六人，把他们挑飞。五十骑照四郎的意思排成两列纵队，一刻不停。一停下来，他们就会被大军包围，一网打尽，只能动起来。

四郎只看着辽军中央三十余骑兵聚拢的地方。

对手并非弱敌，但两翼受到骑兵俯冲，士兵的动摇不小。

靠近了，白马，看得很清楚。四郎还知道，那是琼娥公主，她的身形、马背上的姿态，他都知道。

敌人进一步动摇。一直在防守的四郎的步兵转入攻势。

一个指挥官模样的男人下令后退，士兵乱起来。

琼娥公主，就在旁边。四郎用长枪横扫拼死抵挡的步兵。

琼娥公主也看着四郎。

女人家居然上战场，你以为战争是什么？四郎更加生气。受伤、死了，怎么办？四郎大叫着，头顶挥舞着长枪，朝琼娥公主冲过去。

指挥官耶律尚明显狼狈不堪，他冲到琼娥公主前面，想用自己的身体阻挡四郎，但琼娥公主拔出剑抢先一步上前。四郎心想：笨蛋！马却没能停下来。四郎用长枪挑飞了琼娥公主的剑，擦身而过时抓住她的手腕，把她拽了过来。

四郎奔跑。辽军开始坍塌。

"别上战场！"四郎大喊。

他扔掉了长枪，琼娥公主小小的身体在他胳膊上。

"我不想让你死！"

琼娥公主好像听到了他的声音，挣扎的身体冻住一般停了下来。

"又给了你一条命。我是北平寨之将。"

二十余骑拼命追过来，四郎没再继续说话。

四郎拉住缰绳，立起马，把琼娥公主放在地上，拔剑扫开眼前的敌人，再次策马。

四郎抱紧琼娥公主，改变方向，狂奔而去。

敌人溃不成军。

四郎召集麾下的五十骑，和大部队会合。六百匹裸马朝敌阵奔来，敌兵四处躲闪，拼力不让马撞飞。四郎把整个队伍拉到斜坡上。

"看这情形，辽军也不能追击了，等七郎跑过去，战斗就结束了。"

袁良来到四郎身边说。正在召集步兵的田旭手腕受了伤，但整体损失很小。

"嗬，来了。"

七郎在马群最后追着。跑过山坡下面时，七郎朝着四郎使劲挥手。四郎也冲七郎挥手，眼睛却追着已经跑远的二十多骑的方向，他们已经不知去向。

"好，我们暂且把追击路线堵上吧，七郎大概那样就能跑过国境了。"

"交给你了，袁良。"

袁良喊了一声，大部队一齐出动，斜坡上只剩下了四郎的五十骑。

在胳膊里挣扎的小小的柔软的身体，突然复苏。四郎觉得自己把不能舍弃的东西，丢在了战场。

敌人在聚拢士兵，但不能采取攻击态势，开始组成边守边退的阵形，事实上在一点点后退。

杨家的四男，杨延朗——四郎没能跟琼娥公主报上姓名，有一点点类似后悔的心情。他想清楚地告诉琼娥公主，自己是谁。

四郎发出传令，从步兵开始撤退，迅速回到宋的领土。四郎很明白，自己没有追击敌人的余力。

七郎满身尘土，目光却比以前更加坚定。

"四哥，去年撤退时也是，给你添了不少麻烦。六百匹良马，一匹不少地全部运到了宋的领土，这下杨家军的骑兵队会坚如磐石。"

七郎给马饮水、喂草，决定休息一晚再回代州。

在北平寨四郎的居室，袁良等队长们也聚到一块，给七郎摆了一个小小的酒宴。不胜酒力的七郎，不知什么时候也能频频举杯了。

说的几乎都是去年的大败，耶律休哥的轻骑兵如何行动，杨家军如何战斗。队长们羡慕地听着，说下次也想加入先锋，四郎却不想离开这里。

只要他在北平寨，琼娥公主也许就会再出现。

"宋军眼看要统一，却已经开始腐朽。四哥，我觉得曹彬和潘仁美的对立，就像是毁灭之国的前奏。"

"只要杨家军不烂。"

"是的，只要我们不烂，就不会被辽攻破。但是，皇帝还是在考虑大攻击。"

"他接受不了那样的大军败北吧。"

"是举国的大军。"

说着宋军和杨家，四郎也兴奋起来。

也许是累了，七郎说了个够，缩成一团去睡了。

四郎甚至还没醉。

深夜，他独自爬上城塔。

月光照着荒野，四郎望向辽的方向。荒野一片，地平线淹没在黑暗之中，尽管如此，四郎还是凝神看着地平线。

骑兵队任务完成得很出色。

三千骑一队，分开，五列纵队瞬间变成十列、二十列，又回到方阵。

每人各有一匹备用马，如此，大概可以足够对抗耶律休哥的轻骑兵了，杨业想。

但这次作战，杨家军将一分为二。正因为明白皇帝心底想让整个杨家军充当先锋的想法，杨业才无法拒绝。如果是御驾亲征，宋有很多将军想当先锋，大家以此为荣。

是考虑军内之和，还是彻底果断，要看皇帝的决断，他倾向于和，毕竟还是文治之人。这些都不是坏事，只是不该考虑亲征。

三十万大军大败，皇帝所受的伤害超过杨业的想象。只要尚未立即夺回燕云十六州，皇帝就会被永远无法收复领土的想法所控制。

大概会用超过二十万的大军进攻吧。可以预测，有了前车之鉴，这次会采取每队五万的分散兵力同时从几处进攻的方法。

有的将军说，要趁辽因大胜而自喜之时进攻，但常年接触国境的杨业很清楚，事情没那么简单。辽的目标终归在中原，不会因赶跑了入侵的宋军而沾沾自喜，反而会在充实战备上下功夫。

御驾亲征还未宣布，只定了去五台山参拜。这也麻烦，参拜的话，大量文官以及八王、七王都会随行。不管之后会如何，文官们谈不上能参战，反而是麻烦。

而且，文官和武官之间难说和谐。亲征给文官们带来的负担，远远超过皇帝的想象。

"怎么样，父亲？"

收拢了骑兵队的六郎跑过来。站在坡顶，能环顾周围的原野。

"完美。"

"下次一定要纵横奔跑，给他们看看。只是，和耶律休哥相撞的时候，我会注意。"

杨业点头。

这是和延平带的队伍的共同训练。皇帝去五台山参拜之时，这一万三千杨家军要和禁军一起随行，如果皇帝下令，他们就是先锋。

训练将持续五六天。但杨业被叫回了代州的府邸。开封府来人了。

回去一看，等在客厅的是寇准，只带着两个随从。文官之中，他和牛思进正在成为宋的中心力量。

"怎么了，寇大人？"

"我想和杨业将军单独谈谈，就在五台山参拜的实地检查途中，偷偷溜出来了。"

"这可是……"

"杨业将军也想到了吧，皇帝在同时考虑参拜和亲征。"

"只是猜想。"

面对开封府的人，杨业还是措辞慎重。轻率的一句话会招致意想不到的结果，这就是开封府。

"作为武将，杨业将军怎么看亲征？"

是这事啊，杨业想。这问题没用，决定亲征的是皇帝，决定了就闭嘴听从，这就是臣。但是，这也像是寇准的问题。

"皇帝决定，这没问题。只是，有人热心甚至过于热心地在旁边劝说皇帝亲征。"

"皇帝旁边？"

"对，可以说是最近的人。"

"你说的是七王吗，寇大人？"

寇准点头。

不祥的预感。七王这是在对抗反对亲征的八王吗？但是，七王能有那么多话吗？

杨业脑里浮出王钦这个名字，听说他学识渊博，在七王身边，文官们也经常被他驳倒。

关于王钦，杨业总有看不清的地方，也嘱咐过在开封府的王贵盯着他。王贵的报告里还没有提出有特别可疑的地方。

"七王自从身边跟了王钦，似乎变了很多。"

"确实是。王钦虽不起眼，却简直过于聪明，在宫里也不离开七王。以前大家议论时，他不说多余的话，可这次就不一样。"

"也就是说，关于皇帝参拜？"

"要只是这个还好。"

寇准是右相，近来众人都觉得他会升为左相。王钦的力量无法与他相较，但是，如果王钦通过七王，借七王之口来说些什么的话，那就是大事。就算寇准是右相，也不能无视。

"皇帝笑眯眯地说，七王长大了。虽然皇太子一事尚未定夺，文官里也有人在巴结七王了。"

"寇大人想让我做什么？"

"对于参拜本身，我有不祥的预感。虽是没办法的事，幸好杨家军有一半会随行，如果有什么情况，希望能尽力保护陛下。"

"那是自然，皇帝的安全由长子延平和骑兵队负责。"

寇准又说了些没用的话，然后沉默。他还有别的话想说，却不开口——杨业想：大概如此。他只能等着寇准后面的话。

重重的沉默，如浓云一般在客厅里垂悬了许久。

"会有一战，会是乱战，我是这么想的。"

"您在说什么？"

"王钦有可能在乱战中被乱箭射中。"

杨业明白了寇准想跟自己说什么，就是说，暗杀王钦。

"其实我一直在查王钦，他背后肯定有什么，我这种念头很强烈，但到现在还没找到证据。"

"是说王钦是辽的间谍？"

"没有证据。"

"所以让我去暗杀？"

听到"暗杀"二字，寇准身体一惊。

"如果七王真的有才能，身边应该有更像样的人。我不是为了防止七王当上皇太子才这么说。"

"寇大人，这不是杞人忧天吗？"

"可是，如果被我说中了呢？"

杨业沉思。这不是严不严重的问题，辽的间谍，在可能成为皇太子的人身边。

"没有证据。他是那么聪明，怎么查也抓不住他的把柄，但他为什么要开始说五台山参拜和亲征呢？一想到这个，我就睡不着，就会想不该发生的事，想奔走、大叫。"

把从五台山去亲征的皇帝引到什么地方，投入全部兵力杀死，乘势进攻因皇帝之死而大乱的宋——辽是在推敲这样的计划吗？

"去年曹彬和潘仁美的对立，似乎也跟七王有关，七王经常叫潘仁美过去。"

杨业闭上眼睛，脑子里只想着寇准为什么对自己说。

寇准额头冒出汗珠，不知是否因为终于说了出来，他脸色苍白。

"我怎么想也只能跟杨将军说。"

"我是武将，寇大人。"

"我是在完全明白这一点的基础上说的。"

"您就当什么也没说吧。"

"谁也不知道我来了这里，你可以把两个随从和我杀了，我不是出于私心说的，如果能把王钦杀了，我可以死。"

"等等，寇大人，难道您之前尝试过暗杀？"

"保护七王的人同时也在保护王钦。我有过机会，但得把七王和他一起干掉，所以我才会想到趁战场的混乱，还没来得及考虑细节。"

杨业再次闭上眼睛。他痛切感受到了寇准在拼命，他大概怀着不得不拼命的东西吧。

但是，杨业觉得，暗杀不是男人干的事。

"我还是想当作什么都没听见，寇大人。我想做武将。"

"这样啊。"

"我会注意王钦，只能留个心眼，您的话就当没有说吧。"

"没办法。"

寇准垂着头，用手掌擦擦额头的汗。

"但是，就当是自言自语吧，我也说了出来，多少轻松了一点儿。"

"寇大人，我会看着王钦，也会交代延平。我能做的只有这个。"

寇准点头，表情沉重地站起身。杨业没有看他。

一个人的时候，杨业盯着院子思考。说是院子，并没有开封府的杨府院子那么华美，没有花坛，只有几棵大的麻栎和榉树。麻栎秋天会结上坚硬的果子，用长枪一个个戳下来——他干过这样的事。榉树去除枝条晒干，可以做武器的柄，树干可以做钉剑用的台子，台子上被砸的地方变了形，成了巨大的瘤子。

院子的地面被踩得很硬，基本上长不了草。

朝廷上长了不知名的草，等人注意到的时候已经生了根——杨业这样想到了王钦。草根也会让地面龟裂。

如果真如寇准所说，那是宋这个国家的不幸，也可以说是皇帝的不幸。可能成为皇太子的人身边，有不知底细的人。

在开封府的王贵报告，王钦和武将的关系极好。一旦有什么事，有力量的不是文官而是武官，这一点他也想得很周到。

八王也在意王钦，但杨业想：自己并不能做什么。杨家军的使命，就是打仗。

如果七王成了皇太子，继而成了皇帝呢？

关于这点，杨业想过不止一次。怎么看，都是八王更有皇帝之才，但他却在坚决推辞，他越是推辞，周围的人越是坚决拥立。很明显，八王的目的不在于此，他是想避免国家由于帝位继承之争而乱，这虽然贤明，却少了点大气。

这个国家今后会如何？杨业觉得，就算胜了和辽之战，也会发生各种烦心的事。

杨业只能看到战事，在一点点领悟的同时，他只能下决心：这就是自己。

五

一万三千名士兵在反复训练。骑兵一千加上步兵九千，要让这一万人好好配合六郎率领的三千骑兵队的行动。一千和三千的两支骑兵队不能合并，因为彼此的行动差别太大。

为了去五台山参拜，皇帝一行已经从开封府出发。两万禁军作为直属的麾下随行。这不是行军，而是行幸，要花普通行军五倍以上的天数。

"大哥，区区五台山参拜，为什么要这么认真训练？"

问话的是七郎，他和六郎一起来到延平的营帐。七郎去辽取马，仅带百骑，把六百匹马安全运了回来，一匹也不少，之后就专心于训练。在骑兵队，不光是练兵，马也要训练，由七郎一人负责。

"你大致猜到了吧，七郎？"

"我和六郎常常说起，但还是想听大哥说个明白。"

"不行。只要皇帝说是五台山参拜，就只能那么想，谁也不能说其他的事。"

"明白了，看大哥的情形，自己揣测就行了对吧。"

"总之，骑兵和步兵要配合好，眼下光想这个就行了。"

"喝酒吧，大哥。"

"为什么？"

"我不喜欢杨家军被这么用，但这也不能说吧？"

"你从什么时候喜欢上喝酒的？"

"发生各种事之后。六哥对我说，把说潘仁美和曹彬的坏话吐在酒瓶里。"

六郎嘴角一笑，不理睬他。

"是吗，酒啊，行吧。"

随从拿上酒瓶，七郎让他顺便跑到五郎的营帐，把五郎叫来。二郎因为训练，在十里之外的地方野营，三郎去了开封府。

"关于把杨家军一分为二，我不再说什么了。不管什么情况都必须作战，这就是武人。但我饶不了潘仁美和曹彬，他们两个没有资格指挥士兵。"

喝酒之前，七郎就开始说醉话。六郎也许是习惯了七郎这个样子，把脸朝向一边。

延平问了七郎取马时候的事，那可是单凭百骑从辽的腹地偷偷运回了六百匹马。

"那个啊。有两三次通过辽军旁边，但我感觉腹地警戒宽松，大概是因为没什么敌人吧，兵力和警戒也集中在国境线上，所以我想，突破国境，单凭我自己的力量很难。能一匹不少地越过国境，是因为有北平寨的四哥。"

当时几乎都是夜间移动，应该吃了不少苦，但七郎什么都没说。

五郎加入后，席间一下子热闹起来。五郎情绪起伏很大，沉闷的时候，叫他也不会来。他还喜欢说死的话题，延平死的时候、二郎死的时候，跳过自己，一直说到七郎，但作战时离死最近的是五郎。他绝不说父亲的死。

皇帝的命令通过父亲传达过来是在几天之后，下令让队伍会合。延平结束了练兵，让士兵们回了一趟雁门关整理军服之后，向南出发，举着"杨"字旗、带领一千骑的七郎在队伍最前面。

和禁军大部队会合，拜见过皇帝之后，一万三千人的杨家军立即被任命为先锋。

说是先锋，也只不过是如蚂蚁一般缓慢前进的队伍的先头，但延平让全军摆好了战斗态势。

因为是行幸，御驾周围非常华丽，两万禁军围着这华丽的座驾。八王和七王也坐在相连的轿辇中，这样一来，八王不能随意到杨家军的地方来，移动的十天里，只在深夜带着数名随从过来。

结果，到五台山花了十八天。

皇帝一入五台山，杨家军和禁军就在周边原野上排开。

"朕在此闭关三个月，思考国事。杨延平反复练兵，禁军也以一万人交替训练。"

冬天的原野。杨家军的士兵习惯了寒冷，禁军看起来很辛苦，动作也不像样。

布在国境附近的总共二十五万大军也收到通令，保持战斗态势。军粮不断从南边运送过来，但连时常护卫辎重队的延平也不知道总量究竟有多少，只是感觉各地储存的粮食足以让二十五万大军饱腹。

父亲身边经常有使者过来。父亲一直吩咐不要让士气松懈，这很少见。延平想，可能是父亲有什么预感吧。

父亲也在雁门关进入了战斗状态，四郎也在遂城的刘廷翰麾下开始了行动。

"这是打仗啊，大哥，没有敌人的仗。"

"七郎，就当是有敌人吧。皇帝在五台山，辽军的手随时可能伸过来。"

攻击阵形持续了三个月，辽也渐渐习惯了。

但是，延平担心，宋军也已经倦怠于训练了。

潘仁美开始在各地巡察，牛思进则作为文官在巡察。布有宋军的国境线很长，仔细查看的话要一个月。牛思进似乎在确认军粮的情况。

据说被称为黑山的皇帝直属间谍集团在全力打探辽的内情，但因为是以五台山参拜为目的的行幸，平时不开军事会议，皇帝的命令直接传达，多半是问练兵的成果。

延平被传召到五台山是皇帝闭关将近两个月的时候。

"杨家军没有变化吧。"

皇帝和颜悦色。

延平是第一次进皇帝闭关的房间，外面的警备有两三层，中心孤立着一个无人之处，这就是行宫里皇帝的居所。

然而，房间里丝毫没有闭关的迹象。

桌上摊着大地图，详细标注着宋军排兵位置和黑山手下打探到的辽军部置。

房间里只有寇准一人，表情十分憔悴。

"废话不说了，杨延平。我要向辽进军，完成多年夙愿的时候终于到了。"

"御驾亲征吗？"

"对，我自己率领宋的大军，不拿下燕京，绝不回来。"

延平想，阻止也没用了吧，如果可以，父亲早就阻止了。

"关于攻击，朕听了七八名将军的意见，杨家军里是你和杨业。"

"我父亲到这儿陈述过想法了吗？"

"来过了，朕说可以直陈意见，他就清楚表明，亲征是愚蠢之举。"

"我也一样。"

"杨延平，我知道你的想法和杨业没什么两样，但我不能从心底里相信宋军，说来丢人，要是我不在，宋军就不能齐心。杨业懂了我这层意思。"

"至少，"延平斗胆说出来父亲没说的话，"陛下不能留在五台山，在这里指挥前线吗？"

"那就不是亲征了，我要是在这里，那就和在开封府一样。我要亲自指挥大军，若是有人没规矩，就砍了他的头。我自己要和宋旗一起，先头进入燕京。"

"明白了。"

延平似乎明白了寇准的憔悴。大概是想阻止皇帝而不能，才让他这般憔悴吧。

"我麾下的编制是，禁军两万，杨家军一万三千，呼延赞军一万。"

四万三千，延平不太明白这是多还是少。

"然后就是先夺取哪里的问题，我在一个个问，还没决定。"

"易州吧。"

延平手指放在桌上的地图上。

"后续态势万无一失。陛下在易州，国境上的全军出动，辽只有一心守住燕京了。先拿下燕云十六州的大部分，使燕京孤立，再花时间慢慢收拢，这是上策。"

皇帝大概不喜欢后续这个词，延平想。皇帝自己是抱着决死之心站到前线的，但是不能把恐惧带回去。

"如果辽军拼死反击，就只有把兵力集中到陛下的大军来打了，为此也必须安排后卫。"

"嗯。"

皇帝沉思。

"还有一个办法，直接攻打燕京，这种攻击不花时间，但要考虑有相当的危险。"

"直接打燕京？"

"如果可以如此，遍布燕云十六州的宋军只要一直往北追辽军即可，但这是打赌，不建议作为御驾亲征的策略。"

"明白了。"

皇帝说着，闭上眼睛。

之后，延平指出了三个军事上的问题点。

"要改善。五天内决定攻哪里，不管攻哪里，杨延平，你都是先锋。"

"是。"

应该算是荣誉吧，宋帝亲征的先锋。

但是，出了行宫，延平的心情也没有明朗。皇帝大概既不会夺取易州，也不会直接攻打燕京。不知为何，延平这种想法很强烈。

回到军营，延平立即让全军做好出击准备。

皇帝说了五天，到了第四天，出击命令下来了。随行文官很少，据说只有一台轿辇。

感觉像是为了仪式，文官们脱下衣裳，里面穿着铠甲。

还没下令先攻哪里。

七郎的一千骑在先头，杨家军开拔。

"杨"字旗猎猎飘扬，空气里带着不祥的气息。延平不去想更多。

第十章　群山连绵

一

蔚州。

一举击溃一万守兵，宋军进入城内。

"朕夺回燕云十六州从这蔚州开始，已向集结在国境的全军下令出发。"

士兵们的喊声如波浪一般在城内传开。延平听着喊声，心里有不安袭来。

他是事到临头才被告知亲征的第一个攻击目标是蔚州。作为先锋的杨家军确实收到了去蔚州的路线，但延平在想，可能是假装去蔚州，实际攻击易州或者大同。辽军也是如此考虑，所以必须把迎击的兵力分布到易州和大同。

"蔚州在燕云十六州的中央，朕在此指挥作战。"

夺取全是老兵的蔚州没有多大意义，留下几千守兵继续前进，这才是战术。但皇帝却说把宋军整体的大本营放在蔚州，即使提出异议，战斗也已经开始。从地形来说，蔚州是平原中一个孤零零的城郭，可以说最不利于防守，如果如此上奏，皇帝会答：进攻的辽兵在哪里？

宋在进攻，在所有国境线上，宋军开始大规模的进攻。

迅速包围燕京，只要能夺下燕云十六州的几个城郭，就能采取大范围的守备态势——这是皇帝的目标吗？但这样的话，宋军在国境沿线就铺开得太长了。

皇帝只下了拿下蔚州的命令，没有此后的作战指示。

入城第三天，开了军事会议。

除了八王、七王、寇准，王钦也列席了。父亲跟延平说过要注意这个人，他现在面无表情地侍立在七王身后。

并不像军事会议。皇帝气魄昂扬，向列席的将军们传达了镇守蔚州期间，压制燕云十六州，包围燕京，亲自出征拿下燕京的想法。

延平陈述了至少让杨家军在城外布阵的想法，立即被驳回。皇帝说，四万三千人，完全可以守城。

"这城很奇怪，我们攻城，辽军没怎么抵抗，是吧，大哥？"军事会议很快就结束了。延平介绍了会议内容后，平日不太谈论作战的二郎清清楚楚地说。不管战术，二郎只是照命令作战，他能顽强对敌，在攻击中发挥力量，也许是对一味守备心有不满，也可能感觉到了其他事情。六郎、七郎因为是带领骑兵队，不能出城，一脸郁闷。三郎、五郎还在留守雁门关的父亲身边，四郎在刘廷翰麾下，正在越过国境。

"总之是决定了的事，二郎，是皇帝自己决定的。"

虽没有争论起来，二郎一副不服气的模样。

当天傍晚，收到一万辽军露面的报告，延平有不祥的预感。但是，皇帝没有下令迎击，听说呼延赞想强行迎击被制止了。

皇帝像是认为，辽军开始在城外布阵，所以大部队也只是守兵们回来，摆出夺回之势而已。

次日早晨，城墙上放哨的士兵高喊起来，喊声如波纹一般，沿着城墙传开。整个城被包围得水泄不通。

"光是包围，情况不明。二郎，你直接去看看。"

二郎奔出去。

城内的喧闹开始扩散。

"全军超过十万，大哥，而且摆好了马上进攻的架势。"

"十万吗，二郎？"

"只能认为那是埋伏的兵，知道皇帝要入蔚州，提前埋伏好的。自己人也不能信啊，大哥。"

"别说了。"

延平大喝一声，但最先浮上头脑里的念头和二郎说的一样。

情况渐渐明朗，敌人大约十一万，有耶律奚低、耶律沙、耶律尚的队伍，耶律休哥的轻骑兵也确实在。

军事会议召开。

皇帝出来，脸色发青。

"马上召集周边的队伍。"

"不行，陛下，所有通信已经中断。"呼延赞说。

"不是开封府都能那么快地收到战况吗？"

"那是因为有杨业将军建造的通信中继站，这里是敌人之地，什么都难。"

皇帝想说什么，嘴唇在抖。呼延赞也没说有内奸。如果开始找内奸，宋军马上会涣散，弄不好还有可能自己人互相残杀。

"宋军其他将军们会马上知道这个情况吧，呼延赞。"七王说。

"就算知道，也不会觉得有这么大的危机。将军们都有各自的任务，现在不是在准备慎重攻击弱兵把守的城郭，就是在行军之中。"

"宋就没有一个人能解救皇帝的危机吗？"

"没有，不如说，不能动。七王，这是御驾亲征，如果没有陛下的命令，不能擅自行动，而陛下的命令传不出去。"

七王发出呻吟一般的声音。王钦和往常一样，面无表情地侍立在七王身后。延平盯着他的脸。

"为什么辽军有十一万之多？"皇帝自语一般。

"去想为什么也无济于事，陛下，被十一万精兵包围是事实，要考虑的是怎么办。"八王开口。

延平想，事态出乎意料，皇帝快失去判断力了。

"据杨家军调查，这个城郭有几个薄弱之处，要先增强。"延平说。

皇帝微微点头。

"敌人马上就会攻击过来，要赶紧。"

"明白了，马上去办。其他还能做什么？"

"眼下不能出城，所幸有水井，军粮也充足，把向敌人投掷的东西收集到城墙下，收拾易燃的东西，这两件事应该赶紧做。把房子毁了能做这两件事。"

"好，杨延平，这交给你了。"

"杨延平将军，敌人会把攻城兵器拿出来吗？"

"不会，至少四五天内不会。无论如何，敌人都是埋伏的队伍，所以士兵会是轻装，呼延将军。"

"没有办法能赶跑敌人吗，杨延平？"

"陛下如果命我死，我就死，但这不能赶跑敌人。光看阵形就知道敌人是精兵，几乎集中了所有有能力的将领。耶律斜轸不在，他大概是燕京守备的总指挥。现在要考虑如何挨过眼前两三天，如果能挨过最早的攻击的话。"

"太长了，杨延平，"七王突然怒吼起来，"身为御赐的先锋，这些都是你的套话，去把辽军赶跑！"

"如果陛下下令。"

"住嘴，七王。"皇帝说得平静。声音沉着，好像恢复了判断力。

"杨延平，托给你了，防备完善之前，两万禁军也归杨延平指挥，刘定暂且在朕身边。"

禁军指挥、老将刘定只是低着头。

此后，三万多士兵行动，毁了房屋，石块和圆木被搬上城墙，快坍塌的地方用几层栅栏堵上，昼夜兼行。第二天早晨，防备大致整齐。城内的房屋被带状地削去了几列，即使被放火，火势也不会蔓延。做地基的石头和柱子几乎都被搬到了城墙上。除此之外的事，只能一点点做了。

"好，让士兵休息一阵，两万禁军回到刘定指挥之下。"

第二天，延平去报告时，皇帝眼神沉着。

"我不想认为入蔚州的消息事前已经泄露，和刘定也这么说过。"

"明白了。"

"考虑亲征并不是错误，比起在原野上被十一万辽军袭击，还是在城郭里好一点。杨延平，要看怎么想了。总之，渡讨这里的难关，仗就能打胜。"

事实上，辽军主力集中在蔚州，只要这里能过关，其他战场无疑会取得绝对胜利。

"应该让杨家军整体做先锋，朕后悔杨业不在这里。"

"父亲会为这话高兴。"

"来蔚州也许是错误，这是我的悔悟，但是已经来了。"

"作战时不知道会发生什么，陛下。也可以让选择蔚州这一决定朝向好的方向发展，前提是抵挡住最初的攻击。"

"我想，有延平在，能挡住。"

延平只是低头。

攻击开始是在这天早上。

辽军用的是彻底的火攻，房屋着火了，但也只限于小范围之内。夜里火攻也在继续，城墙的圆木开始燃烧，但只要推到城外就行，在城外燃烧的火反而能照到敌人。

天亮时，辽军发起总攻，射来不带火的箭，步兵用盾牌挡着身体靠近。

宋军分成三队，指挥系统也是如此。杨家军主要守卫城郭西部，从城墙上用石块和圆木击退逼近的敌人，还有敌人往上爬，他们就先用戟和长枪，再不行就用刀剑。

过了中午，攻击渐渐平息下来。

宋军损失尚小，辽军留下了近两千具尸体。

延平把六郎、七郎叫来。

"你们俩要死一个。"

"是。"

二人同时回答。

"其中一人，无论发生了什么都要活着，要把在雁门关的父亲带来。我还没征得皇帝的允许，但这个城郭支撑不了多久，无论如何都要让皇帝逃走，为此必须借助父亲。"

"明白了。不是先决定谁死，而是一人要为了让另一人活下来而死。"

两个弟弟虽然年轻，却要从容赴死，这也是杨家的血性吗？延平想。

皇帝立即准许了杨家军骑兵队出动。延平决定到了夜晚就出动，只能趁着夜色突破包围。

"我知道六郎、七郎要暴露在怎样的危险之下，也不是不信任延平，但不禁会想，要是杨业在身边就好了。"

"我会让他们趁夜色出动。"

延平低头，只说了一句，随后退出皇帝的房间。

延平选了十个机灵的人，悄悄监视王钦。他没发现其他该监视的人。要杜绝一切把城内行动传递到外面的可能性。

到了晚上。

延平不想做徒劳的事。一打开城门，三千骑兵飞奔出去，延平带一万冲出城外，奇袭敌人，呼延赞的队伍也出动了，在不同地方发起奇袭。包围的敌阵相当混乱，但还是强悍，两军相撞就能明白这点。

延平慎重地看着时间，大约半刻，先给呼延赞打了收兵的信号，确认呼延赞回到了城内，杨家军也收了兵。

此后，天亮之前，宋军发起了数次奇袭。敌人在行动，却没有战斗的气息。六郎的骑兵队突破了包围。

监视王钦的人来报，王钦几次想靠近城墙，都以有危险为由被带回了作为营舍的屋子。

父亲几天会来呢，最快也要四天，慢的话要六天，在此期间，无论如何都要守住皇帝。

禁军一半分布在城墙旁边防备敌人袭击，剩下的一半围在皇帝的住所四周。延平想，父亲到来之前，自己只能守着皇帝。

二

和大部队隔着二十里。

耶律休哥有几分扫兴地听着斥候的报告。互相使诈在战场的进退兵上可以允许，但他不习惯将其用在谋略上。

各军收到集结于蔚州附近的命令是在五天之前。除了耶律斜轸，辽军精锐几乎都齐了，但是知道集结地点的只有指挥官和副官，各军被指示各自绕大圈子迂回到蔚州。有独立行动权的耶律休哥只收到了去蔚州的命令，其他队伍收到的指示无疑会很细致。

不管如何，十万大军的集结和埋伏都没被人知道，耶律奚低一定是万分小心了，他出动了一万人，让宋军以为这些就是辽军，这也是老谋深算。

然后，宋主的队伍在小小的攻防战之后进入了蔚州城郭，此后，耶律奚低也没忘记用一万兵力去牵制。

宋军是四万数千。

一夜之间，耶律奚低包围了蔚州，是隔绝了一切的彻底包围，和外面的通信也切断了。

在这个阶段，一定程度上胜败已见。

如果四万数千和十万是原野上的遭遇战，不知形势会如何翻转，但宋军是被引入了耶律奚低准备好的口袋，被封住了口。

耶律奚低事前知晓了宋军要入蔚州。从去年之战到现在，辽军没有进攻，按兵不动，无疑是预测到了宋主的亲征，一直在等待，这与其说是耶律奚低的意思，不如说是萧太后的意思。

据说辽在宋有相当准确的情报源。宋军的行军目的地只会传达给有限的少数几个人，否则就是宋主自己所在的队伍。

在谋略战上，宋已经被击破，蔚州的孤立只是结果。

对这样的战，耶律休哥没多大兴趣。只要收拢、歼灭，就结束了。

只是，杨家军有一半在蔚州，而杨业在别的地方。

耶律休哥想，如果自己是宋的指挥官会怎么办。正在包围的辽军是精锐，无论从里还是从外突破，都几乎可以说不可能，但在一定时间内，可以守住城郭。

整体兵力来说，宋无法与辽相较。要集中城外的全部兵力，迅速攻击燕京，守备燕京的是耶律斜轸，但不是大规模的队伍。

有武将能把各地的宋军聚集到一起吗？

宋的不幸大概就在于此，如果杨业被赋予了权限，无疑会聚拢各军。但是，那是三十万大军也会一分为二的宋军。

"胜败基本已定，既然开战了，在取得宋主首级之前，不可大意。据说蔚州城内除了宋主，还有八王和七王，只要拿到这三人的首级，辽军控制中原易如反掌。"

"我在想，为什么是蔚州？就因为是在燕云十六州的正中央？"

麻哩阿吉似乎注意到了这点。

"如果是考虑先控制中央位置，那宋主是认为自己必胜，心里过于从容了，从这一刻开始，他就不是武人了。"

"宋要终结于此了吗？"

"不知道，还没取宋主首级，而且城内还有杨家兄弟，要想到他们会有超出预料的行动。"

"是啊，听说有一万杨家军。"

"他们干什么，决定我们什么时候出场，你就是这么想的吧？"

"是。"

耶律休哥把全军分成两队，南下十里，因为有消息说，对手只有一次猛烈的行动。距蔚州十里，是一览无余的平原，爬上山坡就能看清包围的情况。

这种状况之下，无法和杨家军正式冲撞。杨家军是单单派出了骑兵队吗？那样的话能破了包围，但只留下步兵，守着宋主，行动就更受限制了。

耶律奚低来了传令，叫耶律休哥去大本营。虽说有独立行动权，但耶律休哥现在不能动，眼前也没有非动不可的情况。

耶律休哥仅仅带着赤骑兵，来到大本营。

耶律奚低一脸忧郁的表情。

进入大本营的营帐，两人单独面对。

"各地来了战况，这次，宋的打法是攻击所有的地方。"

"不要紧，眼下主要是城郭的防卫战，败了也不会马上发生什么。"

"你知道我最怕的是什么吗，耶律休哥？"

"大军围攻燕京。"

"不错。"

耶律奚低嘴角微微一笑。

"不愧是你。我跟萧太后说过，这个战术只有一个漏洞，就是燕京被攻，如果没有这个漏洞，就万无一失了。这样的包围如果被破，那就是我武运太差了。"

"耶律奚低将军对燕京的形势有什么不放心的吗？"

"燕京本身还平稳，但宋军正从各地攻上来，其中我只担心一点。"

"易州吧。"

攻击军应该是遂城的兵，但遂城有北平寨的队伍，虽然只有三千人，但此前之战都掌握了关键之地。

"易州不能被夺。"

确实，易州是燕京防卫的要塞之一，也配备了相应的兵力。

"北平寨的三千……"

"对，在城外迎击的易州军被狠狠戏弄，逃回城内，据说损失也很大。"

"还是那三千啊。"

"据通报，他们增加了骑兵的数量，变得更厉害了。"

"是吗？还是那支队伍啊。"

还年轻的指挥官。耶律休哥清晰地想起了只是盯着自己首级、直冲过来时的那双眼睛。

"在不知会如何行动这一点上，和你的队伍非常像。他们不在遂城队伍的指挥之下，简直像是有独立行动权。"

"如果遂城的宋军拿下易州，燕京马上会面临威胁。"

"有耶律斜轸，燕京不会轻易被攻陷，但如果易州被拿下，宋军就会乘胜出击。如果各地沦陷，我们也就不能包围蔚州了。"

耶律休哥想，耶律奚低是在说让自己去易州吗？但离开这里也是冒险。

"我不能走。"

"这是当然。城内有杨家兄弟，想必杨业接到消息赶过来也不会太久了，我早已决定由你来对付他们。"

但还是不放心。

耶律奚低想了很久，怎么办才好，但想了也没有结论，只能决断。

"我去，然后，五天内回来。"

"这不好办，敌人和自己人都认为耶律休哥的轻骑兵在这里。"

"留下三千吧，由麻哩阿吉指挥，让其中百骑穿上赤骑兵的铠甲。"

"这……"

"并非单凭两千骑去打，易州军有两万吧？"

"增强到了两万五千。"

"派快马去易州，让他们尽量在城外严阵以待，要扛住的时间不到两天，我会到。"

耶律奚低沉思良久。

"五天能回来吗，耶律休哥？"

"你就想，最多五天。"

"昨天的乱战中，有强行突破包围的骑兵队，虽然人数不多，但我想是杨家军。"

"是去向杨业求援吧，大概是六郎、七郎兄弟的骑兵队。"

当时不在追赶的情况之下，而且，冲出城外的宋军也马上回到了城内。

真正想追赶杨家军骑兵队的只有赤骑兵，而且，耶律休哥在等着杨业。

自己不在的时候，杨业到了——有这种可能，但杨业也只是率领杨家军的剩余部分。

如果杨业打败了围攻的辽军，那才是辽军败给了杨家军。杨业顶多只是突破进入城内。自己不在的期间，杨业能做的也只能到此吧。

"我走了，马上。"

"快马，我用六匹。"

"那只要一天半。"

耶律休哥自己也打算两天内到达易州。

回到自己军中，耶律休哥马上向麻哩阿吉传达指示。

耶律休哥带走赤骑兵，但和其他士兵换了铠甲。剩下的就是战时行军。

途中没有阻挡，不到两天就到了易州。耶律休哥早就派了斥候打探前方。

据说在易州，两万辽军在城外设置了两层拦马的栅栏，大量放箭。宋军攻击不能如愿，但有一支队伍的行动让人眼花缭乱。

耶律休哥派人详细查探这支队伍的行动。

五百骑兵和两千五百步兵完美配合，发起进攻，几乎要摧垮辽军。

耶律休哥很清楚易州周边的地形，能靠敌人很近。

耶律休哥把两千人分成两队，其间斥候不停来报。

"这是要和北平寨的将领来一场蛮横之战啊。"

听着斥候报告，耶律休哥出声自语。比起超过三万的遂城宋军，区区三千的北平寨军打击辽军要厉害得多，也就是说，他们在全力打垮辽军，大概是确认过了附近没有其他辽军。

耶律休哥一边频繁派出斥候，一边接近战场。

易州守兵布阵的地方是平地，但周围有很多石头山。

五百骑兵和两千五百步兵协作，行动绝妙，明显看出骑兵和步兵合作起来相当厉害。

"走！"

耶律休哥命令一千骑。一千骑奔上山坡，朝战场方向冲下去，对步兵形成俯冲。对手的五百骑不慌不忙，横向攻来，判断迅速准确，但这只是面对一千对手。

三万宋军行动迟钝，只能起到抵挡正面辽军阵营的作用，辽军哪里坍塌了就想从哪里攻击，毫无章法。北平寨的队伍像是为同伴焦急，四处行动。

耶律休哥的一千骑一分为二，对手横向冲击的五百骑毫不犹豫地只攻一队，判断力了得。耶律休哥趴在坡顶，还在观望。步兵立即摆好了对付骑兵的架势。辽军被横向冲击，俯冲威力减弱，使宋军步兵的行动变为可能，但只是防御。骑兵队互相冲撞，和步兵拉开距离。宋军的骑兵队束手无策。

骑兵和步兵的距离进一步拉开，步兵聚成一团，用戟攻击。

"马，"耶律休哥命令身后，"旗也拿出来。"

此后好一阵，骑兵队之间互相冲撞，几乎是在互角，和步兵的距离更大了。

"不想让他们遭受突然袭击。"

耶律休哥再次出声自语，翻身上马，此时马已经开始奔跑。

耶律休哥袭击五百骑的骑兵队。宋军虽然遭到一千骑的侧面攻击，却没有立即溃逃，反而聚在一起防御。然而，兵力之差让他们没有办法。

脱了红色铠甲的赤骑兵突入五百骑。耶律休哥看见了北平寨的将领，他一边抵挡攻击，一边看向耶律休哥，眼神坚定。

五百骑在赤骑兵的压力之下分成两半，全军朝向年轻将领的方向运动，一切都靠手势，年轻将领麾下的骑兵队如同自己身体一般行动。骑兵队抵抗不住来自后方的压力，被进一步分割开来。

那个人回过头来，举起右手挥动。

耶律休哥凭感觉明白对手的骑兵队在撤退，到了这一步，他们也没忘记整体行动，选择了减少损失的方式。

耶律休哥只追前方十余骑，追上了石头山。让他吃惊的是，对手反转过来，是要尽可能多地杀敌吗，不，不是，是要和自己厮杀。耶律休哥拿好了剑。男人的脸，眼睛里像是要喷出血来。来吧，他叫出声来。不知是谁投过来的长枪，刺中了马的胸脯。

他的身体飞了出去，掉在岩石上，马就那么倒下了。剩下的十骑从坡上奔下，杀了他们很容易，但耶律休哥让他们走了。

耶律休哥下马，走到他倒下的岩石边。

他没有死，虽然晕过去了，但胸脯在剧烈起伏。血弄脏了他的脸，但能看出是个面容端正的青年，而且果敢得令人退却。

"带走，让他死了可惜，先带到易州城去，剩下的交给易州守备军。"

宋军已经在溃逃，只有北平寨的队伍聚在一起，留在战场上，所有人似乎都在向耶律休哥这边看。

耶律休哥转过去的时候，他们终于退了。

宋也有这样的队伍，耶律休哥想，和杨家军有相似的东西。

"回蔚州。"耶律休哥对所有人说。

三

传令兵传达了蔚州的危机，就气绝了。是杨业也认识的小个子，他跑了一整天赶过来，不知换了几匹马。

杨业立即给朝他这边奔来的六郎骑兵队送出传令，让他们折回蔚州，然后向全体杨家军发出出动命令。

雁门关的两千人一刻后赶到，主力正在东边，经过的时候自然可以立即会合。

作为最初的压制地点，皇帝选择了蔚州，这大大出乎杨业意料，大概也是想出乎敌人意料吧。从超过十万的辽军瞬间包围蔚州来看，让敌人意外这一点失败了。是混进了间谍，还是有内奸？如果追究起来，军内会乱。要一心保护皇帝，间谍也好内奸也好，不给他行动的空隙，现在只有这一个办法，延平没有弄错。

杨业拼命奔跑，仔细查看兵马状况，在临界点之前，每四刻休息一次，这是有可能的最快移动方式，是杨业以长期积累的经验得出的结论。这是骑兵和步兵混合时的速度，单独行军时另当别论。

"这样下去，有的马会受不了。"张文来到身边说。

"多少数量？"

"大约一半。"

"没办法。马不行了的兵，让他们自己跑吧，尽量轻装。"

"明白。"

废了一半的马也必须跑，老练的张文似乎立刻明白了这是什么状况。

杨家军有六郎的骑兵队，战马品质统一，训练有素，杨业判断，现在不是怜惜战马缓慢行军的时候。

杨业跑了一天半，追上朝着蔚州慢慢折返的六郎骑兵队。

"损失有多少？"

杨业一边听蔚州情况的详细解释，一边行军。

"大约两百匹，但损失的士兵不足一百。去了蔚州城内，有备用的马，马草也充足。"

"知道了，骑兵队先走吧，告诉城内，杨家军到了。"

"明白了，只是……"

"什么？"

"要进入耶律休哥活动的区域。我们出城的时候，他们要追的话位置太远，轻骑兵用了四刻追过来，之后就反转了。大哥跟我们说要死一人，但七郎也没事，因为耶律休哥没追上。"

"后方有杨业，耶律休哥这样的人不会不了解。不用担心，前进就是，如果耶律休哥纠缠，这也是打败他的好机会。"

并驾齐驱的六郎和七郎微微一笑，点头致意，策马而去。

离蔚州二十里时，杨业让全军停止。可以接着跑二十里，但士兵会力竭。

"进食！做好今后两三天只喝水的准备。"杨业说。

杨家军的兵能忍受五天无粮。只靠水硬扛的训练，他们每年练两次。

休息结束，杨业再次下令行军，途中和六郎的骑兵队会合。眼前能看见蔚州城，原野之中孤零零的城郭。

"五千兵留在城外。辽军后方的佯动，还有带陛下出来后掩护我们出蔚州，就交给你了，张文。"

"是。"

"三郎、五郎，做前锋突围，不用说也知道，不是进了蔚州就完成任务了。"

"把皇帝转移到宋的领土，这是上天给杨家军的使命。"三郎说。

杨业没再说什么，沉默着点头。

先是六郎和七郎的骑兵队发起袭击，冲击辽军的围攻阵形。为了防止骑兵攻击，辽军士兵动了起来，阵形有了缝隙，三郎和五郎的队伍突围而入。杨业带领两千人，扩大先锋拨开的缝隙，六郎、七郎的骑兵队从缝隙里突入。城门附近的辽兵没有防备后方，七郎首先轻松穿过，六郎跟上，随后就如同水流一般，三郎、五郎进入城门，最后是杨业进入。城门关上。

"父亲。"迎上来的延平很沉着。

"没想到您三天就到了。"

"让士兵休息。"

"已经安排了，连日遭受攻击，没什么像样的食物。"

"二郎死了？"

"是。没想到六郎、七郎两个都能回来。"

杨业没问二郎是怎么死的，光看城内的一片狼藉和士兵的样子，就知道他们接连遭到了猛烈的攻击。

"去拜谒陛下吧。"

"陛下有点害怕，辽军这三天的猛攻是前所未有的煎熬，我想，他几乎没睡。"

"关于战事，他说什么了吗？"

"他说，亲征没错，但过于敷衍了事了，假装五台山参拜，夺取蔚州让敌人意外，等等，他好像常常在沉思。"

作为行宫的建筑也惨不忍睹。能点燃的东西都去掉了，为了防备敌人来袭，到处是土堆和石块，而且，禁军明显士气低落。

"杨业啊，朕等着你呢。"

皇帝憔悴不堪，两颊消瘦，一起的八王、七王和寇准看起来也筋疲力尽。杨业一边行拜礼，一边压下胸口的痛。

"朕对不住你，让二郎死了。敌人不知怎的偷偷从西边城墙侵入，在禁军赶到之前，二郎几乎是一人和三百敌兵格斗，身上被无数支箭射中，尽管如此，他没让敌人前进一步。"

"陛下没事就好，回头看，不如考虑前面的事。"

"杨业来了，也就是其他队伍也知道了这里的情况吧？"

"是，但是没法行动。最近的是在西边的潘仁美将军，但他正在离开金城去大同的途中，在和三万辽军对峙。我给他发出了传令，但他背后有金城的残兵汇集，被两面夹击。"

"潘仁美可是带着七万兵啊。"

"战线胶着，现在动的话，大同的队伍就会被攻击。"

"那么，能动的就是攻打易州、涿州的曹彬和刘廷翰了。"

"刘廷翰将军正在和耶律斜轸互攻，不仅不能动，还正处于胜败不知如何变化的形势当中。曹彬将军可以派五万援兵。"

"你担心什么？"

"进入蔚州时我在想，最棘手的是耶律休哥的轻骑兵，因为看见了他的旗。我让六郎、七郎的骑兵队在前面探路，不知为何，没看见他。"

"耶律休哥的轻骑兵会搅乱曹彬的援兵，是吧？"

"到那时候，就只能靠蔚州的队伍强行突围了。要是潘仁美将军队伍解除胶着，我也会往西迁回，去袭击大同。要是延平的传令晚到一天，就不知事情会怎样了。"

皇帝仰头，看起来虚弱、疲惫。

"得想办法，杨业，要马上想办法。"七王说。

八王责备一般，用手制止。

"明天突围。还是尽快为好。步兵先出去，陛下在骑兵队之中，总之首先决定逃离。禁军的刘定将军，我跟他说。"

"明白了。"皇帝说。

杨业立即退出，让骑兵队准备马匹。

"父亲，太着急了。"

"延平，看住王钦。杀死二郎的敌军，也不知是怎么侵入的。"

杨业没再说什么，延平点头。

骑兵队在做出动准备，杨业见了刘定，谈了好一阵，让刘定给禁军也下了准备出动的命令。

太阳下山了，杨业睡了大约四刻，被外面的喧闹声吵醒。出去一看，王钦正被带过来。据说王钦一个人爬上了放哨的城塔，他以要向七王报告为由，说自己有事情要想，让放哨的士兵下去。

"他拿着短弓，还有两支箭，箭里藏了什么字条，现场一检查，知道了不得了的事情。"延平说。

杨业马上去向皇帝报告，皇帝听了杨业的报告，倒吸一口凉气。宋主在杨家军骑兵队中，明天，早晨，逃脱——短短几个字，意味着什么再明显不过。

"明天的突围取消，因为未必没有与王钦通气的人。陛下要见王钦吗？"

"带过来。"

杨业拍拍手，三郎和五郎把五花大绑的王钦押过来。

"王钦，你……"七王的声音呻吟一般，"斩了王钦，马上，斩首。"

"七王你这个笨蛋，现在已经晚了。你忘了让皇帝入蔚州是我的主意了吗？宋完蛋了，用不了多久，萧太后就会成为开封的主人。"

"杨业，斩了他，这个叛徒。"

"我不是叛徒，只是骗了你而已，七王。杀了八王，做皇太子，你不是让我为此想计策吗？"

"闭嘴！快斩了他，杨业。"

"要看陛下的命令。"

"怎么办，杨业？"

"陛下，王钦还有几分用处，可以给辽军送出假情报。五天后突围，此前有四次牵制，陛下坐轿辇逃离，把这些情报送出去吧。当然，要斩了他。"

"照你说的做。我怎么突围？"

"我来看时机。我会让敌人知道，城门开着，随时准备野战。实际上也会让骑兵队出去野战，牵制敌人。"

问题是王钦有没有同伙，据说他总是一个人跟在七王身边，如果这是为了获得七王的信任，有同伙的可能性很小。即便如此，城塔、箭楼、城墙上的哨兵还是增加了一倍。

王钦的箭很特别，有箭镞，为了消音，没有洞，箭涂成红色。杨业做了纸条，内容跟皇帝说过的一样，塞进箭里趁夜色射了出去。

"王钦大人在宋已经出人头地，要结束可叹的一生了。"

王钦看着杨业，轻轻笑了。

"我能问问是为什么吗？"

"我下定了决心，把命运和辽国绑在一起。在辽国，我叫王钦招吉。"

"是吗，一起决定了命运啊。"

"就像杨将军的命运和宋绑在一起一样。但是，宋胜不了。"

"打仗时不知道会发生什么，王将军，我就是这么想着，一直战斗到现在。"

"杨，无敌，在辽也声名远扬。"

"那，你可以上路了。我的五男来斩首，他是个剑术高手。"

"那我可以死得痛快了。"

王钦又轻轻笑了。

士兵把王钦押走，过了一阵，五郎来报，已斩首。首级没有被示众，令人埋了。

第二天早晨开始，城门敞开。

先出来五千步兵，快被辽军逼近的时候，骑兵队出来了。

敌人的动静，杨业在城塔上看得清清楚楚。辽军丝毫没有攻打洞开的城门之意，也许是夜里放出去的箭起了作用。

第二天，同样从城门派出士兵，牵制辽军。杨业用了更长一点的时间观察，敌人除了把宋军赶回城内，还是没有进一步行动。

"延平，要让你去死了。明天轿辇出城门，你坐在里面。"

"是皇帝的替身啊，荣幸。"

"城墙快塌的地方塞了栅栏和石块是吧，准备好马上把这些拿掉，骑兵队要从那里出去，七郎跟着，五百骑就行了。"

"皇帝在那里面，是吧？"

"你大概活不了了，三郎、五郎、六郎也很危险。"

延平沉默着点头，在想兄弟中能活下来几个，想了一阵，放弃了。

四

耶律休哥回来的时候，杨业已经进入城内。

麻哩阿吉没敢和杨业正面冲突，耶律休哥叮嘱过，杨业太厉害，不要去碰。麻哩阿吉说，杨业除了入城，什么也没看。麻哩阿吉觉得，不是人，而是火球一样的东西冲了过来。

麻哩阿吉觉得恐怖，仿佛一碰就会被烧尽。

"总之，杨家军在城内，是吧？"

"就算到了城外，骑兵和步兵一起行动也很难，除非骑兵队从步兵杀开的路穿过去，否则宋主不能离开那儿。"

"确实。"

宋军不只是被困在城内，他们带着宋主，眼下不能指望其他战线的支援，宋军的处境十分艰难。

"无论如何都要让宋主出来，彼此想的都是同一件事。"

有情报说，朝大同行进的潘仁美的七万大军顶着猛烈抵抗，正改变方向朝这边而来，如果他们来会合，兵力非同小可。但也有消息说，潘仁美大军正遭受着以大同军为中心的辽军的追击。

耶律奚低似乎胸有成竹。

耶律休哥报告，北平寨的队伍将领被捕，想必不能像之前一样行动了。耶律奚低听了脸上如同乌云散去，拿不下易州是他最大的心病。

耶律奚低的把握大概是有根据的，他坚信不疑。

耶律休哥不去想耶律奚低坚信的是什么，只能猜测是打仗之外，在复杂的争斗中发生了什么。

耶律休哥去易州期间，辽军攻势凶猛，大概耶律奚低在想，可能的话，杀了城内的宋主。辽军昼夜不停地攻击，一部分辽军甚至成功地进入了城内。

但杀死的只有杨二郎。宋军拼死抵抗，辽军损失也很大。

"耶律奚低将军在彻底攻城的同时，大概也在计划杀死想要逃离的宋主吧，自从杨业入城之后，攻击没那么凶猛了。"麻哩阿吉说。

城门洞开，摆着随时可以野战的架势，真要进攻的话，骑兵队就会出来。互相观望的态势在城门持续。

辽军的包围队伍增强到了十三万，即使如此，士兵也没有放松，因为耶律奚低一直在紧张。

看着如此大军，耶律休哥不禁想，自己还是指挥五千骑兵队合适。指挥大军和让士兵如同自己身体般行动，完全是不同的层次。

作战是奇怪的事情，首先，会有胜败，会表现出指挥官的性格甚至是他的整个人性。耶律奚低指挥的队伍毫无缝隙，充满紧张，却没让人觉得不凡。

大军的指挥也许这样即可。

"耶律休哥将军，为什么没取了北平寨将领的首级？"

麻哩阿吉觉得这不可理解。

理由可以随便找。可以盘问宋军的情况。作为武将，耶律休哥突然有羞愧的念头。可以做人质，成为交换的要员。但这些理由对耶律休哥来说都是谎言。

不想杀了他。当时，不知为何这么想。

作战不光是互相杀戮。

如果胜负已定，互相打斗的人们可以杯盏交错——说出来只会被人说天真，但打仗不光是杀戮这个想法总是萦绕在耶律休哥心中。

北平寨的将领就是耶律休哥想一起喝酒的男人。杨业，还有他的儿子们，耶律休哥都想和他们在尽力战斗之后喝酒。男人，这样不就行了吗？

萧太后也许了解耶律休哥有这样的想法。自己被派到北边，不光是因为不奉承、有话直说，也许是因为她敏感地知道他作为辽的军人有缺陷。

北边的日子适合自己，在气候的严酷之中寻找活下来的办法也是快乐，学习游牧民的生活，也知道了活着的喜悦。

拥有精锐骑兵队，这只是结果。被派到北边的时候，他从如何活下来开始想，脑子里没有战斗，熬过了一两个冬天，才有余裕。在此之前，熬不过来的人就死了。

不光是对马，他怜悯所有活物。羊用自己的肉延续了人的生命，雪给人以水。

"我也觉得不杀北平寨的将领是对的，从他那里能盘问的东西比刘廷翰要多得多，我觉得刘廷翰虽然在遂城指挥北平寨，其实是依靠北平寨那个将领。"

"刘廷翰不能和他比较，要是给他五万，不，两万、三万也行，只要带领一支队伍，对辽来说就是巨大威胁。"

"他在彻底对抗将军吗？"

"不。"

"他并不是没有抵抗吧？"

"抵抗得相当厉害，但因为是被突然袭击，没能尽力发挥。"

"是吗？"

"我认为不凡的是，他被追击，还发出了撤退命令，和我们一样用的是手势。他稳稳地看清了战事的走向。如果正式交锋，也许我们会和易州军一起歼灭他们，但结果是，北平寨队伍的损失很小。"

"怎么回事，你是说他在自己被追击的同时，发出了撤退信号吗？"

"比起自己的性命，他更多想的是全体队伍，这很彻底。"

"我没有自信，假如自己被紧追，能否做到这样。"

麻哩阿吉说的是心里话。确实，北平寨的那个将领，连败的方式都不凡。

"抓住他没错，但要是在易州被斩了怎么办？"

"那也是他的缘分吧。当时他冲下陡坡，如果马没倒，我可能就被他杀了。他撞上了石头，死了也不奇怪。"

"他还没到死的时候，是吧？"

"我是这么想的。"

他和琼娥公主之间，有着什么情感性的东西，耶律休哥想起了这一点。

弄不好的话，琼娥公主有可能说：斩了他。她有这样的暴躁之处。

这样的死，也只能说是那个将领的缘分。

城内和城外的相互试探在持续。布满十三万大军的蔚州城郭周围看起来不像是被人而是被别的东西围着。

耶律休哥的队伍在五里开外，马得到了充分休息。

耶律奚低大概没想到战事会拉得这么长吧，宋军要是集结过来就麻烦了。城内应该也在考虑宋主能忍到什么时候，双方都不想再拖延。

而杨业进了城。

杨业会如何打破这个局面呢，只要城内没有宋主，杨家军强行突破并不难。

不停有枷锁套过来，那就是作战。耶律休哥一直以为，对于有独立行动权的自己，这个枷锁已经消失。

这样作战，如虎添翼，而自己正在习惯这样的羽翼。

"大本营那边好像有点行动了。"

麻哩阿吉来报。

双方一边相互使诈，一边寻找时机，有时候是动一动阵形，摆出攻击的架势。

"我觉得要开始压上了。"

"没必要，这样的阶段过去了。"

"那怎么办？"

"一下子开攻，一开始就是总攻。"

总攻也不远了。

耶律休哥隔着距离眺望城内外的对峙，清晰地感觉到有什么东西已经充满，一触即破。

五

延平坐上轿辇。

轿辇里也能清晰地感受城内的紧张在高涨。

六郎令骑兵列队的声音传来。

皇帝由父亲和七郎护卫，要带五百骑从城内相反方向的城墙坍塌之处逃出，突破包围。这是大胆的战术，包含两万禁军在内，超过五万人的队伍要从城门出去，谁看了都会认为皇帝在这五万人之中。

"出发。"六郎的声音在回响。

马蹄声像在撼动地面。之后轿辇开始移动，冲突的气息甚至传到了轿辇里。出了城门，箭如雨下。涂上油点了火的攻城用的箭一齐朝轿辇射过来，轿辇周围是禁军，摆成厚厚的阵形前进，受到的攻击只有箭。

延平不用往外看也知道，轿辇的速度飞快。轿辇有两层防备，不时有箭射中，快要着火了，传来拍打灭火的声音。

延平穿戴着皇帝的铠甲和头盔，即使出了轿辇，大概也不会马上被发现是替身。现在能做的只是争取时间。

用不了多久，轿辇会着火，到那时就换马。周围应该竖满了"宋"旗，能吸引敌人的主力。

六郎的骑兵队能驱赶敌人到哪一步呢？能争取的时间要看他了。眼下，轿辇的速度如延平所料，想必六郎正在全力战斗。

侧面又发出了巨大的声响，轿辇里开始变热，延平大汗淋漓。火苗从一个地方烧到轿辇里，如同未见过的动物的巨大舌头上下翻动。

七郎带着二十余骑，跑在前头。他在头顶挥舞着长枪，有人阻挡就挑落马下。

父亲带领的大部队聚在一起，跑在后面，皇帝、八王和七王都在那里。自己绝不能在大部队垮掉之前垮掉，死，不被允许。

七郎一边大叫，一边接着奔跑，跟着的二十多骑减少到了十二三骑，七郎自己身上也插了几支箭，但还是在跑。大军的包围圈很紧，不管怎么前进，都是无穷无尽的敌兵。

"我是杨家七郎，惜命的让路！"

前方有数千敌人，七郎没有犹豫，也没想改变方向，只要还活着就一直往前冲。

冲撞。七郎一边挥洒血和汗，一边继续奔跑，顾不上往后看，拨开刺过来的长枪，躲过箭雨，大叫，长枪断了，就拔出剑。区区敌人罢了，七郎几乎同时砍飞三个首级。同时倒吸一口冷气，大部分敌人的行动都停止了。

"杨七郎过去了！"

七郎一边跑着，又斩下四五个首级，在他眼里这是最后的壁垒。七郎凝视敌人背后那一片土色的荒野。

他大叫着，用尽浑身力气挥舞着剑，怎能输给壁垒，谁会屈服？壁垒，分裂，被击碎、散开了。七郎穿过来了。

眼前是什么都没有的原野，开始的二十几骑只剩四骑，但父亲的骑兵队轻松突破了敌人而来。

敌人没有马上摆出追击架势。

"干得漂亮，七郎。"

父亲的声音，"杨"字旗，全军一齐跑起来。兄长们怎么样了，这念头第一次掠过七郎心头。原野一望无际，寂静无声。

开始行动。

全军出了城门，护卫着一台轿辇。

辽军发起攻击。宋军大约五万人，聚在一起一直往前，但在耶律休哥看来，突破很难。先头是杨家军骑兵队，在驱赶聚拢的辽军，但不能置轿辇不顾。

这就是作战的枷锁吗？耶律休哥想，有足够力量突破却不允许如此。杨家军骑兵队也只能反复驱赶辽军再返回，这一定很痛苦。一览无余的大地就在那边。

耶律休哥没打算加入这场互角，不如说，没有必要。辽军终将围攻轿辇，取了宋主首级。

总之，杨家军在笔直前进，杀开血路，很像是杨家军之战。一直往南攻打，也许会杀开一条路。

"杨家军打得好。"

"是啊。"

耶律休哥心里有一种模糊的不安。杨家军就这样被灭了吗？对杨业来说，作战这样就行吗？

"啊，那是什么？"

麻哩阿吉手指着。

和大队宋军朝着的完全不同的方向，升起了小小的烟尘，这和大军互角的烟尘相比要小得多，冲出去的骑兵队看起来有五百骑。

"上马。"耶律休哥喊了一声。

杨业不会只打这样的战。几乎让全军做了诱饵，然后，只有数百骑逃脱，杨业他有可能做这样的事。

但是，有以全军为诱饵的打法吗？

耶律休哥一边跑，一边接着想。从辽军逃脱的数百骑已经跑出去相当远，而且没人追他们。

耶律休哥几乎确信，那里有杨业，还有宋主，但自己能追上吗？远远看去，从那速度也能知道马的品质。

耶律休哥想，和自己的马几乎没有两样。他全力追赶，只有赤骑兵紧跟其后。

六郎的传令追了上来。

报告说，耶律休哥的轻骑兵在南边巡回。六郎像是和他冲撞了一次，但耶律休哥避开了正式冲突，一气向南边跑去。

他是意识到了皇帝是替身吗，还是估计那边的战线能胜？如果他的轻骑兵在南边，杨业他们就会遭到麻烦的夹击。

"虽然辛苦，但还是得再跑一阵，陛下。"杨业上奏皇帝。

"耶律休哥的轻骑兵在南边巡回，六郎的骑兵队、三郎和五郎带领的杨家军赶上来还需要时间。"

五百骑减少到了三百五十骑。一边护卫皇帝，一边和耶律休哥对峙极其艰难。

还收到了传令，说去大同途中受辽军夹击而停滞的潘仁美的七万人马朝着这边改变了方向，但这七万是在遭受大同和金城的数万辽军追击之下移动。

在蔚州的大部队何时能赶上来？从涿州来的曹彬的五万真能到达吗？

杨业向三个队伍火速发了传令。

然后，他们不是往南，而是往西奔跑。皇帝满脸倦色，年轻的八王和七王也一言不发，寇准让人感觉只是骑马就筋疲力尽了。

只是等着极其危险，只能一边移动，一边寻找会合的办法，幸好马很可靠。

七郎一马当先，带着小分队迅速开始移动。小范围的巡逻很有效，也不难抹去移动的痕迹。

活路。杨业想找的别无其他，不是自己的活路，而是皇帝的活路。想去找，总是会有的。

轿辇好几处着了火，延平换为骑马。

辽军的攻击极其猛烈，宋军无法顺利前进，先行的杨家军在反复折回，劈开前路。延平想，现在几乎把全部辽军都吸引过来了。

攻防持续了一整天，不觉到了傍晚。周围的禁军少了一半，刘定将军战死，眼下是呼延赞的队伍替代禁军。

禁军的保护墙塌了，不时有敌人杀过来，延平拔出剑，斩落袭击过来的敌兵。

箭朝着他集中射过来，延平用剑去挡，挡不过来的几支箭插在他身上。

前方突然被大批敌人堵住，延平清楚地看到，耶律沙在中央，后军有其他队伍，挡住了想折回的六郎和五郎。

"我去了，大哥。"失去一只眼睛的三郎说。

延平阻止了他，第一次摘下头盔。

"杨延平，取耶律沙首级！"

叫喊的时候，延平已经开始奔跑。耶律沙也跑了过来。交战了三个回合，第四回合，延平躲过耶律沙的长枪，斩下耶律沙首级。离开了身体的首级飞到空中，战场一瞬间被寂静包围。

箭，朝着自己，飞过来。开始是一两支，接着是好几支，然后变成了无数支。

延平朝着箭射过来的方向奔跑，身上不知插了多少支箭。他砍下十二三个敌人的首级，敌人分开了，长枪骑兵摆成密集队形逼过来。延平又斩落了四人，一支长枪从后背戳穿了他的腹部，他回头把持枪的兵从头上斩成两截，又有几支长枪戳穿了他的身体。延平在马背上，就那样闭上了眼睛。

六

到了晚上，终于和败逃过来的潘仁美大军会合。

杨业迅速重整了坍塌的阵形。虽然七万人马减至四万，总比只有三百五十人好得多。宋军点起篝火照亮暗夜，追过来的辽军看见阵形停止了前进，重整态势。

"幸好陛下无事。"

潘仁美肩上插着箭。

"如果你能迅速夺下大同。"

"别说了，"杨业制止了颇有怨气的七王，"战斗还没结束，要想办法把陛下转移到宋的领土上，七王。"

皇帝无力地点头。

"六郎的队伍会在夜里会合过来，这样应该会有办法。"

"延平呢，杨业？"

"听说死了，还有三郎。"

"做我的替身，延平死了啊！那个武士。"

"不能在战场上感叹生死，陛下，接下来要看陛下的气力。"

阵形调整好了，也有兵力。让人担心的是在南边迂回的耶律休哥的行动，眼下如果被五千人的骑兵队攻击，会支撑不住，队伍里全是败逃、疲惫不堪的兵。

夜里，六郎会合过来了。又过了些时候，五郎和呼延赞也合合过来。"东边战线在曹彬将军往这边来之后，好像也溃败了，刘廷翰也死了，曹彬将军的队伍从东边被追击，被夹在蔚州包围军的中间。"

杨业没开军事会议，让皇帝和潘仁美休息。这里只好以杨家军为中心了。耶律休哥怎么办，还有耶律奚低的大部队，要是能打败这两人，形势可以逆转，剩下的就只有耶律斜轸了，但这都是把皇帝安全转移到宋领土之后的事。

"集合一万人，五郎、七郎和骑兵队的一半也加入。给呼延将军再加一万人，抵挡大同的敌军。给曹彬将军发传令，让他阻止东边来的敌军。"

五郎开始行动。

"我呢，父亲？"

"你带一千五百骑兵和五千步兵保护陛下，六郎。陈家谷就是耶律奚低、耶律休哥的坟墓。"

可以埋伏五万人。眼下会合过来的宋兵不少。

"让我指挥一万人吧。"

"不行，六郎，你无论如何都要保护陛下。陈家谷的埋伏我会交给潘仁美将军。"

次日的军事会议上，杨业的计策得到认可。宋军先前是几乎没有计策的状态。

耶律休哥没有追上杨业。

他一度和杨六郎撞上，虽然避开了正式冲撞，却费了不少功夫才完全甩开对手，因为杨六郎挺身挡在了他面前。

当他甩开杨六郎时，杨业不知去了哪里。

耶律休哥花了一刻多的时间才发现杨业的踪迹。太阳下山，追击更加困难。发现的时候，杨业的队伍已经和从西边溃逃过来的潘仁美队伍会合，有三四万人。

如果只是潘仁美，就算有五万人，取他首级也不难。

但是，指挥的会是杨业，他会迅速调整好迎击态势。贸然突入，有可能被包围。

耶律休哥绕到南边，给耶律奚低发出传令。

从蔚州一直被追击的宋军逐渐会合，天亮时到了七万人，杨家军也几乎全部会合。

虽然没到形势逆转的地步，但辽军已经没有绝对优势。战局随时可能变化。

蔚州包围军也损失了一些，耶律沙被杀。

据说坐在轿辇里的是杨延平，杀死数十人之后死了，耶律沙是当场被杀。

"这个阵形，只能用大军来压了，宋军应该已经人困马乏。"

即便如此，杨业用兵还是巧妙，区区数百骑，却没被追上，接着就迅速集结了数万人严阵以待，严丝合缝。

"给耶律奚低将军发传令，让他迅速发起全力攻击，耶律休哥会配合他，在后方突入敌阵。"

眼下能做的是夹击。

然而，追过来的辽军似乎也已筋疲力尽，耶律奚低麾下的两万人先行，其他队伍落在后面，聚齐十万人看样子要用半天。

骑兵队让兵和马休息，到了这一步，奇怪的牵制已经没有任何意义。

辽军集结之前，曹彬的队伍从东边靠近，一旦和杨业他们会合，会是麻烦。

"麻哩阿吉，带三千人，彻底搅乱曹彬军，马上去！然后发传令，让耶律奚低将军抓紧攻击。"

麻哩阿吉带领三千人跑了出去。

辽军的攻击还没开始。耶律奚低来消息说，后续队伍正在集结。现在是五万人，耶律奚低看样子打算聚集八万人。

这里就显现了耶律奚低的平庸，耶律休哥心想。现在不攻击，杨业一定会开始行动。那样一来，眼前的优势就会消失，胜败就变得模糊起来。

耶律休哥没有焦急，只是想：人会有出其不意的行动。

对耶律休哥来说，杀死宋主并非大事，他要杀的是保护宋主的杨业，作为武将，这更有吸引力。他不是辽军的大将，这么想就可以了。只要杀了杨业，就能杀他保护着的宋主。

只是，杨业争取到了时间。耶律休哥有预感，这决定了运气朝向哪一边。

"快点进攻。"他出声自语。

宋军一齐开始行动就在此时。看不清宋主在哪儿。

耶律休哥一直盯着宋军的行动，却不知道宋主在哪儿。被杨业迷惑了。冷静点，耶律休哥想。

斥候开始接连来报。耶律休哥还在南边，北边是曾为蔚州包围军的耶律奚低。

先是呼延赞抵挡东边来的辽军，奋力压制。潘仁美带五万人攻耶律奚低，此间，六郎带着皇帝逃离战场。耶律休哥没动，和五郎的一万人呈对峙之势。

"现在才是让敌人看杨家军实力的时候，打垮耶律奚低军！"

留下的孤零零的一万人聚成一团，攻耶律奚低的侧面。耶律奚低眼看要被打垮，耶律休哥的两千辽军加入了掩护，剩下的三千去搅乱曹彬队伍。

杨家军压上，一直压上，压到了快够到耶律奚低大旗的地方。皇帝不在，可以如此作战。

杨家军压上的时候，潘仁美队伍分为各一万人的小队，逃脱了。杨业让士兵排成圈，如车轮滚动一般在原野移动，骑兵队在车轮内侧，只要耶律奚低移动，七郎就去对付，封住他们的行动。

一整天里，杨业拉着辽军绕圈，进入夜间对峙，兵、马都交替休息。黑暗之中，辽军也不敢大肆攻击。

麻哩阿吉回来了。

东边来的辽军追上了曹彬队伍，盯住他们。

但耶律休哥只是无可奈何地看着杨业。杨业的队伍里没有宋主——追了一天，耶律休哥清楚地知道了这一点。宋军丝毫没有保护谁的行动。

杨业的行动相当惊人，总是走在耶律休哥的预料之前。耶律奚低数次差点被杀，耶律休哥奋力去救。

队伍能这么行动，耶律休哥甚至不能瞪大眼睛看。稍一松懈，杨业的剑就会朝自己刺过来。

太阳落山，两军各自组阵的时候，耶律休哥感到了前所未有的疲惫，什么都不愿想，这种状态是第一次。

几次差点被杀的耶律奚低也神情恍惚。

"让宋主跑了，那个轿辇是圈套，王钦招吉大概也不在了。"

听着耶律奚低的话，耶律休哥想：他过于依赖不该依赖的东西了，他应该想到，就算王钦招吉作为间谍入宋，想办法送情报过来，这也不是绝对之策。那样的话，就会小心对付从不同地方突破的数百骑，不，就会对轿辇之外也加强警戒。

事到如今，说这些也无济于事。

宋主在对决之中逐步离开了战线，他是在潘仁美的队伍里吗，还是以别的方式逃脱了？

不见杨六郎的踪影。

比起潘仁美保护宋主，杨六郎保护宋主的想法要自然得多。潘仁美和辽军对决了一次，无疑争取了时间。

那么，眼前的杨业队伍就是孤立在敌人中的殿军，杨业移动，辽军也动，所以无法迅速撤退。

耶律休哥厘不清头绪。

杨业就在眼前，这是明明白白的事实。

士兵中，有人筋疲力尽，睡着了。

耶律休哥想回到自己阵中，耶律奚低制止了。

"我要平静一下心情，耶律奚低将军。不知道什么时候作战，我也是以举着剑的架势过夜。"

耶律奚低没再阻止。

再次开始行动是在天亮之前。

辽军以全军扑上之势先动，杨业立即让一半士兵反转过来，自己以横断大军之势前进。

耶律奚低和耶律休哥都在，大军反而限制了耶律休哥的行动。杨业挡开朝他刺过来的剑，伴随着敌人首级的掉落，血如雨溅，杨业全身都被敌人的血染红了。

杨家军反复聚拢、散开，但对手是数倍的大军，杨家军的士兵在慢慢减少。

"七郎，用骑兵队搅乱他们，耶律休哥由我们对付。"

如果同样数量对决，耶律休哥很难对付，但现在他在近十万大军之中，自己队伍的干扰，让他处于无法行动的状态。

七郎的骑兵队反复在敌人中央进退。杨业巧妙地避开包围，同时牵制着耶律休哥。他用上了身上带的所有用具，阵形和攻守都变幻莫测，冲击时突然给敌人反击，进攻时打垮敌人，防守时尽量收拢，纵列变成横列，再变成方阵。

耶律休哥拼命想靠近杨业，赤骑兵的红色铠甲看起来如同浴血。杨业继续利用敌人的步兵，绝不和耶律休哥直接冲击，杨家军行动时和耶律休哥之间一定有敌人的步兵。触手可及又鞭长莫及，耶律休哥攻击的粗鲁表现了他的急躁，杨业也明白了耶律休哥在意"杨"字旗，变得执拗。

一万兵减至六七千，队伍仍然聚在一起，慢慢向陈家谷靠近，零散的反而是辽军。

用寡兵阻止大军有极限，杨家军早已超越了这极限，因为每一个兵都超越了人的极限，才保有一命，士兵被砍、被刺，直到断气之前都站着，在被砍的同时砍倒对手。杨业自己也是全身沾满了血。

七郎举起一只手。

七郎的骑兵队迅速横向行动。敌人困惑的时候，杨业收拢全军，开始奔跑。耶律休哥突出，追了过来。殿军的杨业一边抵挡耶律休哥的攻击，一边继续奔跑。七郎的骑兵队助力，耶律休哥没能使出原本的攻击力。

即使如此，士兵还是在减少，只有五千了，七郎的骑兵队也只剩四百骑。

杨业左肩受了伤，不是很疼，但胳膊抬不起来了。他抢过敌人的长枪，夹在腋下，右手拿着剑，嘴里衔着缰绳。

杨业和耶律休哥几次靠近，但被士兵们挡住了，七郎的骑兵队阻止了敌人的正式攻击。

陈家谷，接近了，耶律休哥，就在旁边，只需一个回合。也许是感觉到了单独突入陈家谷的危险，耶律休哥一度退后，等待大部队。杨业一度反转过来牵制敌人。敌人的大部队也边跑边整好了阵形，耶律奚低在中央，隔着能看见脸的距离。

七郎朝敌人冲去，耶律休哥出来，杨业袭击他的背后。

杨家军站稳脚步，然后一点点被敌人压着后退。陈家谷的入口就在后面，杨业抑制住了迅速飞奔过去的冲动。七郎的骑兵队被耶律休哥打垮，从追击中逃脱的只有约两百骑。

七郎的骑兵队冲进陈家谷，杨业也一边驱赶敌人一边跑过去。追过来了，耶律休哥，耶律奚低。胜了——杨业心想。

陈家谷。

终于追到了绝境，耶律休哥想。

杨业真是打得执拗，不停地利用辽军步兵，中间夹着步兵，避免和自己直接冲击。

就是现在了，耶律休哥想。

耶律奚低的大部队在后面，自己独自去冲击就行。辽军兵力没什么变化，在这里可以尽情战斗。

"杨"字旗，杨业，在正面。

这时，耶律休哥突然看到陈家谷的地形，觉得浑身的汗毛都竖了起来。

自以为把敌人追到了绝境，却是被诱，没错。

他想起了从战线逃脱的数万潘仁美队伍，为什么没想想这支队伍的去向呢？杨业让自己在作战时没能去想。

败了，耶律休哥清楚地想。

他闭上眼睛，这地方无处可逃。至少能和杨业互角，但杨业会让他尝试吗？

败了，他好几次想。

睁开眼睛。

还没有来自山谷上方的攻击，这是要慢慢歼灭吗？

他再次闭上眼睛。

奇怪——这么想着，耶律休哥睁开眼睛。组成双层鹤翼阵形的杨业队伍动得让人目眩，鹤翼变成了方阵。

没有攻击，没有应该埋伏在此的队伍，耶律休哥终于明白了这个事实。

会有这种情况吗？潘仁美有足够充裕的时间在陈家谷准备攻击，这是自己人背叛了吗？

"不走运啊！杨业。"

耶律休哥不禁喊了一声。

战局是活的，会有战斗的人无法预测的行动。

耶律休哥前进了一点点。

没有同伴的攻击。

"父亲。"五郎跑过来，七郎在收拢骑兵队。杨业瞬间明白发生了什么，应该埋伏等着的潘仁美，逃了。

"五郎，七郎，你们快逃离这里，和六郎一齐，重建杨家军！"

"父亲，我……"

"住嘴，七郎，你的骑兵队在这里没一点儿用处，翻过后面的石头山逃走，这是父亲最后的命令。"

七郎对命令这个词有了反应，他嘶声大喊，开始让骑兵队跑起来。

"五郎，你……"

"我的马废了，动不了。"五郎微微一笑。命令他也没用，杨业想。

"要死在这里吗？我不喜欢只凭勇气作战，但在这里只能让敌人看看杨家军的勇气了。"

"我也这么想。"

耶律奚低，耶律休哥，靠近过来。杨业迅速整好阵形。

杨家军用长枪扛住了辽军最初的攻击。耶律休哥让赤骑兵在先，猛攻过来。杨业冲到前列，冲击。耶律休哥。杨业的剑挑飞的不是首级，而是头盔，阳光之下，耶律休哥的银色头发格外醒目。

互攻之后，耶律休哥一度后退，马上又发起新的攻击。杨家军扛住了，但杨业被割破了前额。杨业攻了过来，朝着敌人大部队的中央，耶律奚低，在眼前，冲击。杨业一边感觉几支长枪戳穿了自己的身体，一边看着耶律奚低的首级飞上空中。

七

潘仁美和杨家军全灭的报告一起回来了。

至此，皇帝的阵营超过十万兵力。已经在宋的领土，定州北端，士兵们在继续集结。

父亲死了，这怎么可能？六郎只想着这个。站在皇帝身边，他不能失去理智。

那样的父亲，死了吗？那样的父亲，也会死吗？

埋伏没有意义了，潘仁美这么报告。他大概是在说，把敌人引入陈家谷之前，杨家军就已经耗尽了战斗力。皇帝听完报告，只拼命喊了一声杨业，然后就只是恸哭。

六郎只能想，那样的父亲也会死。

"我体谅你，虽然不知道你心中的荒野有多大。"

八王来到六郎的营帐说。

"如果没有杨业，皇帝还有我们大家都会死，正因为如此，皇帝很是悲痛。"

"这是打仗，八王，发生什么都不奇怪。"

"杨业死了，我在想，怎么会发生在这样的事，不可能死的人死了，这也是因为我没能阻止亲征。"

"这是打仗，死于乱箭也不稀奇。"

当天晚上，六郎和八王谈到很晚。说什么都是徒劳。

阵营发生骚乱是在第二天早晨。

七郎带着两百骑回来了。六郎以为父亲也活着，但他的任务是阻止杀气腾腾的七郎。

"潘仁美在哪里？"传来的只有七郎这一句话。从营帐飞奔出去的六郎看着全身被血染成黑红、拔着剑的七郎，谁也阻止不了。

皇帝面前。

六郎冲出去，按住七郎的身体。

"发生了什么，七郎？"

皇帝和八王、七王都出来了。潘仁美也满脸苍白地站着。

"陈家谷没有埋伏的兵，为什么，为什么没有？而我们杨家军拼死苦战，把所有辽军都引进了陈家谷，你说啊，潘仁美！不，不需要借口，我要砍了你的头。"

"冷静点，杨七郎，这是在陛下面前。"潘仁美用颤抖的声音说。

"什么？！"

"潘仁美，是你让杨家军全军覆没了吧？你来解释。"皇帝激动得声音变了样。

"是，我收到了全军覆没的传令。"

"全军覆没了能发传令吗？激战在持续，看着就应该很清楚。胆小鬼！我现在就要砍了这个腐朽家伙的脑袋。"

"潘仁美，你是如何确认全军覆没的？"

"传令，那支大军发的，不可能胜，我相信他们早就全军覆没了。"

"本该胜了，如果你在陈家谷，就能歼灭那支敌军。胆小鬼，有五万兵，却害怕敌军吗？”

六郎拼力按住想冲过去的七郎。

“然后，父亲呢，七郎？”

“在陈家谷孤立，不可能活下来，六哥。潘仁美才是我们父亲的仇人。”

六郎明白了情况，果然父亲没有轻易被打败。

“潘仁美，你放弃了以一万人抵挡那支大军的杨业。”

“不，那是……”

“不许回答，调查完真相之后再惩罚你。”

“陛下，眼看着激战，埋伏队伍的一部分开始溃逃，那是溃逃过一次的队伍，无法阻止，全军涣散了。”和潘仁美一起埋伏的一个将军说。

“没打就涣散了？是谁？”

“是潘章将军的队伍。”

“你们父子俩都骗了我，是吧？”皇帝声音低沉，怒气在胸中回响。皇帝动了动手，禁军的兵押住潘氏父子，卸了武器。

“杨六郎，七郎。走吧。”

六郎不管皇帝在叫，七郎还在瞪着潘仁美。

“等等，你去哪里，六郎？”

“去陈家谷，陛下，如果还有辽军，我们也死在那里。”

“我不能让你们去。”

“要去，这是杨家男人的方式，父亲也希望如此。”

六郎拉着七郎的手腕，七郎手握拔出来的剑，跟了过来。

六郎命令杨家军出动，包含一千骑兵在内，一共八千，是杨家军的全部。

"杨业不败，杨家不败，绝没有败给敌人，是败给了自己人，杨家军没有败给敌人。"

喊声四起。六郎低声下令：出动。全军开始行动。

原野，什么都没有，马蹄声响，旗子在风中飘动。

"杨业不败。"六郎一边跑，一边自语。所以父亲英勇赴死，以不败之身，坚持了武将的骄傲。

六郎努力忍住了涌上来的眼泪。"杨"字旗，鲜艳得让人悲伤，翻舞着，发出声音。

"六哥。"七郎跑到身边。

"父亲不会死，兄长们也是，活在我们之中，让我们这么想吧，七郎。"

"我还是……"

"别再说潘仁美了，他不值得我们杀。"

傍晚，杨家军靠近了陈家谷。

没有敌人的气息，只有战死的敌人和自己人的尸体触目惊心。

七郎沉默地指向前方。陈家谷。六郎抑制住快要满出来的泪水，指挥士兵。

大量的尸体，地面被血染红。已经没有辽军的踪影。六郎下令野营，收集能找到的尸体，挖坑埋了。

怎么找都没有父亲的尸体，也没有兄长的尸体。

点着火把跑过来的二十余骑是在入夜之后，举着"休"字旗，穿着红色铠甲，是耶律休哥的赤骑兵。

父亲的首级，浸在盐里。

"耶律休哥传话，举世无双的武将首级，还给公子，合情合理。"

"感谢，请向耶律休哥将军致谢。"

父亲闭着眼睛，看起来是终于结束了漫长征战人生的表情。七郎拼命忍住呜咽。

"耶律休哥将军没有和我们打一仗的意思吗？"

"不，辽军正在去燕京，耶律奚低将军战死了。"

六郎微微点头，他在想：父亲在那种状态下，也跟敌人战成了平手。

"还是……"

使者离去之后，七郎自语般地说。

"什么都别说了，七郎。"

六郎和七郎搭起一个营帐，在父亲身边待了一个晚上。

八王带着三百骑赶来，是在第二天早晨。

他进了营帐，垂着头出来。

"陛下决定把潘仁美、潘章父子贬为庶民，因为他们有王室血脉，陛下没能定他们死罪。"

六郎已经对这些无所谓了。他只是想，没了敌人，就只有回去了。六郎下令准备出发。

"你要去哪里，六郎？"

六郎沉默着指指东边，远远的，能看见代州的群山。

"宋需要杨家军。"

"我们会在代州山里再次重整杨家军。时时为武将，父亲教我们的是这个。"

"无论如何都要走吗？"

六郎点头，八王看着脚下。

"是吗？开封的杨府原样不动，你的母亲和妹妹们，我会负责照顾，让她们像以前一样生活。"

还有母亲和妹妹们，六郎第一次想到这一点，他只能向八王点头致谢。

七郎来报，已经做好出发准备。八王和七郎也说了几句话。

"为了这个国家，杨家军总有一天会回来，我相信。"八王说。

六郎下令上马。

"我们是武将一族，现在只考虑重整队伍。八王请多保重。"

上马。

"出发！"六郎喊了一声。"杨"字旗飘扬。

杨家军没有奔跑，旗下是抱着父亲首级的七郎。他们只是庄严地在原野上行进。起风了，黄沙飞舞，士兵们弓着背前进。

六郎挺起胸膛，在马背上和风抗衡。不知从哪儿传来喊声、马蹄声、冲击对手的呼吸声、武器撞击的声音。

六郎想跑起来，却忍住了。现在不是奔跑的时候。

风更大了。